KB177934

모두
깜언

모두 깜언

김중미 장편소설

창비

차 례

1. 베트남에서 온 작은엄마

할아버지 무덤가에 붓꽃이 피기 시작했다. 아침 햇살을 받은 보랏빛 붓꽃이 서늘하게 예쁘다. 할머니는 고추 모를 심다가 틈틈이 허리를 펴고 할아버지 무덤을 건너다보며 무릎을 주물렀다. 아직 5월 초지만 햇살이 따가워 일하는 게 만만치 않다. 작은엄마는 모종을 옮겨 심다 말고 붓꽃 앞에 가서는 작은아빠 휴대 전화로 사진을 찍어 달라고 했다. 1,000주나 되는 고추 모를 저녁 먹기 전까지 다 심으려면 허리 펄 새 없이 일을 해야 하는데, 작은엄마는 아직도 가끔 신혼 초처럼 작은아빠한테 애교를 피워 할머니의 염장을 지른다.

"유정아, 너 두둑 너무 많이 올리지 말라니까 그거이 뭐냐?"

할머니는 애먼 나한테만 짜증이다. 나도 질세라 투덜거린다.

"아까는 바람 불면 쓰러질 거라고 뭐라 하더니."

"그렇다고 시멘트 공구리 치듯이 그렇게 하믄 어떡하나? 집에 사람은 많은데 쓸모 있는 인간덜은 없어서……."

할머니가 신경질을 내고 있는데 주책없는 작은아빠가 할머니한 테 다가가더니 불 지르는 소리를 하고 만다.

"어머이, 용민 엄마는 그냥 올려 보내면 안 될까? 어젯밤에도 배 가 아프다고……."

할머니는 대답 대신 버럭 소리를 질렀다.

"내가 부레가 끓는다, 끓어. 이 망할 놈의 자슥아, 니 어머이는 어젯밤에도 허리가 아프고 무릎이 쑤셔서 한잠도 못 잤는데, 새파 랗게 젊은 마누라 걱정이냐?"

작은아빠가 머리를 긁적거리며 딴청을 한다.

"아, 더워. 이거 5월 날씨가 왜 이래? 비라도 한 줄기 내리면 좋 겠구만. 모내기할 때까지 비 안 오면 큰일인데. 이거 이거, 온난화 때문에 문제야."

우리 작은아빠, 정말 못 말린다. 한 십여 분 지났을까, 참지 못하 고 다시 설레발을 친다.

"어어, 용민아, 용우 잘 봐야지. 나비만 쫓아가믄 어떡해. 어이 쿠, 넘어졌네. 아, 저 개구쟁이들…… 안 되겠다. 당신은 애들 좀 봐 야겠어. 애들 데리고 그만 올라가지?"

그 속셈을 모를 리 없는 할머니가 이번에는 아무 말도 하지 않는다. 그런데 용민이가 제 아빠의 뒤통수를 친다.

"시러, 엄마랑 안 놀아. 우리끼리 놀 거야."

"위험해서 그러지."

"괜찮아. 복동이가 지켜 줘."

용민이가 제 옆에 바짝 붙어 있는 복동이를 가리켰다. 그러자 갑자기 용우가 복동이 배를 만지며 말했다.

"엄마 배랑 복동이 배랑 똑같아."

그 말에 할머니의 입가가 살짝 올라간다. 역시 할머니를 웃게 하는 건 언제나 용민이와 용우다.

작은엄마가 작은아빠한테 눈을 흘긴다. 무안해진 작은아빠는 머리만 긁적인다. 용민이와 용우는 흰나비를 쫓아 찔레꽃 넝쿨 아래 냇가로 내려간다. 복동이는 출렁거리는 배를 하고도 용민이와 용우 뒤를 따른다. 셋째를 임신해 배가 남산만 한 아내가 땡볕에 밭일하는 걸 보며 쩔쩔매는 작은아빠 마음을 모르는 바는 아니다. 그렇지만 할머니가 작은엄마에게 들어가라고 할 때까지만 좀 기다리면 좋을 텐데, 언제나 작은아빠가 설레발을 쳐서 할머니 속을 들쑤신다.

초등학교에 입학할 무렵, 건평리에서 고구마 농장을 하는 박씨 아저씨가 스무 살이나 어린 캄보디아 여자랑 재혼했다며 어른들이 수군거렸을 때쯤이었다. 마을 어귀며 버스 정류장에 나붙은 '베트남 여성과 결혼, 재혼' 따위의 플래카드가 무슨 뜻인지 작은 아빠에게 물어본 적이 있다. 그때 작은아빠는 나처럼 어린애는 몰라도 된다고 어물쩍 넘겼다. 읍에 나가면 터미널이나 시장에서 우리와 좀 다르게 생긴 젊은 아기 엄마들과 마주쳤다. 언제부턴가 할머니는 그런 아기 엄마들에게 관심을 보이기 시작했다. 그리고 내가 아홉 살 생일을 맞던 날, 작은아빠가 어울리지 않는 양복을 입고 커다란 여행 가방을 끌고 집을 나섰다. 열흘 만에 돌아온 작은아빠는 결혼을 했다고 했다. 그러면서 그때까지 부르던 삼촌 대신 이제부터는 작은아빠라 부르라고 했다. 할머니는 작은아빠가 베트남에서 찍어 온 결혼 사진을 보며 연방 좋아라 하는데, 내 마음에는 큰 구멍이 뚫렸다. 작은아빠는 내가 시집갈 때까지 내 옆에 있겠다고 약속했었다. 맞선 본 게 틀어질 때마다 할머니가 총각 귀신으로 늙어 죽을 셈이냐고 닦달을 해도 작은아빠는 싱글벙글하며 유정이만 있으면 상관없다고 말했었다. 그런 작은아빠가 일 년 동안 포도 농사를 지어 번 돈으로 베트남에 가더니 결혼을 하고 왔다는 것이다. 만난 지 단 나흘 만에 식을 올리고 장모님한테 인사까지 드리고 왔다는 작은아빠는 그 뒤 석 달 동안 마치 넋이 나간 사람처럼 보였다.

작은엄마를 기다리면서 베트남 말을 배워 보겠다고 트럭을 몰고 서울에 있는 큰 서점까지 가서 베트남어 회화집과 테이프를 몇

만 원어치나 사 왔다. 일을 끝내고 집에 들어오면 밤늦게까지 테이프를 들었다. 그러나 작은아빠가 정작 공항으로 작은엄마를 마중 나가서 한 말은 딱 한마디였다.

"투이, 깜언."

깜언은 베트남 말로 고맙다는 뜻이란다. 작은아빠는 작은엄마가 마음이 변할까 봐 똥끝이 다 타들어 가는 줄 알았다고 했다. 작은아빠와 함께 공항에 가서 만난 작은엄마는 키가 작고 마른 체구에 동그랗고 까무잡잡한 얼굴을 한 앳된 아가씨였다. 코는 양끝이 볼록하고 약간 납작했지만 눈은 내 눈보다 두 배나 크고 눈동자는 까맣고 맑았다. 한마디로 예뻤다. 나는 작은엄마가 코는 더 뭉툭하고 얼굴은 새까맣고 입술은 툭 튀어나온 두꺼비 같은 여자이길 바랐다. 그날 나는 작은아빠를 영영 빼앗기고 말았음을 직감했다. 작은엄마는 작은아빠 뒤에 숨은 나를 보고 깜짝 놀라더니 한동안 나만 물끄러미 바라보았다. 당황한 내가 얼른 손으로 입과 코를 가리자 작은엄마는 그제야 얼굴이 빨개져서는 큰 눈을 뙤록뙤록 굴리며 공항을 둘러보았다. 분명히 내 얼굴을 보고 놀라서 딴청을 피우는 거였다. 기분이 나빴다. 나는 작은엄마한테 들리도록 큰 소리로 구시렁거렸다.

"촌스러워. 공항 처음 와 보나?"

사실 나 역시 처음 가 본 공항의 으리으리한 모습에 기가 죽어 있었지만 엄청 가난한 나라에서 왔다는 작은엄마에게 지고 싶지 않았다.

　작은엄마는 집에 와서 거의 한 달 동안 아무 말도 안 했다. 아니, 작은아빠랑은 속닥속닥 뭐라고 하긴 했지만 할머니나 나하고는 통 말을 섞지 않았다. 저녁 밥상에서 눈이 마주치면 수줍게 웃어 주긴 했다. 그러나 그때는 그 웃음마저 보기 싫었다.

　작은엄마가 우리 집에 온 때는 농촌에서는 가장 바쁜 시기였다. 상토를 준비하고 모판을 만드느라 마을 사람들이 번갈아 가며 품 앗이를 하는 때였다. 더구나 작은아빠는 친환경 우렁이 농법으로 농사를 짓기 때문에 작목반 사람들과 공동 작업을 할 게 많았다. 할머니는 할머니대로 밭작물을 심기 위해 밭을 정리하고 고랑을 내느라 눈코 뜰 새 없었다. 그런데 작은엄마는 하루 종일 방에 틀어박혀 꼼짝도 하지 않았다. 할머니가 아침 일찍 식사 준비를 하면서 큰기침을 하며 눈치를 줘도 작은엄마는 내가 학교에 갈 시간이 돼서야 밖으로 나왔다. 평소 같으면 새벽에 일어나서 아령을 한다, 줄넘기를 한다 부지런을 떨던 작은아빠도 그제야 겨우 코빼기를 내밀었다. 작은엄마가 온 뒤 아침밥은 늘 할머니와 단둘이 먹었다. 학교에 갔다 오면 할머니는 나를 붙잡고 작은엄마가 하루 종일 코 먹은 소리로 작은아빠한테 전화를 해 댄다며 못마땅해하셨다. 작은엄마는 베트남에 있을 때 한국인 선교사 집에서 일 년쯤 가정부를 했던 덕분에 한국말을 꽤 알아듣고 몇 마디쯤은 말할 줄도 알았다. 생판 말이 안 통하는 다른 집보다는 사정이 나은 편이었다.

작은엄마는 작은아빠를 오빠라고 불렀다. 서른일곱 살인 작은 아빠를 스무 살인 작은엄마가 오빠라고 부르는 걸 들으면 소름이 쫙 돋았다. 그러나 작은아빠는 입이 귀에 걸려 내려올 줄 몰랐다. 나는 그런 작은아빠가 낯설었다.

우리 작은아빠는 우리 마을, 아니 우리 면 최고의 모범 청년이자 농업 후계자였다. 우리 마을에는 작은아빠처럼 젊은 사람이 거의 없다. 작은아빠의 불알친구 한 명과 1년 후배가 있긴 하지만 그 사람들은 농협과 우체국에 다니며 마을에서 살 뿐이고 농사는 짓지 않았다. 도시에서 귀농한 사람들조차 작은아빠보다는 다 나이가 많았다. 작은아빠는 6,000평쯤 되는 논을 도지로 얻어 우렁이 농법으로 논농사를 짓고 유일하게 우리 땅인 다섯 마지기 논은 포도밭으로 바꿔 포도 농사를 지었다. 그리고 우리 면의 친환경 작목반 총무 일도 했다. 친환경 농민회는 우리 면에서 생산한 농산물을 가까운 학교나 어린이집에서 쓰는 운동을 하고 있는데 그게 바로 우리 작은아빠가 시작한 일이다. 할머니 말로는 작은아빠가 내가 유치원 때부터 몇 년 동안 농약과 화학 비료를 쓰던 농부들을 설득해 친환경으로 바꾸고, 전단지를 만들어 인천 서구나 김포에 있는 학교며 어린이집, 회사 식당에 홍보를 하러 다닌 덕에 강화나 인천에 있는 몇몇 학교가 우리 면의 친환경 농산물로 학교 급식을 하게 된 것이라고 했다. 덕분에 우리 면 어른들한테는 늘 칭찬을 받지만 몸이 열 개 있어도 모자랄 만큼 바빴다.

그런 작은아빠가 작은엄마가 오고 나서부터 달라졌다. 한 달에 한 번은 반드시 김포에 있는 영화관에 가고, 나를 빼고 놀이공원도 놀러 갔다 왔다. 할머니는 작은아빠한테 언제까지 팔불출 짓을 할 거냐며 지청구를 주었지만 작은아빠는 아랑곳하지 않았다. 그 닭 살 행각은 작은엄마가 용민이를 낳고서야 끝이 났다.

2. 말 근육 광수, 우윳빛 우주

할머니가 일구는 밭은 우리 집 근처 파평 윤씨 선산 아래에 있는 자투리땅이다. 명의는 종친회이지만 할머니가 시집와서 손수 돌을 고르고 거름을 대며 일군 밭이라 아무도 그 밭에 대해 이래라저래라 하지 않는다. 400평 정도 되는 그 밭에다 할머니는 감자, 열무, 오이, 가지, 고추, 배추, 파 따위를 돌라 심어 거기서 나오는 작물을 장에 내다 팔았다. 삼사 년 전만 해도 농약이랑 제초제를 써서 일거리가 별로 없었는데 작은아빠가 할머니한테까지 친환경 농법을 하라고 해서 일이 더 늘었다. 게다가 초등학교와 우리 중학교에 채소를 대기 시작하면서 할머니는 4월부터 10월까지 하루 종일 밭에서 살다시피 해야 했다. 그 덕분에 나도 쉬는 날이면 호미를 들고 밭에 나가 김을 매야 했다. 작은엄마 역시 남산만 한 배를 하고도 밭에 가는 날이 많았다. 5월부터 날이 한여름처럼 더워지자 할머니는 작은엄마를 데리고 새벽같이 일을 나섰다. 덕분에 아침에 용민이와 용우 밥 먹이는 일은 종종 내 몫이 되었다.

해가 중천에 떴는데도 고추 모가 반이나 남았다. 작은엄마는 아예 밭두둑에 주저앉아 모종을 심었는데, 자리를 옮길 때마다 끙끙 소리를 냈다. 그렇게 힘들어하며 고추 모를 심는 걸 보니 안쓰러웠다. 사실 작은엄마도 불쌍하기가 나 못지않다. 임신한 몸으로 날마다 할머니 밭으로, 포도밭으로 일하러 다녀야 했고 아침저녁으로는 여섯 식구 밥을 챙기느라 쉴 새가 없었다. 저녁이 되면 다리가 퉁퉁 부어 작은아빠가 주물러 주어야 했다. 할머니도 그런 작은엄마한테 모질지는 못했다.

"용민 엄마야, 가서 점심 준비나 해라."

작은엄마는 할머니 눈치를 보며 조심스레 일어났다.

"엄마, 점심 어떻게 해요?"

할머니가 무심하게 말했다.

"용민 애비 친구가 가져다준 밀국수 있는데…… 열무김치에 비벼 먹자. 달걀 좀 삶고……."

열무 비빔국수라는 말에 군침이 도는 참인데 작은아빠가 초치는 소리를 했다.

"귀찮게 국수는…… 그냥 라면이나 끓여 먹지?"

작은아빠 말에 할머니가 호통을 쳤다.

"이 얼빠진 놈아, 친환경 농법 한다고 나까지 이 고생 시키는 놈이 농약투성이 밀가루로 만든 라면을 처먹으라고? 비빔국수가 라면보다 어려울 게 뭐 있냐, 이놈아."

그러자 작은엄마가 얼른 무거운 몸을 움직이며 말했다.

"엄마, 내가 비빔국수 할게요. 마싯게 할게요."

작은엄마는 작은아빠한테 눈을 흘기고는 뒤뚱뒤뚱 산길로 올라갔다.

작은엄마가 점심을 하러 올라간 뒤에도 나는 삼십 분 넘게 고추 모를 심어야 했다. 바람결에 실려 오는 찔레꽃 향기가 아니었다면 벌써 지쳐 떨어졌을 거다. 우리 학교 학생들 중 나처럼 밭일이며 집안일에 시달리는 아이는 거의 없다. 특히 여자애들은 절대 논밭에 나가지 않는다. 오죽하면 우리 학교에서도 내 얼굴이 가장 까맣고 거칠까. 정수리가 햇볕 때문에 뜨거워지자 속까지 부글부글 끓는다.

고추 모 심기는 점심을 먹고 나서도 두 시간쯤 지나서야 끝났다. 다른 때 같으면 벌써 고추 모를 다 심었을 시기이다. 그런데 올해는 할머니가 비닐하우스에다 뿌려 놓았던 고추씨가 안 좋았던지 싹이 잘 트지 않는 바람에 모종을 다시 키워 심느라 늦었다. 밭일이 끝나고 집에 와서도 나는 작은엄마가 저녁을 할 때까지 용민이와 용우를 보느라 쉬지도 못했다.

저녁을 다 먹고 내 방으로 들어와서 컴퓨터 앞에 앉았다. 모니터를 켜자마자 메신저 대화창이 떴다. 우선 친구 명단을 죽 살펴보았다. 김광수, 윤민영, 남궁동준……. 스마트폰이 없는 아이들은 거의 다 들어와 있다. 그러나 딱히 말을 나누고 싶은 상대는 없다. 작년만 해도 우리 반 아이들은 대부분 미니홈피를 갖고 있었다. 그때는 우주의 미니홈피를 구경하는 게 일이었다. 우주의 미니홈피에서는 좋은 음악이 흘러나왔고, 책 이야기나 영화 이야기 같은 게 많아서 재미있었다. 그러나 요즘은 다들 미니홈피를 거의 하지 않는다. 스마트폰이 있는 아이들은 이제 네이트온에도 거의 들어오지 않는다. 갑자기 쪽지가 뜬다.

— 윤유떵, 모 해?

광수다. 나는 쪽지를 무시하고 대화창을 닫아 버렸다. 내가 대화창을 닫고 쪽지마저 안 받으니 광수는 결국 휴대 전화로 문자를 보냈다.

— 유떵, 너네 고추 다 심었냐?

마지못해 짧게 답장을 보냈다.

—응

금세 답이 온다.

—난 오늘 우리 목장 옆에다 혼자 200주쯤 심었다!

—잘나셨습니다요, 농촌 총각

—농촌 총각한테 시집올 생각은 없냐? 베트남 처자

—나 베트남 처자 아님

—너 너희 작은엄마랑 똑같이 생겼음

—꺼져

—너 이우주 좋아하지? 근데 걔는 너한테 관심 없어

—오버하지 마, 나도 우주한테 관심 없어

나는 그 뒤로 오는 문자는 열어 보지도 않았다. 나는 김광수 같은 아이들을 이해할 수가 없다. 꼭 상대가 싫어하는 말만 골라 해서 염장을 지른다. 나는 진심으로 우주를 좋아하는 마음 같은 것은 없다. 정말이다. 우주는 내게 그저 연예인 같은 존재다. 아마 우리 반 여자애들 모두 그럴 것이다. 우주는 우리 마을에 있는 성공회 교회 신부님의 아들이다. 우리 마을에 있는 성공회 교회는 역사가 백 년이 넘었다. 지금은 다른 교회를 다니는 사람도 있고 마니산 아래 있는 성당에 다니는 사람도 있지만, 작은아빠가 초등학교 다닐 때만 해도 우리 마을 사람들은 거의 다 성공회 신자였단다. 그래서 아직도 결혼식이나 칠순 잔치 같은 우리 마을의 온갖 대소사는 성공회 교회에서 치른다. 우리 교회 신부님은 보통 이삼 년에 한 번씩 바뀐다. 신부님이 바뀔 때마다 정든 신부님 가족을 보내고 새로운 신부님 가족을 맞는 것 역시 마을의 중요한 행사다.

우주가 오기 전부터 새 신부님한테 우리와 동갑내기인 막내아들이 있다는 소문이 돌았다. 나와 광수, 지희는 쾌재를 불렀다. 광수는 자기처럼 축구를 좋아하는 애가 왔으면 좋겠다고 했고 나랑 지희는 무조건 잘생긴 애가 오길 바랐다. 지희와 나는 우주를 처음 보자마자 하느님이 우리 기도를 들어주셨다면서 환호성을 질렀다. 텔레비전 예능 프로그램에 자막으로 나오던 "후광이 비친다, 숨이 멈춘다" 같은 말이 어떤 의미인지 실감 날 정도였다. 우주는 피부가 우리 반 여자애들보다도 하얗고 뽀앴다. 나와 광수, 지희한테 다 있는 여드름이 우주한테는 없었다. 키는 광수보다 머리 하나쯤 더 컸으나 얼굴은 나나 지희보다도 더 작았다. 지희 말대로 정말 "연예인 삘"이 넘치는 아이였다. 그러나 그 연예인 '삘' 때문인지 아니면 수준이 너무 달라서인지 우리는 서로 친구가 되지 못했다. 우주는 영락없는 도시 애였고 우리는 그저 촌 애들이었다. 우리는 우주의 하얀 피부를 따라갈 수 없었을 뿐 아니라 우주의 지식과 경험, 성적도 따라가지 못했다. 초등학교 육 년 내내 1등을 하던 나는 우주 덕분에 중학교에 가자마자 2등으로 내려앉았고, 평균은 자그마치 10점이나 차이가 났다. 그래서인지 우주가 아무리 살갑게 대해도 우리한테 우주는 정말 먼 우주에서 온 아이처럼 느껴졌다. 우주는 광수와도 친해지지 못했다. 광수의 바람과 달리 축구가 아닌 농구를 좋아했기 때문이다. 그것도 교회 마당에서 혼자 하는 농구를 말이다. 우주는 나름대로 우리와 가까워지려고 예배가 끝나면 말도 걸고, 생일날 초대도 했지만 서먹서먹한 관계는 나아지지 않았다.

모든 면에서 잘난 우주에 비하면 광수는 평범한, 아니 평균에도 못 미치는 전형적인 촌놈이다. 고추 200주를 심는 것쯤은 광수한테 일도 아니다. 광수의 다리와 팔뚝을 보면 개가 얼마나 일을 잘하게 생겼는지 누구나 안다. 광수는 종아리 근육이 다른 애들보다 더 단단하고 알통이 툭 튀어나왔다. 팔뚝도 그렇다. 까맣게 타 반짝반짝 윤기가 도는 광수의 팔뚝은 언젠가 말 농장에서 본 말 근육을 닮았다. 나는 그 모습이 끔찍하게 싫건만 광수는 자기가 자랑할 건 근육뿐이라며 학교에서 축구할 때나 밭일을 할 때 일부러 민소매 옷을 입는다. 광수는 내가 아무리 징그럽다고 해도 알아듣지 못한다. 여자는 무조건 근육이 발달한 남자를 좋아한다는 잘못된 환상에 사로잡혀 있다. 나는 머슴 몸매인 광수 같은 남자가 아니라 우주처럼 얼굴이 하얗고 키 크고 마른 남자가 좋다고 백 번쯤 말했는데도 막무가내다.

나는 정말 광수처럼 무식한 애는 딱 질색이다. 광수는 초등학교 때부터 공부를 원수로 여겼다. 학교에 가방을 가지고 다니는 날이 거의 없었다. 그 대신 맨날 축구공은 붙들고 살았다. 광수 할머니 말이 "광수야, 학교 가라." 하면 안 일어나도 "광수야, 오늘 아침에 축구 시합 있다며?" 하면 일어난다고 할 정도였다. 6학년 때 담임 선생님은 광수가 발이 빠르고 지구력이 강하다며 중학교는 축구부가 있는 읍으로 나가라고 추천했다. 그런데 할머니랑 광수 아빠가 반대를 했다. 광수는 앞으로 공부를 할 아이이기 때문이라나. 나는 그 말을 듣고 먹고 있던 귤을 뿜고 말았다. 광수 할머니는 아직도 광수가 머리는 좋은데 산만해서 공부를 못한다고 믿는다. 그 근거란 광수가 초등학교에 들어가기도 전에 구구단을 다 외웠다는 것인데, 그건 그저 단순 암기였을 뿐이다. 곱셈과 나눗셈을 배우기 시작하던 3학년 때부터는 수학도 맨날 꼴찌였다. 광수는 중 3이 된 지금까지 영어의 3인칭 단수, 복수가 뭔지도 모른다. 머리가 나쁜데 수업 시간에 반은 자고 쉬는 시간이나 점심시간에만 멀쩡하니 공부를 제대로 할 리 없다. 하긴 우리 반 남자애들은 우주와 도영이를 빼고는 다들 공부에 관심이 없다. 여자애들도 민주와 나만 평균 80점을 넘길 뿐이다.

"야, 유떵. 너 자꾸 문자 씹을래?"

정말 끈질기다. 계속 진동이 오는데도 문자를 열어 보지조차 않았더니 이번에는 전화를 했다.

"김광수, 너 도대체 왜 이렇게 날 못살게 굴어?"

"나랑 얘기 좀 하면 안 돼?"

"뭔 헛소리야?"

"상담 좀 하자고."

"니가 언제부터 나한테 상담을 했어?"

"지금 하자고."

"왜?"

"있잖아……."

광수가 갑자기 말이 없다. 왠지 평소와는 다른 말투다. 한번 속아 보자는 마음으로 물었다.

"무슨 일 있어?"

"울 엄마한테 전화 왔다. 대박이지? 나더러 만나재. 보고 싶다고."

"너, 엄마 있었어?"

"야, 그럼 난 뭐 엄마 없이 태어났겠냐?"

내가 생각해도 참 어이없는 질문이었다.

"그게 아니라…… 그동안 엄마랑 연락했었어?"

"아니."

"할머니랑 아빠한테 말했어?"

"엄마가 이미 아빠랑 통화했대. 아빠가 만나도 된다고 했대."

"넌 어떤데? 만나고 싶어?"

"몰라, 얼굴도 모르는데……. 근데 좀 화나. 자기들이 뭔데 내 의사는 묻지도 않고 나를 만나고 싶다느니 만나도 된다느니 하는 거야?"

"야, 엄마 아빠한테 자기들이 뭐냐?"

"기분이 나쁘잖아."

"그게 기분 나쁠 일은 아니지."

말은 그렇게 했지만 왠지 나도 기분이 나빴다. 광수가 엄마를 만난다는데 이상하게 거미가 치밀었다.

"그냥, 어른들 맘대로 이혼하고 집 나가 놓고 이제 와서는 내가 엄마를 만나는 것도 또 어른들 맘대로 하는 게 기분 나빠. 어쨌든 나갈까 말까?"

"그걸 왜 나한테 물어? 당장 만나러 가야 해?"

"아니, 다음 달쯤 올 거래."

"그런데 뭘 미리 걱정해. 니 맘대로 해."

"너는 만약에 너희 엄마가 만나자고 한다면 어떻게 할 거야?"

"아, 모른다고. 니가 알아서 해!"

나는 소리를 버럭 지르며 전화를 끊어 버렸다. 그렇게까지 짜증낼 일이 아닌데 나도 모르게 기분이 나빠졌다. 광수에게 엄마가 있었다. 광수 말대로 엄마가 있으니 광수가 태어났겠지만 이렇게 갑자기 나타날 엄마가 있을 거라고는 생각해 본 적이 없다.

'광수에게 엄마라니. 그럼 나는?'

광수 엄마가 나타났다는데 왜 그 생각부터 났는지 모르겠다.

3. 살물리는 꽃 대결

"날이 너무 일찍 더워져서 나물이 웃자랐어. 엊그제 반나절 비 왔다고 이리 된 거 봐라."

할머니는 장에 가지고 나갈 나물을 다듬다 말고 한숨을 쉬었다. 이틀 동안 뜯은 나물이 내다 팔 만큼 썩 좋지 않은 모양이다.

"올봄에는 늦게까지 추운 바람에 4월까지도 나물이 올라오지 않아 걱정스럽게 하더니 이젠 또 갑자기 더워져서 죄다 웃자라고. 날이 미쳤어. 사오 년 전만 해도 5월 말까지 나물을 세 번은 뜯어 팔았는데……. 이래저래 궁하게 생겼다."

우리 할머니는 마을에서도 알아주는 나물 박사다. 다같이 산에 올라가서 나물을 캐도, 다른 할머니들이 앞주머니에 반도 못 채울 때 우리 할머니는 배낭 한가득 담아 내려올 때가 많았다. 할머니는 가난한 집에 시집와서 먹고살기 위해 봄이면 열심히 산을 탔단다. 그때는 우리 마을 여자들은 누구나 들로 산으로 다니며 봄나물을 뜯었다지만 요즘은 봄이 돼도 나물을 하러 산에 오르는 마을 사람이 별로 없다. 할머니들은 너무 늙었고 아줌마들은 거의 다 양곡이나 김포로 일을 다니기 때문이다. 우리 집은 진강산과 덕정산 골짜기에 있어 봄이 되면 집 주변에도 나물이 흔하다. 곰취, 수리취, 참취며 달래, 고사리, 원추리 같은 나물이 흔하니 냉이 같은 건 캐지도 않는다. 냉이는 작은엄마가 된장국을 끓이고 무침을 할 때만 캔다.

덕정산과 진강산은 우리 마을을 병풍처럼 감싸며 마주 보고 있다. 진강산은 강화에서 세 번째로 높은 산이다. 그래서 진강산에 오르면 북동쪽으로는 멀리 북한 개풍이 훤히 보이고, 남쪽으로는 너른 들판과 마니산이 마주 보인다. 서쪽으로는 화도면과 석모도도 보인다. 진강산 꼭대기 바위 위에는 용마의 발자국이 있다. 우리 마을을 가로질러 흐르는 용내천에서 태어났다는 전설 속의 짐승이다. 원래 종개리 뒷산과 건평리 어딘가에도 용마 발자국이 있다는데 나는 진강산 꼭대기에 있는 발자국만 보았다.

진강산은 봄이 가장 예쁘다. 산수유를 닮은 생강나무가 겨자색 꽃망울을 터뜨려 산언저리를 은은하게 물들이기 시작하면 계곡을 따라 물오리나무가 연둣빛 뭉게구름을 피워 낸다. 그 무렵 덕정산

언저리에서부터 한 송이 두 송이 꽃을 피우기 시작한 진달래가 순식간에 붉은 꽃무리를 이루어 덕정산 산마루를 넘어와 진강산이 온통 타오르기 시작한다. 진달래가 진강산 산마루를 붉게 물들이면 마을에는 목련과 왕벚꽃이 꽃망울을 터뜨린다. 조팝나무가 하얀 꽃송이를 피워 올리고 개복숭아꽃이 화려하게 피어날 때쯤이면 이번에는 왕벚꽃이 진강산 산마루 턱밑까지 연분홍빛 뭉게구름을 피웠다가 연둣빛 구름에 자리를 내주기 시작한다.

봄이 무르익을 무렵, 마을 어귀에 있는 버스 정류장에서 올려다보면 우리 집은 산벚꽃 구름 위에 둥둥 떠 있는 것처럼 보인다. 우리 집이 덕정산 산중턱에 있기 때문이다. 그래서 우리 집 마당에 서면 진강산과 덕정산 산자락에 폭 싸인 우리 마을이 한눈에 들어온다. 버스가 다니는 큰길에서 우리 마을로 들어오는 길은 용내천을 따라 구불구불하다. 진강산과 덕정산 사이 계곡에서부터 흘러내리는 용내천은 용이 꿈틀거리듯 마을을 몇 차례나 휘감아 돌기 때문에 마을 어귀에서 우리 집까지 올라오는 길에는 다리가 네 개나 된다.

마을 어귀에서 용내천을 따라 올라오다가 다리를 하나 건너면 대안 학교와 마을로 들어가는 갈래길이 나온다. 거기서 마을 쪽으로 접어들어 야트막한 언덕을 오르면 느티나무가 한 그루 서 있다. 그 느티나무를 지나 용내천 다리를 하나 더 건너면 마을회관 삼거리가 나온다. 마을회관 삼거리에는 마을버스 정류장과 놀이터가 있다. 거기부터가 살문리인 셈이다. 마을회관에서 20미터쯤 이어지는 오르막길 중간에는 정자나무가 있다. 우리 마을 정자나무는 육십 년쯤 된 아름드리 느티나무다. 느티나무 아래에는 마을 이장님이 사람들이 앉아 쉴 수 있게 시멘트로 턱을 만들어 놓았다. 어렸을 때는 나도 거기서 소꿉놀이를 하며 놀았는데 요즘은 어른들이 일하다 땀을 식히는 곳으로만 쓰인다. 정자나무에서 조금 더 올라가면 살문리 삼거리가 나오고 그 삼거리를 사이에 두고 돌담을 따라 아담한 집들이 옹기종기 모여 있는 그곳에 성공회 교회가 있다. 지금 쓰고 있는 교회 건물은 십오 년 전에 새로 지은 것이지만 그 옆에 백 년 된 종탑은 그대로 남아 있다.

나는 작고 아담하던 예전 우리 마을이 좋다. 요즘은 마을회관 아래도 산 밑이나 냇가를 따라 서양식으로 지은 전원주택과 펜션들이 들어서고, 대안 학교도 들어와 꽤 큰 마을이 되었다.

우리 집은 마을에서도 한참 지나 산으로 난 비포장도로로 올라와야 한다. 할머니 말로는 원래 우리 집이 있는 곳이 집터는 아니었단다. 할아버지가 임야를 개간해 돼지우리를 지었던 곳인데 산 너머에 있는 해병대 사격장 때문에 돼지가 자꾸 유산을 해서 결국 돼지 치는 것을 포기하고 집을 지었다고 했다. 우리 집은 내가 태어나기도 전에 지은 집이라 많이 낡았지만 벽돌로 지어 꽤 튼튼하다. 거실 창문은 남서쪽으로 나 있어 석모도 너머로 해가 넘어갈 때까지 볕이 들어온다. 여름에는 좀 덥지만 겨울엔 따뜻하다.

또 내 방 창문은 동쪽으로 나 있어서 아침에 가장 먼저 해가 든다. 겨울밤에는 내 방 창문으로 오리온자리가 뜨고 봄 여름 가을에는 달도 훤히 보인다. 어렸을 때는 멋대가리 없이 크기만 한 창문이 무섭고 싫었는데 이제는 침대에 누워서도 창밖을 볼 수 있어 좋다.

할머니가 오일장에 가기 위해 첫차를 타러 나설 때 나와 용민이도 같이 집을 나섰다. 연둣빛 청딱따구리가 참나무 사이를 날아다니며 요란하게 울어 댄다. 아침 숲의 서늘하고 축축한 기운이 살갗에 닿는 느낌이 퍽 상쾌하다. 산길을 벗어나 마을길로 접어들자마자 옆 논 풀숲으로 뭔가가 푸드덕거리며 몸을 숨긴다. 얼핏 해오라기의 댕기 같은 것을 본 것 같다.

"누나, 저거 뭐야?"

"해오라기."

"해라오기?"

"아니, 해, 오, 라, 기. 따라 해 봐. 해, 오, 라, 기."

용민이가 따라 한다.

"해, 오, 라, 기."

"자, 이젠 붙여서 해 봐."

"해라오기."

"에이, 바보."

용민이랑 대화를 하다 보면 마치 사오정 놀이를 하는 것 같다.

또래보다 말이 느린 용민이가 걱정스럽다.

"이 집은 모가 잘 자랐네. 당장 모내기를 해도 되갔는데 비가 안 오니 큰일이다."

할머니가 냇가 옆 건우네 논의 못자리를 들여다보며 혼잣말을 한다. 그때 꾀꼬리 한 쌍이 나무와 나무 사이를 옮겨 가며 울어 댄다. 어느 틈에 나타났는지 펜션 아래 나무에서 또 한 마리의 꾀꼬리가 날아와 요란한 소리를 내며 싸운다.

"할머니, 꾀꼬리들이 짝짓기 할 땐가 봐."

"그러게 말여. 세월이 비행기보다 빠르다, 빨러. 아마 눈 깜빡할 새에 이 할머이도 땅으로 들어가 있을지 몰라. 그러니 할머이 말 잘 들어."

"할머니는 꼭 이상한 데로 빠지더라. 난 그냥 꾀꼬리들 보면서 한 말인데."

"소쩍새 울면 참깨 심고, 꾀꼬리 울면 고추 모 심고, 뻐꾸기 울면 콩 심고, 보리 베고, 모 심고, 피 뽑고 그러다 보만 여름 가고, 가을 오고, 겨울 오고. 그러만 이 할머이는 칠십을 훌쩍 넘겨서 팔십이 될 거고. 그 전에 하느님이 불러 가실 수도 있고 그런 거야. 그러니 뭐가 반갑겠냐? 살날이 창창한 너나 꾀꼬리 소리 들으면 좋지."

할머니가 말을 마치고 한숨을 크게 쉬자 용민이가 잽싸게 가서 할머니 손을 잡는다.

"할머이, 속짱해? 난 꾀꼬리 싫어. 그러니까 할머이 오래오래 살아야 돼."

"어이구, 내 새끼. 그저 이 할머이 맘 알아주는 건 용민이밖에 없구나."

말도 잘 못하는 녀석이 눈치 하나는 빠르다. 그래서 할머니는 용민이라면 사족을 못 쓴다. 열여섯이나 된 나는 그런 용민이한테 샘이 나서 할머니 손에 매달려 어리광을 부리는 애한테 괜한 트집을 잡는다.

"야, 윤용민. 너 이제 1학년이니까 말 똑바로 하라고 했지? 왜 자꾸 혀 짧은 소리를 해? 그러면 친구들이 놀린다니까."

할머니가 얼른 역성을 든다.

"넌 얘만 할 때 이만큼도 못했어."

할머니가 무심코 한 말에 나는 또 한 번 가슴에 멍이 들고, 할머니는 움찔한다. 그리고 눈치 빠른 용민이가 쐐기를 박는다.

"누나도 화나면 말 막 더듬고 못하잖아. 광수 형아가 맨날 놀리잖아, 나도 다 알아."

나는 할머니와 용민이를 제치고 앞으로 나와 걸었다. 이장님 댁에는 백당나무 꽃이 흐린 연둣빛이 되어 있다. 며칠 지나면 희고 탐스러운 꽃이 될 것 같다. 삐쳤던 마음이 꽃을 보니 스르르 풀린다. 나도 다른 여자애들처럼 삐친 마음이 좀 오래가면 좋겠다.

"어, 우주 형이다."

살문리 삼거리에 다다를 때쯤, 우주가 언덕을 내려와 마을회관 쪽으로 내려갔다. 용민이가 반가워하며 우주를 부르려는 것을 얼른 막았다.

"왜 그래?"

"뭘 불러? 마을회관 앞에 가면 만날 텐데."

"우주 형아랑 같이 가고 싶은데."

용민이가 우주의 뒷모습을 보며 투덜거리자 할머니가 용민이에게 물었다.

"우리 용민이, 우주가 좋은가?"

"응, 근데 광수 형아도 좋아."

"마을에 그래도 우주랑 광수가 있어서 우리 용민이가 형이라고 따르고 다행이네. 그나저나 우주 쟤는 언제 봐도 단정하고 멀끔허다."

할머니 말대로 우주는 언제나 단정하고 말쑥하다. 교복 웃옷의 깃도 방금 다림질한 것처럼 빳빳하고 등판에도 구김 하나 없다. 우주 엄마는 우주 교복을 날마다 빨아서 다려 준다고 했다. 우주는 바지도 우리 반 다른 남자 아이들과 달리 닳거나 찢어진 데가 하나도 없다. 우주는 교복을 입고 축구를 하거나 아이들과 심한 장난을 치는 일이 결코 없기 때문이다. 다만 키가 큰 탓에 바지 길이가 짧아져 복사뼈가 보인다. 입학할 때보다 15센티미터나 더 컸다니 단을 더 늘일 수도 없는 노릇일 터다.

나는 이렇게 아침에 우연히라도 우주의 뒷모습을 보며 걸을 때
가 참 좋다.

4. 광수와 나

"19번, 「초혼」 외워 봐."

"19번 윤유정. 일어나."

국어 보충 선생님이 출석부를 들여다보며 내 이름을 부른다. 아이들의 눈길이 한꺼번에 나에게로 쏠리는 것이 느껴진다. 눈앞이 캄캄해진다.

우리 학교 근처에는 해병대 부대가 있어 몇 년 전부터 방과 후에 군인 아저씨들이 와서 영어, 수학, 국어 같은 과목은 보강을 해 준다. 무료인 데다 성적에 도움이 되고 재미도 있으니 나쁠 건 없지만 이번에 새로 온 국어 선생님은 도무지 마음에 안 든다. 자기는 명문대를 다니다 군대에 왔다고 걸핏하면 자랑이고, 수업도 완

전 자기 맘대로다. 시를 50편씩이나 출력해 주더니 그걸 외우라고
한다. 고등학교 가면 문학 시간에 시 공부가 가장 어렵다며 지금부
터 석 달 동안 시를 집중적으로 보강해 주겠단다. 다 좋다. 문제는
선생님이 아무나 지목하면 일어나 외운 시를 읊어야 한다는 것이
다. 그동안은 용케 잘 피해 갔는데 결국 오늘 내 이름이 불렸다.

"19번 윤유정, 안 왔어?"

마지못해 일어났다. 선생님이 고개를 들어 나를 바라보았다. 옆
머리는 거의 삭발이고, 윗머리만 솥뚜껑처럼 까맣게 남긴 해병대
머리는 왠지 더 무섭고 딱딱하게 보인다. 그래서 군인 선생님들의
수업을 받을 때면 나는 일부러 눈을 안 맞추려 애쓰는데 오늘은
고개를 꼿꼿이 세워 선생님을 올려다보았다. 반항하려는 것이 아
니라 혹시 선생님이 내 입술 위의 흉터를 보고 뭔가 눈치채길 바
랐기 때문이다. 그러나 역시 이 군인 선생님은 둔하기 짝이 없다.

"못 외웠어?"

순간 생각한다. 차라리 못 외웠다고 해 버릴까? 그런데 선생님
이 다시 채근을 한다.

"못 외웠으면 읽기라도 해."

우리 반 아이들이 걱정스럽게 나를 올려다보고 있다. 아이들은
내가 긴장하거나 당황하면 말을 심하게 더듬고 발음이 꼬인다는
걸 알고 있다. 가슴이 쿵쾅거리고 손이 달달 떨렸다.

"윤유정, 어서."

나는 눈을 딱 감았다. 그리고 외운 시를 읊기 시작했다.

"탄탄이 부셔진 이음이여, 허공둥에 헤어진 이음이여, 불어도 주인 없는 이음이여……"

아이들이 키득거리는 소리가 들렸다. 그러나 나는 멈추지 않았다. 멈추면 지는 거다. 작은아빠가 늘 말했다. 어떤 상황이 오든 먼저 물러서지 말라고. 군인 선생님의 당황한 표정이 눈에 들어왔다. 얼굴이 뜨거워 폭발할 지경이 되었다. 긴장할수록 왜 이렇게 혀가 꼬이는지, 평소에는 아무렇지도 않게 잘되던 발음까지도 심하게 꼬인다. 그래도 나는 끝까지 시를 다 외웠다. 그러고는 자리에 앉았다. 군인 선생님의 얼굴이 나보다 더 빨개져 있었다.

"차, 참 잘했어요. 퍼, 퍼펙트."

아이들 몇이 따라 손뼉을 치다 멈췄다. 퍼펙트라니. 끝까지 남의 입장 따위에는 관심이 없는 선생님이다. 자리에 앉은 뒤부터는 수업이 어떻게 이어졌고 어떻게 끝이 났는지 모르겠다. 그러나 나는 끝까지 울지 않았다.

나는 언청이다. 의학 용어로는 구순 구개열이라고 한단다. 나는 입술이 코 바로 밑까지 갈라지고 입천장마저 갈라진 채로 태어났다. 그런데 내가 언청이로 태어났다는 말에 마을 사람들은 엄마가 성병을 앓거나 술 담배를 해서 그렇다며 숙덕거렸다. 그런 소문이 돌 만했던 것은, 우리 엄마는 아버지가 집을 나가 공장 생활을 할 때 만난 외지 사람이었기 때문이다. 마을 사람들은 임신을 했다고 덜컥 결혼부터 시키는 할머니더러 신중하지 못하다며 입방아를 찧었다지만, 할머니는 순하고 참한 엄마가 마음에 들었다고 했다. 할머니는 며느리가 마음 못 잡고 자꾸만 밖으로 도는 큰아들을 잡아 주길 바랐단다. 그런데 아버지는 나를 낳은 엄마를 감싸 주기는커녕 마을 사람들의 뜬소문에 솔깃해서는 엄마를 닦달하기 시작했다. 의사가 구순 구개열이 생기는 건 꼭 성병 때문이 아니라 임신 초기에 무심코 먹은 감기약이나 영양실조가 원인일 수 있다고 말했지만 아버지의 의심은 날이 갈수록 커져 갔다.

몇 날 며칠을 술만 마시던 아버지가 아무 말도 없이 집을 나간 뒤, 한 달 만에 엄마도 떠나 버렸다. 입천장과 입술이 갈라진 탓에 어차피 엄마 젖을 빨 수는 없었지만 엄마 품마저 잃어버린 나는 할머니 품에서 특수 젖꼭지가 달린 젖병으로 분유를 먹어야 했다. 그리고 백일이 지나 입천장 수술을 했다. 의사는 돌 무렵에는 입술 수술을 해야 한다고 했지만 할머니는 나를 병원에 데려갈 여력이 없었다. 두 번째 수술을 받은 건 만 두 살이 다 되어서였다. 지방에 있는 자동차 회사의 한 협력 업체에서 일하던 작은아빠가 노조 활동을 하다가 해고를 당해 집에 와 있던 때였다. 의사는 입술 수술 시기를 놓쳐 흉터가 깊게 남을 수도 있다고 말했다. 그 말이 마음에 걸린 작은아빠는 그 뒤 일 년 만에 복직이 되어 되돌아간 일터를 버리고 다시 집으로 돌아오고 말았다. 작은아빠 말로는 내가 눈에 삼삼해 일이 손에 안 잡혔다고 했다. 여기까지가 내가 작은아빠와 할머니한테 들은, 내 기억에 없는 나의 과거다.

노동자에서 농부가 된 작은아빠는 농사일을 하는 틈틈이 일 년에 한 번씩은 나를 놀이공원에 데려가고 친구들 모임에도 나를 꼭 데리고 다녔다. 힘든 농사일을 마치고도 집에 돌아오면 한글을 가르쳐 주고, 읍에 있는 피아노 학원에도 보내 주었다. 아버지는 내가 유치원에 다닐 때만 해도 일 년에 한두 번씩 왔다 갔다지만 내 기억에는 없다. 어쨌든 그러다 어느 날인가 할아버지가 애지중지하던 인산리 논을 팔아서는 그 돈을 들고 집을 나가 연락을 끊었다. 아버지가 의정부라는 데서 교통사고를 당했다는 소식이 온 것은 초등학교 입학을 앞두고 있을 때였다. 아버지는 의정부에 있는 어느 병원의 중환자실에서 일주일 정도 있었다. 아버지의 사망 소식이 전해졌을 때, 할머니는 울지 않았다. 그러나 한밤중이면 할머니 울음소리가 들렸다. 남몰래 일어나 우는 게 아니라 자면서 울었다. 할머니 울음소리는 가을밤 컹컹 우는 너구리 울음소리 같았다. 무서워 할머니를 흔들어 깨우면 할머니는 자기가 울었다는 걸 알아채지 못했다. 엄마가 재혼했다는 소식이 들린 것도 그 무렵이었다. 그때 집 어딘가에 숨겨져 있던 내 부모님의 결혼식 사진이 다 불태워졌다.

작은아빠는 내가 여섯 살 때부터 김포에 있는 언어 치료실에 데려갔다. 이 년 동안 치료를 한 덕분에 부정확한 발음이 교정되었고 나는 친구들 앞에서 한결 자유롭게 말할 수 있게 됐다. 그리고 초등학교 6학년 때부터 작년까지 교정기를 낀 덕분에 발음이 더 좋아졌다. 그런데 지금도 긴장하거나 다급해지면 시옷이나 지읏 같은 발음이나 연음, 이중모음을 정확히 하는 게 어렵다.

내가 스스로 언청이라는 사실을 자각한 것은 초등학교 5학년 영어 캠프 때였다. 거기서 만난 다른 학교 아이 중 하나가 내 입술 위의 흉터를 보고 깜짝 놀라며 물었다.

"너 언청이야?"

'언청이'라는 말을 또래 아이한테서 들은 것은 그때가 처음이었다. 어렸을 때 마을 어른들이 '언청이'라고 하는 소리를 지나가듯 몇 번 들었을 뿐이다. 그 아이는 목사인 아버지와 함께 베트남에 가서 이 년 동안 살다 와 언청이라는 게 무엇인지 알고 있었다. 캠프 하루 만에 영어 마을에 내 소문이 돌았다. 다음 날이 되자 유치원 때부터 육 년 동안 같은 학교에 다닌 친구들까지 슬슬 나를 피했다. 심지어 지희마저도 내게 거리를 두는 것 같았다. 갑자기 내가 무슨 전염병 환자라도 된 것 같았다. 사흘째 되던 날, 광수가 나를 언청이라고 놀리던 목사 아들한테 주먹을 날렸다. 그 바람에 영어 마을이 발칵 뒤집히고 광수와 목사 아들은 벌을 받았다. 캠프가 끝나고 학교로 돌아온 뒤, 지희는 콧물 눈물을 흘리며 내게 사과했다.

"나도 왕따 될까 봐 그랬어…… 미안해."

나는 그때 친구들도 언제까지나 내 편일 수 없다는 걸 알게 되었고, 비로소 내 흉터에 대해서도 자각하게 되었다.

작은아빠는 그해 겨울방학에 땅을 담보로 빚을 내 서울에 있는 대학 병원에서 입술 성형 수술을 해 주고, 곧장 치과에 데려갔다. 삼 년 가까이 교정기를 끼고 불편함을 견뎌 낸 덕분에 합죽하던 윗입술과 흉터도 많이 감춰지고 이도 많이 교정되었다. 아직 콧구멍이 약간 짝짝이고 코끝도 약간 비뚤어졌지만 얼핏 봐서는 눈치채지 못할 정도라고들 한다. 작은아빠는 내가 대학에 입학하기 전에 코 수술과 악관절 수술까지 반드시 해 주겠다고 되풀이해 말한다. 작은아빠 덕분에 나는 친구들 앞에서 좀 더 당당해질 수 있었지만 어쩌다 이런 일이 일어나면 나도 모르게 화가 치밀고 어디론가 숨어 버리고 싶어진다.

학교 버스가 마을회관 앞에서 섰다. 지희는 아직도 내 눈치를 살핀다. 내가 괜찮다고 한마디만 하면 지희가 덜 걱정할 텐데 입이 떨어지지 않았다. 자존심이 상하고 창피했다. 찔레꽃의 달콤한 향기도 위로가 되지 않았다. 그런데 느티나무 앞을 지날 때쯤 김광수가 기어코 내 성질을 건드리고 말았다.

"탄탄이 부서진 이음이여. 불어도 내가 죽을 이음이여."

처음에는 이를 악물고 참았다. 괜히 맞상대를 해서 긁어 부스럼을 만들고 싶지는 않았다. 어차피 버스 정류장에서 교회 앞 삼거리까지는 얼마 안 된다. 그러나 광수는 나의 아량 따위에는 관심이 없었다.

"야, 유떵아, 미난해. 논녀서 삐떴냐?"

"야, 김광수, 그만해. 장난도 지나치면 폭력이야."

우주 목소리였다. 그러자 광수가 퉁명스럽게 말했다.

"이우주, 참견 마라. 폭력은 무슨, 장난이라니까."

그 말에 지희도 참지 못하고 뒤를 돌아보며 소리쳤다.

"야, 김광수. 넌 유정이 속상한 거 다 알면서도 그렇게 장난이 하고 싶냐?"

"윤지희, 너도 가만있어라. 장난 좀 치는 걸 가지고 뭘 그러냐? 나는 쟤가 너무 속상해하니까 웃으라고 그러는 거지."

광수가 되풀이해서 장난이라고 하는 말에 불뚝성이 났다. 그때 마침 길가에 쌓아 놓은 고추 지지대가 눈에 들어왔다. 나는 고추 지지대를 집어 들고는 곧장 달려가 광수를 마구 때렸다. 우주와 지희가 달려들어 말리지 않았다면 아마 광수 팔뚝 하나쯤 부러뜨렸을지도 모르겠다.

"야, 윤유정. 아무리 화가 나도 그렇지, 이것도 폭력이야."

우주의 말에 지희가 발끈했다.

"이우주, 넌 이게 폭력으로 보여? 쟤가 먼저 건드렸잖아."

"그래, 맞는 말인데 폭력에 꼭 폭력으로 맞서야 해? 광수나 윤유정이나 똑같아지는 거지."

우주의 말에 눈물이 왈칵 쏟아졌다. 나는 고추 지지대를 집어 던지고 냅다 달리기 시작했다.

복동이가 짖기 시작하는 걸 보니 누가 우리 집으로 올라오고 있는 모양이다.

"야, 유정이 이 기지바이. 너 나와 봐."

아니나 다를까 광수 할머니였다. 나는 어느 정도 마음에 준비를 하고 있었지만 영문을 모르는 작은엄마는 깜짝 놀라 밖을 내다보았다.

"부모 없는 병신이라고 웬만하믄 넘어가는데 우리 귀한 손자를 패다니!"

광수나 광수 할머니나 똑같다. 내가 가장 싫어하는 말만 골라서 하는 것으로는 막상막하다.

"걔가 논니까 그러죠. 내 말 흉내 내면서 논녔단 말이에요."

화를 참으며 변명하려니 또 발음이 꼬였다.

"사내아이가 좀 놀렸다고 기지바이가 그렇게 악감정을 먹고 등짝을 후려치냐? 엉? 우리 광수가 널 얼마나 좋아하는데, 사내아가 그 정도 장난도 못 쳐? 등이 아주 시퍼렇게 멍이 들었어."

광수 할머니가 내게 호통을 치자 복동이가 으르렁거린다. 복동이 응원을 받으니 나도 모르게 목소리가 더 커졌다.

"할머이, 남자애들은 여자애들 놀려도 된다는 법이 어딨어요? 그리고 내가 광수더러 공부 모타고 돈머리라고 논니고 나서 장난이라고 하면 할머이는 좋겠어요?"

"뭐라고? 저 배운 데 없는 년이 어른이 말하는데도 꼬박꼬박 말대답이네. 우리 광수가 왜 돌머리야?"

그때 작은엄마가 내 앞을 가로막았다.

"광수 할머니, 광수 나빠요. 유정 놀리고."

작은엄마의 갑작스러운 행동에 나도 광수 할머니도 깜짝 놀랐다. 그때 마침 할머니가 집으로 올라왔다.

"아이고, 우리 형님 오셨시겨?"

할머니 말에 광수 할머니가 뒤를 돌아보며 소리를 쳤다.

"아, 자네는 손녀딸 교육을 어떻게 시키나? 엉?"

할머니는 호미를 현관 옆 선반에 올려놓으며 눈짓으로 무슨 일이냐고 물었다. 나는 대답 대신 눈을 피했다. 할머니는 나를 슬쩍 밀치며 광수 할머니 쪽으로 갔다.

"아이고, 우리 형님이 왜 이렇게 화가 나셨시꺄? 고정하시겨."

"자네 손녀딸이 우리 귀한 손주를 얼마나 팼는지 온몸이 멍투성이야. 그래서 내가 좀 혼내려고 왔더니 이젠 이 집 며느리까지 이 늙은이한테 눈을 부라리네."

그때였다. 광수가 헐떡거리며 마당으로 뛰어 들어왔다.

"아이 씨. 할머니 뭐 해? 여기서."

"뭐 하긴, 우리 귀한 손자 때린 년 혼내러 왔지."

광수가 발을 구르며 고래고래 소리를 질렀다.

"얘가 그런 거 아니라고! 할머니, 정말 나 죽는 거 보고 싶어?"

"저, 저, 저 새끼 하는 말 좀 봐. 아니긴 뭐가 아니야? 그 누구냐, 신부님네 아들, 우준지, 지군지 하는 애가 그러더만. 유정이 기집 년이 팼다고."

"어유, 진짜. 내가 잘못한 거라고! 창피하게 왜 그래?"

광수는 목이 갈라질 정도로 소리를 지르며 제 할머니 곁으로 오더니 팔을 잡아끌었다.

"아유, 할머니가 이러면 쪽팔린다고."

"이 병신 같은 놈, 이러니 여자애한테 당하지. 너 유정이 이년, 또 한 번 우리 손자한테 손대 봐."

광수 할머니는 광수 손에 끌려가면서도 내내 구시렁거렸다. 광수와 광수 할머니가 내려가자 할머니가 마루에 서 있는 나를 올려다보았다. 금세 불호령이 떨어질 줄 알았는데 할머니 눈에 눈물이 고여 있었다. 할머니는 내게 하는 꾸중인지 혼잣말인지 분간이 안 될 정도로 작게 중얼거리기만 했다.

"승질머리하고는. 곰 새끼처럼 내내 참다 한 번 터지면 물불 못 가리니……."

그 뒤로 광수한테 전화가 왔지만 받지 않았다. 자기가 먼저 잘못

해 놓고는 제 할머니 앞에서 괜히 내 편을 드는 척하는 게 더 괘씸했다. 나는 이번만큼은 절대 광수를 용서하지 않겠다고 스스로 다짐하고 또 다짐했다. 저녁 먹고 숙제를 하고 있는데 용민이가 슬그머니 내 방으로 들어왔다.

"누나."

"왜, 받아쓰기 해야 돼?"

"아니."

용민이가 내 눈치를 보다가 쭈뼛거리며 말했다.

"광수 형아가 이거 주래."

편지였다.

"누나 꼭 봐야 해. 형이 누나가 보는지 안 보는지 꼭 보고 오랬어. 누나가 안 보면 내 책임이래."

나는 마지못해 편지지를 펼쳤다.

> 윤유정, 미안해.
>
> 나쁜 뜻으로 놀린 거 아니야. 미안해.
>
> 진심 그냥 장난이었어.
>
> 나는 니가 시무룩하게 있는 걸 보면 장난이 하고 싶어.
>
> 그래서 그런 거야. 정말이야.
>
> 그리고 우리 할머니가 그런 것도 용서를 빌게.
>
> 요새 우리 아빠 때문에 신경이 날카로워서 그래. 이해해.

나는 널 무시하지 않아.

절대로. naver

나는 이 세상에서 니가 젤루 이뻐. 진짜야.

미안해. 정말 나쁜 뜻 아니었어.

내 말을 믿어 죠.

너의 친구 광수

　정말 역겹다. 천연덕스럽게 거짓말을 하는 데다 맞춤법까지 엉망이다. naver라니 포털 사이트 이름은 거기다 왜 적어 놓았는지. 나는 맞춤법 틀리는 아이들이 정말 싫다. 편지지를 확 구겼다. 그러자 앞에 있던 용민이가 편지를 한 장 더 내밀었다.

　"이건 뭐야?"

　"광수 형아가 누나가 편지 주면 찢을 거니까 이거 꼭 다시 주래."

　다시 편지지를 폈다.

미안해 유정아.

그냥 장난이었어. 너 무시해서 놀린 거 아니야.

나는 진심 장난이었어.

그냥 너가 시무룩하지 않으면 좋겠어서 그런 거야. 진짜야.

나는 니가 기운 없는 게 싫어. 진짜야.

절대, 절대 놀린 거 아니야.

나 원래 그러잖아.

우리 할머니가 요즘 우리 아빠 때문에 속상해서 괜히 너한테 더

그랬어.

미안해.

내 사과를 받아 줘.

너의 친구 광수

내가 가만히 있자 용민이가 물었다.

"누나 편지 또 찢을 거야?"

"왜?"

용민이는 주머니에서 편지를 한 장 더 꺼내며 말했다.

"광수 형아가 누나가 편지지 찢을 때마다 이거 주래."

미안해 유정아.

정말 장난이었어.

다시는 장난 안 칠게.

내가 미쳤지.

이상해. 왜 널 보면 내 맘과 다르게 그렇게 하는지 모르겠어.

정말 미안해.

"야, 윤용민. 너 광수 만나면, 누나가 영화 따라 하려면 제대로 하라고 했다고 전해. 그리고 나 이런 유치한 거 더 싫어한다고 해."

용민이는 무슨 말인지 못 알아듣겠다는 듯이 고개를 갸웃하고만 있었다.

"관둬. 내가 말할게."

광수는 언제나 내 심기를 건드려 놓고는 장난이었다고 변명한다. 평소 같으면 용서 따위는 없지만 광수 아버지 때문에 할머니가 힘들다는 말에 그냥 참고 넘어가기로 했다.

요즘 광수네 집이 말이 아니다. 광수네는 덕정산 아래 산등성이에 있는 목장에서 젖소를 키웠다. 목장이라고 해도 텔레비전에 나오는 강원도 어디쯤 있는 드넓은 목장은 아니고, 임야를 개간해 만든 톱밥 깔린 작은 운동장과 우사, 그리고 한 번에 네 마리의 젖을 짤 수 있는 착유실이 전부였다. 그래도 항상 이십 마리에서 삼십 마리 사이의 젖소가 있었다. 물론 그중 젖을 짤 수 있는 소는 열댓 마리 정도고 나머지는 송아지거나 새끼를 낳은 소였다. 광수네 목장은 몇 년 전 낙농업을 현대화하라는 정부와 농협의 권유에 따라 우사를 현대식으로 새로 지었다. 난방기와 환풍기를 설치하고 착유기와 냉각 시설도 최신식으로 들여놓았다. 물론 거의 다 빚이었다. 아침마다 학교 갈 무렵이면 '○○우유'라고 쓴 집유차가 마을로 들어왔다. 그때마다 광수는 자랑스럽게 말했다.

"우리 우유가 1등급이라는 거지. 부럽지?"

초등학교 때는 광수네 집에 송아지가 태어나면 우유를 먹여 주는 재미에 목장에 자주 갔었다. 내가 보기에 어미 소의 젖통은 송아지한테 먹일 젖이 나오고도 남을 만큼 커 보였다. 어떨 때는 어미 소가 큰 젖통을 주체 못 해 쩔쩔매는 모습이 가여워 보이기도 했다. 그런데도 광수 아버지와 할머니는 송아지를 어미 소와 따로 키우며 젖병으로 우유를 먹였다. 일요일 아침, 예배 전에 광수네 농장에 가면 어미 소가 스테인리스로 된 착유기를 젖통에 끼우고 있는 모습을 볼 수 있었다. 광수 아버지는 그렇게 젖을 짜 주어야 젖통이 아프지 않다고 했지만 난 왠지 그런 모습을 볼 때마다 안쓰러웠다. 광수 역시 나랑 같은 마음이었는지 송아지를 아버지 몰래 어미에게 데려다주려다 걸려 매를 맞기도 했다. 광수 아버지는 어미 소 젖 양이 너무 많아 송아지가 빨아먹다 과식을 하면 설사병에 걸릴 수 있고, 어미가 유방염에 걸릴 수도 있기 때문에 떼어 놓는 거라고 했다. 그래도 나는 어미가 옆방에 있는데도 젖병을 빨아야 하는 송아지가 불쌍했다. 착유실의 커다란 스테인리스 통과 관, 까만 고무 호스를 보면 사람들이 소한테 못할 짓을 하는 것 같아 우유 먹기가 싫어졌다. 그래도 배고픈 송아지에게 커다란 송아지용 젖병을 물려 주는 일은 신기하고 재미있었다. 송아지들이 젖꼭지를 어찌나 세게 빠는지 내 팔뚝이 쭉쭉 빨려 들어갈 것만 같았다.

젖소 키우기란 쉬운 일이 아니었다. 아침저녁으로 젖을 짜서 우유 회사 집유차에 옮기는 일뿐 아니라 착유실을 청소하고, 젖소에게 사료를 챙겨 먹이고, 병에 걸리지 않게 수시로 검사를 받는 일까지, 한두 가지가 아니다. 게다가 젖소 운동장에 깔아 놓은 톱밥을 정기적으로 갈아야 하고, 우사도 자주 청소해 줘야 하고, 분뇨 처리장도 관리해야 했다. 우리 살문리에는 광수네만 소를 키우는데 마을 사람들이 소똥 냄새가 난다고 불평한 적이 한 번도 없다. 분뇨 처리장을 최신 시설로 바꾸기 전부터도 광수 아버지는 냄새나 파리로 마을 사람들에게 피해를 주지 않았다. 작은아빠는 해마다 추수가 끝나면 볏짚을 다른 데 넘기지 않고 꼬박꼬박 광수네 목장으로 갖다줬다. 광수 아버지는 젖소에게 사료를 먹이면서도 겨울에는 반드시 볏짚을 같이 먹였다.

그렇게 애지중지 키우던 젖소들을, 두 번이나 생매장을 한 것이다. 광수 아버지가 포클레인으로 땅을 파던 날, 광수는 은행나무 아래서 엉엉 소리 내어 울었다. 광수 아버지 역시 구제역에 걸리지도 않은 생때같은 소가 죽어 가는 것을 보다 끝내 통곡을 했다고 했다. 그날 저녁 광수 아버지와 술을 마시고 집에 돌아온 작은아빠가 목이 메어 말했다.

"자꾸만 그 소 눈망울이 떠올라 미치겠어. 그놈들이 자기가 왜 죽어야 하는지 까닭을 알기나 하느냐고. 구제역이 발생한 데서 3킬로미터 이내에 있는 소들은 병에 걸리지 않았는데도 죄다 살처분하라니. 정말 가엾어서……. 세상에 인간만큼 잔인한 동물도 없을 거야."

그렇게 소를 살처분한 뒤 몇 달이 지나 나온 젖소 보상금은 밀린 사료 외상값을 갚는 데 쓰고, 소를 사느라 빌린 대출금은 여전히 빚으로 남았다고 했다.

이 년 동안 연거푸 자식같이 애지중지하던 소를 산 채로 묻고 나서 광수 아버지는 목장을 비워 둔 채 날일을 다녔다. 광수는 아버지가 집에 돌아올 때마다 텅 빈 착유실과 우사를 보고 운다며 풀 죽어 말했다. 광수 할머니는 당신도 돈벌이를 하겠다며 종개리에 있는 버섯 농장에 가서 날일을 하고 주말에는 집 앞 텃밭에서 밭농사를 지었다. 광수 할머니의 가장 큰 걱정은 광수 아버지였다. 구제역 파동으로 선원리의 목장 주인이 스스로 목숨을 끊은 뒤 행여나 광수 아버지도 어리석은 짓을 할까 마음을 졸인다고 했다.

작년 가을까지만 해도 마을 어귀 배나무 밭 아래 도랑 옆에 가면 봉긋하게 솟아오른 땅 위로 굴뚝처럼 관이 너댓 개 꽂혀 있는 곳이 있었다. 거기가 바로 광수네 소가 묻힌 곳이었다. 다른 면에 가면 그런 소나 돼지 무덤이 더 많았다. 나는 그 무덤들을 볼 때마다 가슴이 찌릿찌릿했다. 내가 소고기를 먹지 않게 된 것도 그 무렵이었다.

광수 할머니에게 광수는 유일한 위안이고 희망이다. 나는 이번만 광수를 용서하기로 했다.

5. 안젤리나 졸리와 브래드 피트

"어서 가. 안 그러면 그 점퍼마저 뺏어서 쓰레기통에 버린다."

작은아빠의 호통에 용민이가 움찔한다. 용민이는 어젯밤부터 갈아입고 갈 점퍼가 없다고 투정을 부렸다. 할머니가 감자를 캐면 팔아서 사 주겠다고 어르고 달래도 당장 사 내라며 고집을 피웠다. 잠자코 듣던 작은아빠가 정색을 하며 혼내자 용민이는 점퍼를 벗어 던지고는 가방을 들고 뛰어나갔다. 그 덕분에 나도 부랴부랴 용민이 뒤를 따라 내려왔다. 용민이는 요즘 부쩍 옷 타령이다.

용민이가 다니는 초등학교는 내가 다닐 때부터도 학생 수가 줄어든다는 이유로 폐교 얘기가 들리곤 했다. 그러자 몇 년 전부터 교장 선생님과 학교 운영 위원회에서 의논해 농촌 체험 학교를 열어서 도시 아이들이 계절별로 현장 체험 학습을 오게 했다. 도시에서 학원과 학교만 맴맴 돌던 아이들은 단 일주일이나마 경험한 농촌 학교에 푹 빠졌고, 학부모들은 초등학교 때만이라도 아이들에게 자연과 함께하는 경험을 쌓게 해 주고 싶다며 전학을 시켰다. 그래서 계절마다 두세 명씩 전학생이 생겼다. 그 덕분에 학생 수가 늘어났고, 폐교 위기에서도 벗어났다. 친구가 없던 농촌 아이들에게 새 친구가 생기고 두세 반씩 한꺼번에 수업받는 '복식반'도 사라졌다. 그렇지만 마을 어른들 중에는 도시에서 온 사람들 때문에 집값만 오르고 마을 아이들한테도 도시 물이 들었다고 못마땅해하는 경우도 있었다. 용민이네 반도 원래 우리 면에서 태어나거나 자란 아이는 겨우 둘뿐이고, 셋이 도시에서 온 아이들이다. 그러다 보니 용민이가 자꾸 도시에서 온 아이들의 옷차림이나 그 아이들이 쓰는 학용품, 장난감에 영향을 받는다.

마을회관 앞에 도착하자 우주가 보였다. 회관 화장실 옆 벽에 기대 선 채 책을 읽고 있었다. 단정하게 교복을 차려입은 우주는 주변 사람들에게 전혀 관심이 없어 보인다. 그런 우주를 장에 나가기 위해 첫차를 기다리는 할아버지 할머니들이 못마땅한 듯 흘끗거리고 있다. 우주는 부드럽고 예의 바르지만 마을 어른들한테 살갑게 말을 걸거나 어리광을 피우지는 못한다.

"할머니 할아버지, 안녕하세요?"

광수 목소리는 아침부터 쩌렁쩌렁하다. 광수는 언제 어디서든 조용히 나타나는 법이 없다. 그런데 그 점이 우리 마을 할아버지 할머니들을 즐겁게 한다.

"어이구, 광수구만."

"하여튼 자이는 언제나 씩씩하고 인사성이 발라."

"우리 마을에 광수만 한 아가 없지. 인물 좋고, 성격 좋고."

"몸도 좋잖어."

"오늘따라 우리 광수 왜케 훤허냐?"

할머니들은 인사만 하고 말 한마디 없이 음악만 듣고 있는 우주더러 들으라는 듯 큰 목소리로 광수를 칭찬했다. 그러나 할머니들이 우리 마을에서 가장 잘났다는 광수의 모습은 사실 눈 뜨고 못 볼 지경이다. 교복 셔츠는 학교 갔다 오자마자 방구석 어딘가에 쑤셔 넣었다가 주워 입고 나왔는지 구깃구깃하고, 교복 바지는 군데군데 솔기가 터졌다. 엉덩이 부분은 짜깁기한 데마저 다시 터질 듯 아슬아슬하다. 머리는 아직도 뒤통수가 납작하게 눌려 있는 걸 보니 물만 묻히고 나온 게 틀림없다. 광수는 그 꼴로도 뭐가 그리 좋은지 할머니들 앞에서 어제저녁 개그 프로그램에서 보았던 장면을 흉내 내고 있다. 나는 민망해 죽겠는데 할머니들은 서로 등을 때려 가며 웃는다. 그 꼴이 보기 싫어 용민이한테로 고개를 돌렸는데 용민이마저 그런 광수를 보고 히죽히죽 웃고 있었다.

"윤용민, 너 이제 다 풀렸어?"

용민이는 내 물음에 다시 입을 죽 내밀고 놀이터 쪽으로 가 버렸다. 그냥 내버려 둘까 하다가 마지못해 따라가 다시 한 번 달랬다.

"용민아, 이제 그만 풀어. 그깟 일로 이렇게 오래 삐쳐 있으면 어떡해."

"내가 또 이 옷 입고 가면 애들이 '또 그 옷 입고 왔어?' 그런단 말이야."

"누가 점퍼를 그렇게 여러 개 갖고 있니? 원래 겉옷은 한두 벌 있는 게 정상이야."

"다른 애들은 많아."

"걔네들이 이상한 거야. 누나도 겉옷은 한 벌밖에 없어."

"나도 모자 달린 스파이더맨 점퍼 갖고 싶단 말이야."

"할머니가 6월 말에 감자 팔면 사 주신다고 했잖아."

"여름 되면 스파이더맨 점퍼 안 입는단 말이야. 나도 머리끝까지 지퍼 올려서 입고 다니고 싶단 말이야."

"여름에 못 입으면 가을에 입으면 되지."

"싫어. 난 지금 입고 싶단 말이야."

"용민아, 니가 아무리 떼 부려 봤자 아빠는 절대 안 사 주셔. 너도 알잖아. 말 잘 듣고 있어야 할머니라도 사 주신다고."

용민이가 그 말은 알아듣는 것 같았다.

"누나가 할머니더러 다른 애들보다 더 멋진 걸로 사 주라고 할게. 이제 투정 그만 부려."

용민이는 곰곰이 생각하다가 말했다.

"할머니가 안 사 주면 누나가 책임질 거야?"

"알았어. 누나가 용돈 아껴서라도 사 줄게."

"진짜지?"

"그럼."

그제야 용민이의 입가가 살짝 올라갔다.

"용민아, 누나네 학교 버스 온다. 용민이네 버스는 십 분 있다가 오니까 여기서 그네 타다가 딱 맞춰 타."

"응. 누나, 약속한 거 잊지 마."

"알았어."

초등학교 버스는 우리보다 십오 분이나 늦게 온다. 우리 마을에서 초등학교에 다니면서 학교 버스를 타는 아이는 용민이와 3학년 남자아이 하나와 6학년 여자아이 둘밖에 없다. 그마저도 도시에서 온 지 얼마 안 돼 용민이와 어울리려 들지 않는다. 마을에는 용민이 또래 친구가 없어 안타깝다. 학교에서도 도시 아이들 틈에서 치이는 것 같아 걱정이다. 그래서 아침마다 용민이만 혼자 마을 놀이터에 두고 버스를 타려면 마음이 무겁다. 내가 초등학교 때는 버스 따위 없어도 학교 가는 길이 즐거웠다. 지희와 나, 광수가 함께 다니던 포도밭 앞 지름길에는 놀 거리가 참 많았다. 그래서 방과 후에 집으로 돌아오는 시간은 한 시간도 좋고, 두 시간도 좋았다. 봄에는 참개구리를 잡으며 놀고, 초여름에는 우리 포도밭에 들어가 도마뱀이랑 놀았다. 먹을거리도 많았다. 여름이면 배나무밭 뒤에 있는 뽕나무밭에서 오디를 따먹느라 손톱 밑이 검게 물들었다. 오디 열매가 열릴 때는 비닐봉지에 가득 따 가면 작은엄마가 잼을 만들어 주기도 했다. 땀을 많이 흘려 목이 마를 때는 아무 밭에나 들어가 오이를 서리해 먹기도 했다. 가을에는 지천에 널린 고구마 밭에 들어가 고구마를 서리해 먹고, 우리 집 골짜기까지 같이 올라 와 으름 열매를 따 먹기도 했다. 네 개로 갈라진 갈색 껍질 속에 솜 사탕처럼 들어 있는 으름 열매의 달콤함은 정말 최고다. 그런데 용민이는 시골에 살면서도 그 맛을 즐길 동무가 없다. 계곡에서 물놀이를 하거나 가재를 잡고 놀 때도 늘 용민이 용우 둘뿐이다.

"자, 오늘은 짝을 바꿀 거다."

우리 담임 선생님은 한 달에 한 번 꼴로 짝을 바꾼다. 겨우 스물세 명밖에 안 되는 반에서 짝을 자주 바꾸는 이유는 따돌림 없이 서로 잘 어울리기 위한 것이다. 원래 우리 학교는 심한 따돌림 따위는 없다. 그래도 짝을 바꾸는 날은 왠지 모르게 설레기도 하고 재미도 있다. 아마 선생님도 그 맛에 짝을 자주 바꾸는지도 모르겠다. 짝을 바꾸는 방법은 엿장수 맘대로, 그러니까 우리 담임 선생님 맘대로다. 우리 선생님은 짝짓기를 좋아한다. 예를 들면 청군 백군, 향단이와 방자, 장동건 고소영, 맥주와 땅콩, 감자와 고구마 같은 식이다. 조금은 유치하고 진부한 방법이지만 나름 재미도 있다. 오늘 내 쪽지에는 '안젤리나 졸리'라고 쓰여 있다. 그런데 안젤리나 졸리가 도대체 누군지 알 수가 없다. 서로 쪽지를 보여 주는 것은 금물이지만 슬쩍 지희에게 물었다.

"안젤리나 졸리가 누구야?"

"몰라. 어디서 많이 들어 본 것 같기도 하고. 배운가? 가순가?"

엄앵란 신성일, 고소영 장동건, 타블로 강혜정, 타이거 JK와 윤미래까지 무사히 짝이 지어졌다. 그런데 우주가 일어나더니 자기 쪽지를 읽는다.

"브래드 피트."

아이들 두세 명이 환호를 보냈지만 대부분은 자기 쪽지를 들여다보며 고개를 갸웃거렸다. 혹시 내가 가진 쪽지와 관련이 있을까? 그런데 아니면? 마음이 조마조마했다. 그때 우주가 반 아이들을 둘러보며 허탈한 목소리로 말했다.

"안젤리나 졸리 가진 사람 없어?"

도대체 안젤리나 졸리가 누구고 브래드 피트는 또 누구길래 우주가 안젤리나 졸리를 찾는지 알 수가 없었다. 우주가 다시 말했다.

"안젤리나 졸리."

나는 마지못해 손을 들었다. 순간 우주가 웃음을 터뜨렸다. 아이들도 덩달아 웃었다. 얼굴이 화끈거렸다.

"야, 윤유정, 너 브래드 피트도 몰라?"

우주가 그렇게 재미있게 웃는 것은 처음 본다.

"윤유정, 너 어떻게 안젤리나 졸리랑 브래드 피트도 모르냐? 세

계적으로 유명한 배우인데."

"나 외국 영화 안 봐."

"영화 안 봐도 인터넷에 맨날 올라오잖아."

나는 아무 대답도 하지 않았다. 내가 화난 걸 알았는지 우주는 금세 평소의 부드러운 목소리로 돌아가 말했다.

"윤유정, 브래드 피트랑 안젤리나 졸리 정도는 알아 둬. 세계적으로 유명한 배우 부부야. 그런데 정식으로 결혼한 부부도 아니다. 그런데도 애들도 있어. 입양까지 하고. 두 사람이 왜 결혼을 안 하는 줄 알아? 이 세상에서 동성애자에 대한 편견이 사라져서 사랑하는 모든 사람들이 떳떳하게 결혼하게 될 수 있을 때 결혼을 하겠다는 거야. 멋지지?"

우주는 정말 아는 것도 많다. 나는 건성으로 고개를 끄덕였다. 3학년이 된 뒤에는 우주와 짝이 될 기회가 없어서 짝을 바꿀 때마다 은근히 기대를 해 왔지만 이런 식은 아니었다. 어서 이 순간을 벗어나고 싶었다. 그런데 뒤에 앉은 광수가 참견을 하고 나섰다. 광수는 방자와 향단이로 지희와 짝이 되어 우리 바로 뒤에 앉았다.

"야, 이우주. 그까짓 외국 배우 좀 아는 게 뭐 그렇게 잘나서 졸리 나대냐? 난 별거 아닌 걸로 남 무시하는 애들 보면 졸리 패 주고 싶어. 무슨 배우 이름이 욕이냐? 뭐? 사랑하는 모든 사람들이 떳떳하게 결혼하게 되는 날 결혼을 해? 야, 진짜 졸리 잘난 척이야. 야, 윤유정. 그런 거 몰라도 되거든. 기죽지 마."

우주는 광수 말에 재미있다는 듯이 웃다가 책을 펴 들었다. 그러자 광수가 우주의 어깨를 툭툭 치며 물었다.

"야, 무시하냐? 왜 웃냐? 이 새끼 졸리 재수 없네."

그러자 우주가 말했다.

"무시하긴 내가 왜 널 무시해? 네 말이 재미있어서 그렇지. 나도 한번 써먹어 봐야겠다. 김광수 너야말로 졸리 흥분하지 마라."

그래 놓고는 혼자 더 크게 웃었다. 그런데 광수가 정색하고 우주를 쏘아보았다. 우주는 얼굴이 빨개져서는 어깨를 으쓱하며 돌아앉았다. 무안해하는 우주에게 잠깐 미안했지만 오늘만큼은 광수의 무식이 싫지 않았다.

6. 뜬 모 내기

"뜬 모 내는 거 도와주면 시간당 오천 원씩 쳐 줄게."

작은아빠가 나와 광수를 불러 놓고 아르바이트를 제안했다. 나는 선뜻 대답을 못 하고 우물쭈물하는데 광수는 단박에 대답했다.

"시간당 오천 원이요? 엄청 세다. 저는 콜입니다요."

이장님네 승용 이앙기가 낡아서 모가 제대로 심어지지 않았는지 듬성듬성 빈자리가 많아 새로 심어야 할 게 꽤 된다고 했다. 며칠 동안 작은아빠 혼자 뜬 모를 내다가 힘에 부쳐 우리에게 도움을 청한 것이다. 포도밭도 할 일이 많은 데다 요즘은 농촌에서 일할 사람을 구하는 것도 쉽지 않기 때문이다. 뜬 모는 모 사이를 조심스레 지나다니며 새로 모를 심어야 하기 때문에 내내 허리를 숙이고 있어야 해서 아주 힘든 일이다. 배불뚝이 작은엄마나 허리와 무릎이 아픈 할머니는 엄두도 내지 못한다. 뜬 모는 원래 경력이 오래된 농부들 몫이다. 일손이 얼마나 궁했으면 광수와 나한테 손을 내밀까 싶었지만, 솔직히 엄두가 나지 않았다. 그런데 광수가 덜컥 한다고 했으니 내가 못하겠다고 할 수도 없었다. 난감해서 어쩔 줄 모르는데 광수가 또 설레발을 쳤다.

"윤유정, 그냥 같이 하자. 내가 너 두 배로 일할게. 그래도 알바비는 더블로 안 받아."

"너, 나대지 말랬지? 네가 안 그래도 할 거거든. 작은아빠, 나도 할게."

정말 김광수는 내 인생에 도움이 안 되는 인물임에 틀림없다.

광수는 타고난 일꾼이다. 작은아빠와 손발이 딱딱 맞아 둘이서 뜬 모를 하며 앞으로 쭉쭉 나가는데 나는 거의 제자리걸음이다. 거머리가 무서워 스타킹을 신었더니 흙이 발가락 사이에 들어가 쌓이는 바람에 발을 뗄 때마다 스타킹이 축축 늘어졌다. 그렇다고 스타킹을 벗어 던지자니 거머리가 너무 무섭다. 허리를 숙이고 뜬 모를 찾다가 논물 속에서 거머리를 발견하거나 빨간 실지렁이들이 모여 꿈틀거리는 걸 보면 소름이 좍 끼친다.

바닷가에서 불어오는 바람이 간간이 땀을 식혀 주어 더위는 참을 만하지만 햇볕이 문제다. 선크림을 허옇게 바르고 모자를 눌러

쓰고 수건으로 턱밑까지 가렸지만 이래 봐야 소용없다는 걸 잘 안다. 가뜩이나 까맣다고 놀림을 받는데, 아마 내일까지 일을 하고 나면 내 얼굴에서 보이는 것은 하얀 이와 흰 눈동자뿐일지도 모르겠다.

이야기라도 하며 좀 쉬엄쉬엄 일하면 좋으련만 작은아빠나 광수나 말이 없다. 평소에 귀찮을 만큼 말이 많던 광수도 일하는 동안은 작은아빠와 똑같아진다. 둘 다 일밖에 모르는 황소 같다. 점심은 논으로 짜장면과 짬뽕을 배달시켰다. 광수는 짬뽕 곱빼기에다 공깃밥까지 추가해서 먹었다. 정말 사람이 아니라 괴물이다. 점심시간은 고작 삼십 분. 숨 고를 새도 없이 다시 일을 시작했다. 점점 서쪽으로 기우는 해 때문에 눈은 부시고 허리는 뻐근하고 팔은 점점 무거워졌다. 작은아빠는 해가 석모도 뒤로 꼴깍 넘어간 뒤에야 일을 멈췄다.

"여기까지만 데려다줄게. 난 지금부터 물 받아야 해."

작은아빠는 광수와 나를 마을회관 앞에 내려 주고 다시 논으로 돌아갔다. 가뭄이 심해지면서 요즘은 물대기 전쟁이다. 작은아빠는 양수기를 수로에 대 놓고 밤새 물을 받는다. 저수지에서 물을 내려 보내지만 우리처럼 저수지와 먼 논은 미처 물이 닿질 않는다. 이 년 전 수로 공사를 하면서 평형을 제대로 맞추지 않은 탓이다. 그런데 그나마도 이제 얼마 안 있으면 저수지 물마저 바닥을 보일 지경이다. 한 번도 마른 걸 본 적 없는 용내천 하구도 다 말랐고, 바닥이 쩍쩍 갈라진 논도 많다. 그런데도 우리 논은 마르는 법이 없다. 그러려니 작은아빠가 쉴 틈이 없는 거다.

하룻밤 자고 나니 엉덩이부터 허벅지 근육이 다 뻐근했다. 씻으려고 일어나려다 허리가 아파 다시 주저앉았다. 많이 아프다고 꾀를 좀 부릴까 고민하는데, 주방에서 작은아빠가 소리쳐 불렀다.

"유정아, 어서 나와서 밥 먹어."

나는 방에서 나와 주방으로 가면서 일부러 뻗정다리를 하고 허리를 뻣뻣이 세우며 앓는 소리를 냈다. 그래도 작은아빠는 단호했다.

"이틀 하기로 했잖아. 어서 밥 먹어."

이른 아침을 먹고 삼거리로 내려갔더니 광수는 먼저 내려와 기다리고 있었다.

"광수는 괜찮니?"

작은아빠가 묻자 광수는 천연덕스럽게 물었다.

"뭐가요?"

"안 힘드냐고. 허리랑 엉덩이 허벅지 다 뻐근하고 쑤시잖아."

내가 짜증스럽게 말하자 광수가 어깨를 으쓱했다.

"난 괜찮은데? 나는 평소에 운동을 하잖아. 내 허벅지 만져 봐. 축구로 다져져서 단단하다구."

"미쳤냐? 내가 네 허벅지를 왜 만져?"

정말 밉살맞기 짝이 없다. 작은아빠는 광수와 나를 번갈아 보더니 빙그레 웃으며 말했다.

"얘들아, 오늘은 뜬 모 내면서 풀도 좀 뽑아 줘. 아무래도 이 상태로 가다 보면 우리 논도 이제 바닥이 드러날 텐데, 그러면 풀이 무성해질 거야."

"넵, 삼촌."

아침에 처음 논물에 발을 담글 때는 제법 차갑다. 어제 처음 논에 들어올 때보다 몸은 더 무거워졌지만 이따금 허리를 펴 풍경을 바라볼 마음의 여유가 생겼다. 논 한가운데 서서 동쪽을 바라보면 진강산과 덕정산 사이에 오순도순 자리 잡은 살문리 마을과 진강산 아래 종개리, 하일리가 눈에 들어온다. 남쪽으로는 마니산과 화도면이 보이고 거기서 시선을 조금만 서쪽으로 옮기면 석모도가 손에 잡힐 듯 보인다. 하루 이틀 사이 심어진 어린 모들이 바람에 살랑거리는 논을 바라보고 있으면 이보다 더 평화로운 풍경이 또 있을까 싶다.

석모도 해명산 산마루에 해가 걸칠 때쯤, 바다에서 올라온 안개가 인산리 벌판으로 스멀스멀 넘어왔다. 옅은 저녁 안개에 잠긴 벌판 풍경도 참 아름답다. 일은 해가 석모도 뒤로 넘어가 바닷물이 붉은 보랏빛으로 물들 때쯤에야 끝났다. 일을 마치고 농로에 나와서 논을 바라보던 작은아빠가 말했다.

"너희 덕분에 뜬 모를 이틀은 앞당긴 거 같다. 고맙다."

광수가 머리를 긁적이며 대답했다.

"아니에요. 그런데 뜬 모를 다 마치지 못해 좀 찜찜해요."

"됐어. 이틀 동안 이만큼 했으면 잘한 거야."

모판을 정리하고 트럭에 올라타려는데 허벅지와 엉덩이가 당겨 제대로 올라가기가 힘들었다. 논에서 집으로 오는 길에 요철이 있는 데서 차가 덜컥일 때마다 허벅지며 엉덩이 근육이 아파 저절로 앓는 소리가 났다.

"야, 윤유정. 너 내일부터 언덕 내려올 때 갈지자로 내려오겠다. 내일 아침 내가 너희 언덕 아래서 보고 있어야지. 대박 웃기겠다."

"김광수, 너 정말 나댈래?"

팔에 기운만 있다면 정말 등짝에 멍이 들도록 때려 주고 싶었다. 어쩌면 그렇게 얄미운 소리만 하는지, 작은아빠가 광수를 집까지 데려다준다는 것을 삼거리에서 억지로 내리게 했다.

집에 돌아와 씻고 누우니 온몸이 안 아픈 데가 하나도 없다. 그래도 기분만큼은 상쾌했다.

"작은아빠, 나 오늘만 학교 데려다주면 안 돼?"

아무리 티를 내지 않고 걸으려 해도 허벅지에 힘을 주지 않고는 걸을 수가 없다. 버스에 오르내릴 때 엉거주춤한 모습을 우주한테 들킬까 봐 신경이 쓰였다.

"나 오늘 김포에서 회의가 있어서 빨리 가야 하는데……."

"데려다주고 가도 되잖아."

"선원면 들러서 형님 한 분 모시고 가야 해서. 너희 학교 갔다가 가면 한참 돌아야 하는데……."

"너무해. 나 이렇게 학교 버스 타면 정말 창피당한단 말이야. 버스에서 어떻게 내려."

"광수더러 부축해 달라면 되겠네."

작은아빠의 농담에 나도 모르게 눈물이 핑 돌았다.

"작은아빠는 그런 말을 내가 얼마나 싫어하는지 알면서……."

용민이를 깨워 화장실로 가던 작은엄마가 그런 작은아빠에게 지청구를 주었다.

"오빠, 유정 속상하게 왜 그래. 놀리지 말고 데려다주고 가."

"알았어, 알았어. 놀리는 게 아니고 내가 진짜 바빠서 그랬던 거지. 빨리 가자."

서둘러 가방을 메고 작은아빠를 따라나섰다. 트럭에 올라탈 때도 에구구 소리가 절로 나왔다. 포장이 안 된 내리막길을 내려오며 차가 심하게 덜컹거릴 때는 아예 비명이 터져 나왔다.

"아이고, 윤유정. 엄살은."

"엄살 아니야. 작은아빠처럼 맨날 일하는 사람이랑 나랑 같어? 종아리에 알 다 뱄겠다. 안 그래도 지희가 내 다리 알타리 무라고 놀리는테."

"어이구. 우리 유정이가 이제 몸매에 신경을 쓰는구나."

“놀리지 마.”

“놀리는 거 아니라니까. 우리 유정이가 이렇게 컸구나 하고 감회가 새로워서 그래.”

작은아빠와 말씨름을 하는 사이 어느새 삼거리까지 내려왔는데 그곳에서 교회 승합차와 딱 마주쳤다. 작은아빠가 차창을 내리고 신부님에게 인사를 했다.

“신부님, 아침 일찍 어디 가세요?”

“아, 우주가 오늘 학교에 빨리 갈 일이 있다고 해서 데려다주려요.”

그러자 작은아빠가 반색을 했다.

“아, 그럼 신부님, 우리 유정이 좀 부탁드리겠습니다. 제가 8시까지 김포에 나가야 해서요.”

“그러십시다. 유정아, 이 차로 와.”

우주를 피하려고 데려다 달랬더니 아예 교회 차를 타고 가라니. 부아가 치밀어 올랐다. 그렇다고 신부님과 우주 앞에서 화를 낼 수도 없는 노릇이었다. 차라리 학교 버스를 탈 것을, 오늘이 수학 경시대회라는 걸 깜빡한 내 탓이다. 마지못해 트럭에서 내리는데도 저절로 신음 소리가 났다. 우주가 볼까 봐 최대한 다리에 힘을 주어 팔자걸음이 되지 않도록 신경을 쓰며 승합차로 옮겨 탔다.

“유정이도 수학 경시대회 나가니?”

신부님 질문에 갑자기 얼굴이 화끈거렸다.

"아, 아니요. 그냥."

나는 말을 대충 얼버무리며 차창 쪽으로 고개를 돌렸다. 우주는 아무 말이 없었다.

"유정이 어제 주일날도 하루 종일 뜬 모 했다면서?"

"네."

"할머니가 어제 저녁 예배에 오셔서 자랑하시더라. 요즘에 너 같은 애가 어디 있겠냐고. 안 힘드니?"

"조금 힘들어요."

"나는 작년에 친환경 작목반 행사 때 손모 하는 거 하루 돕고 며칠을 어기죽거리며 다녔어. 유정이 대단하다."

"아, 아니에요."

"우주, 너도 유정이랑 광수한테 배워라. 공부도 중요하지만 어려서부터 노동의 소중함과 가치를 알아야 해. 유정아, 나중에 집에 일 있으면 우리 우주도 같이 불러다 해라."

"네."

신부님 옆자리에 앉은 우주는 여전히 앞만 바라보며 미동도 없다. 제 아버지 말에 한마디라도 맞장구를 쳐 주면 좋으련만, 괜히 섭섭한 마음마저 들었다.

신부님은 우리를 교문 앞에 내려 주었다. 승합차의 미닫이문을 열고 내리다가 나도 모르게 신음 소리를 내고 말았다. 우주가 피식 웃는 것이 보였다. 등에서 진땀이 났다. 나는 차에서 내려 가방에서 물건을 찾는 시늉을 하며 우주가 먼저 교문 앞으로 들어갈 때를 기다렸다. 한참 미적거린 뒤에 뒤를 돌아보자 우주가 보이지 않았다. 그래도 오르막길을 걸을 때는 뻐근한 게 좀 덜하지만 나도 모르게 팔자걸음이 되는 것은 어쩔 수 없었다. 그런데 우주가 교문 뒤에서 기다리고 서 있었다.

"그렇게 아파?"

"아, 깜짝이야! 너 여기서 뭐 해?"

"너 걱정돼서. 그렇게 저절로 신음 소리가 날 정도인데 오늘 체육 시간에 어떻게 할 거야?"

곁눈질로 우주의 얼굴을 살폈다. 장난을 하는 건지, 진짜 걱정이 되는 건지 통 알 수가 없다. 그런데 우주의 얼굴에 얼핏 웃음기가 보였다. 어깃장이 놓고 싶어진 나는 퉁명스럽게 대답했다.

"재밌냐?"

순간 우주의 얼굴에서 웃음기가 싹 사라졌다.

"재밌냐니? 나는 그냥 너 걱정돼서."

"걱정하지 마."

"윤유정, 나, 정말 놀리는 거 아니고 걱정돼서 그랬어. 그렇게 보였으면 미안해."

우주가 쩔쩔매는 걸 보면서도 언짢은 기분이 가시지 않았다.

7. 꼬맹이

"애비야, 복동이가 심상치 않다."

엉덩이와 허벅지까지 다 깁스를 한 것처럼 뻐근하고 뻣뻣해 일찍 잠자리에 누우려는데 할머니가 마당에서 작은아빠를 불렀다. 작은아빠는 서둘러 나갔다가 들어오더니 벽장에서 얇은 담요를 가지고 다시 나갔다.

"작은아빠, 복동이 새끼 낳아?"

"그럴 거 같다."

복동이의 첫 출산이다. 복동이는 광수네가 키우는 골든 리트리버 조던과 지희네 진돗개 진순이 사이에서 태어난 두 살배기 개다. 작은아빠가 지난 3월에 이장님네 진돗개와 짝짓기를 시켰는데 임신이 되었다. 나와 용민이가 작은아빠를 따라 나가려 하니까 할머니가 말렸다.

"괜히 니들 나가면 복동이가 불안해한다."

아침에 눈을 뜨자마자 마당으로 나가 복동이네 집을 들여다보았다. 복동이는 엉덩이를 문 쪽으로 하고 돌아누워 있었다. 강아지들이 끙끙거리는 소리가 들렸다. 강아지들을 꺼내 보려는데 작은아빠가 뒤에서 말했다.

"유정아, 아직 더 있어야 해. 내가 아까 만져 보니 아직 배에 새끼가 더 있는 것 같아."

"우와. 이렇게 오래 낳아?"

"큰 개들은 새끼 많이 낳거든."

"지금 몇 마리 낳았어?"

"다섯 마리."

"우와! 앞으로도 더 낳는다고?"

"응, 아마 세 마리나 네 마리?"

복동이는 용민이와 내가 아침밥을 먹고 학교에 가려고 나설 때까지 한 마리를 더 낳았다. 학교에서도 공부가 되는 둥 마는 둥 통 집중이 되지 않았다. 오늘따라 학교 버스는 왜 그렇게 출발이 늦는지 애가 탔다. 마을회관부터 집까지 그 오르막길을 팔 분 만에 뛰어 올라왔다. 아니나 다를까 용민이와 용우는 아예 개집 앞에 쪼그리고 앉아 있었다. 용우가 나를 보고 반가워 소리를 쳤다.

"누나, 누나. 아홉 마리야. 아홉 마리."

그런데 들뜬 용우와 달리 용민이의 표정이 어두웠다.

"용민아, 넌 표정이 왜 그래?"

"누나, 여기 이 강아지는 젖을 못 먹어."

용민이가 가리키는 곳을 보니 강아지 한 마리가 개집 밖으로 몸이 반이나 나와 있었다.

"내가 안에 넣어 줘도 자꾸 나와 있어."

나는 강아지를 들어 안쪽으로 넣어 주고 지켜보았다. 그런데 꼬물거리는 새끼들 사이에 있다 보니 자꾸 밀려났다.

"누나, 쟤는 다른 애들보다 작아."

그러고 보니 그 강아지는 다른 강아지들에 비해 많이 마르고 작았다. 용민이는 개집 안으로 몸을 디밀어 자꾸 밀려나는 강아지와 또 다른 강아지 한 마리를 꺼냈다.

"봐, 엄청 차이 나지?"

"그러게."

그런데 젖을 못 먹는 이 강아지는 작기만 한 게 아니라 생김새가 다른 강아지랑 다른 것 같다. 가슴은 길쭉하고 비쩍 마른 데다 배랑 등뼈 있는 데는 불룩 튀어나왔다. 버둥거리는 발에는 힘이 하나도 없어 보였다. 강아지 주둥이를 복동이 젖에 대 줘도 빨려고 하지 않았다. 안타까운 마음에 집 안으로 데리고 들어와 냉장고에 있는 우유를 꺼내 데웠다. 용민이가 싱크대 서랍에서 빨대를 꺼내왔다. 나와 용민이는 우유를 빨대로 찍어 주둥이에다 한 방울 한 방울 떨어뜨려 주었다. 강아지는 우유가 입에 닿자 입을 오물오물 움직이더니 다리를 휘적거리며 낑낑거렸다. 마치 엄마한테 칭얼대는 아기처럼 말이다. 배는 고픈데 못 먹는 것 같았다. 강아지를 가만히 들여다보았다. 콧등에 누런 점이 있는 것만 빼고는 온통 우윳빛이다. 얼굴은 길쭉하고 눈꼬리는 약간 위로 올라갔다. 혀를 살짝 내밀고 입술을 꾹 닫고 있어 깨물어 주고 싶을 만큼 귀여웠다.

"누나, 쬐끄매도 귀엽다. 그치?"

"응."

"우리 애 이름 꼬맹이라고 하자."

"그럴까?"

그때 할머니가 들어왔다. 용우가 할머니를 보며 울먹였다.

"할머이, 강아지가 아파."

할머니가 내 품에 있는 강아지를 들여다보더니 무심하게 말했다.

"무녀리구만. 유정아. 너 그가이 제 어미한테 가져다줘라. 그거 못 살아. 넣으 주믄 아마 제 어미가 먹든가 알아서 할 거야. 개나 돼지나 그런 무녀리 한 마리씩 낳을 때가 있어. 그건 사람이 아무리 정성스레 키워도 못 살아."

"그런 게 어딨어. 살려 봐야지."

"이 기지바이야. 그게 살린다고 사는 게 아니야."

할머니의 매정한 말에 나도 모르게 눈물이 뚝뚝 떨어졌다. 그러자 할머니가 버럭 역성을 냈다.

"이 기지바이야, 잘 울지도 않는 애가 왜 가이새끼 땜에 울고 그래."

"살아 있는 생명이잖아. 그런데 왜 무조건 죽는다는 말부터 해. 내가 살릴 거야."

나는 작은아빠한테 전화를 걸었다.

"작은아빠, 강아지 한 마리가 이상해. 할머니는 무녀리라고 어차피 죽을 거라고 놔두래."

"유정아, 약하게 태어난 놈들은 못 살아."

작은아빠도 할머니와 똑같은 소리를 했다. 뜬금없게도 그 순간, 언청이로 태어난 나를 그냥 굶어 죽으라고 윗목에 내버려 뒀다던 이야기가 떠올랐다. 나는 작은아빠에게 협박하듯 말했다.

"나, 얘 데리고 동물병원 갈래. 작은아빠가 같이 안 가 주면 나 혼자 걸어서라도 갈 거야."

작은아빠가 잠시 아무 말 없다가 말했다.

"알았어. 일단 새끼들은 저체온증에 걸리면 안 되니까 뜨뜻하게 해 줘. 작은아빠 지금 논이니까 금방 갈게."

나는 내 옷장 서랍에서 작년 겨울에 쓰던 털모자를 꺼내 강아지를 그 모자 안에 넣었다. 그리고 품에 안고 기다렸다. 작은아빠는 삼십 분 만에 집에 왔다. 작은아빠 트럭을 타고 읍으로 나가는 내

내 나와 작은아빠는 한마디도 하지 않았다. 병원에서는 워낙 약하게 태어나서 그렇다면서 주사를 놔 주고 강아지 전용 분유와 젖병을 권했다. 자그마치 팔만 원이 들었다.

"유정아, 이거 할머니한테 절대 비밀이다. 동물병원에다 팔만 원 줬다고 하면 너랑 나 둘 다 쫓겨나."

"알았어. 이 강아지 이름 꼬맹이라고 할래. 용민이가 지어 줬어."

"네 맘대로 해."

집에 와 할머니 몰래 강아지 분유를 조리법대로 타서 내 방으로 가져와 꼬맹이에게 젖병을 물렸다. 그러나 꼬맹이는 우유를 삼키지 못했다. 우유가 자꾸만 옆으로 새어 나왔다. 그래서 침대 위에 내려놓으면 배가 고프다는 듯 뺑뺑 돌면서 낑낑거렸다. 용민이와 용우도 내 방으로 들어와 나갈 줄을 몰랐다. 꼬맹이가 자꾸 우유를 주둥이 옆으로 흘리자 용우가 걱정스레 물었다.

"누나, 꼬맹이 우유 왜 안 먹어? 맛이 없나?"

용우는 꼬맹이를 가만히 내려다보다가 갑자기 내 손에서 젖병을 뺏어 제 입에 넣었다. 나는 질겁해서 젖병을 가로챘다.

"야, 윤용우, 너 이걸 왜 먹어?"

"아니, 우유가 맛이 업쯔면 다시 타다 주려고."

그런 용우 때문에 잠시 웃음이 나왔지만 발을 버둥거리며 낑낑거리는 꼬맹이를 보니 다시 코가 맹맹해졌다.

"누나, 다시 복동이한테 가져다줘 볼까?"

용민이가 시무룩한 표정으로 꼬맹이를 바라보다 말했다.

"그럴까?"

나는 꼬맹이를 안고 밖으로 나갔다. 강아지들이 젖을 빨며 꽁알거렸다. 어찌나 낑낑대는지 시끄러울 정도였다. 나는 불안한 마음에 꼬맹이를 손에서 놓지는 않고 다른 강아지들 사이에 밀어 넣어 보았다. 그러자 복동이가 몸을 일으켜 꼬맹이한테 코를 대고 킁킁 냄새를 맡더니 갑자기 꼬맹이를 덥석 물었다. 나는 기겁을 해서 복동이 머리를 한 대 쥐어박고 꼬맹이를 뺏어 왔다. 너무 놀라고 무서워서 꼬맹이를 든 손이 마구 떨렸다. 나는 꼬맹이를 다시 품에 안고 집 안으로 들어왔다. 꼬맹이의 심장이 콩닥콩닥 뛰었다. 꼬맹이를 안고 한참을 쓰다듬고 나서 다시 젖꼭지를 물려 주었다. 그러나 꼬맹이는 여전히 젖꼭지를 빨지 못했다. 그저 몸을 버둥거리며 입만 오물거렸다. 그 모습을 보려니 눈앞이 자꾸 흐려졌다.

"꼬맹아, 어서 빨아. 먹어야 살지."

내 말을 알아들은 듯 꼬맹이가 젖꼭지를 힘껏 빨다가 사레가 들려 캑캑거렸다. 젖꼭지를 빠는가 싶으면 코로 우유가 흘러 나왔다. 용민이는 그 모습을 보다가 끝내 울음을 터뜨렸다. 문득 입천장이 갈라지고 코와 입의 경계가 없어 엄마 젖도 우유병도 빨지 못했다던 내 아기 때가 떠올랐다. 나는 내 모습을 한 번도 본 적이 없지만 아마도 나 역시 이렇게 젖 한 방울 제대로 넘기지 못했을 거라는 사실쯤은 상상이 갔다.

할머니와 작은엄마가 번갈아 저녁을 먹자며 불렀지만 방을 나설 수 없었다. 할머니는 내 방 문 밖에서 계속 어미에게 가져다주라고 했다. 그 말이 서럽고 야속했다. 내가 태어났을 때도 살지 못할 애라고 윗목에다 밀어 놓았었다는 할머니 말이 떠올랐다. 언젠가 날개를 다친 황조롱이를 점퍼로 감싸안고 집에 왔을 때도, 기운 없이 비척거리는 너구리 새끼를 데려왔을 때도 갖다 버리라고 호통을 쳤던 기억이 났다. 이제까지 할머니가 나한테 무심하게 대했던 일들까지 떠오르며 서러움으로 머릿속이 가득했다. 작은아빠는 병원에 갔다 오자마자 친환경 작목반 모임에 가 버리더니 늦도록 오지 않았다. 꼬맹이의 숨이 점점 거칠어지고 몸이 축축 늘어져 가는 게 느껴졌다. 꼬맹이의 고통이 마치 할머니와 작은아빠 탓처럼 느껴져 자꾸만 원망이 튀어나왔다. 나는 억지로라도 꼬맹이에게 분유를 먹이려고 젖꼭지를 주둥이에 밀어 넣어 보고, 의사가 시킨 대로 춥지 않게 꼬맹이 몸을 마사지해 주었다. 그러나 꼬맹이의 상태는 좀처럼 나아지지 않았다.

자정이 다 되어 갈 무렵 꼬맹이가 큰 숨을 몇 번 몰아쉬더니 끝내 숨을 쉬지 않았다. 내 통곡 소리에 작은엄마와 할머니가 뛰어들어왔다. 할머니가 소리를 쳤다.

"이 기지바이야. 이 할머이가 죽었냐, 네 어머이가 죽었냐?"

할머니의 호통에 나도 모르게 언성을 높였다.

"할머이는 나도 이렇게 죽게 내버려 두고 싶었지? 강아지가 불쌍하지도 않아? 배고파도 젖도 못 먹고, 아픈 데도 아프다고 말도 못하고. 너무 불쌍하잖아. 그런데 얘가 무녀리라고 그냥 죽게 놔 둬? 나도 무녀리였잖아. 나도 젖도 못 빨면서 배고프다고 울었다며. 그렇게 우는데 엄마랑 할머이가 밀어 놓고 쳐다보지도 않았다며. 그냥 죽으라고 그랬다며."

나는 꼬맹이를 안고 한참을 목놓아 울었다. 작은엄마가 연락을 했는지 작은아빠가 허겁지겁 내 방으로 들어왔다.

"유정아, 미안해. 그런데 어쩔 수 없는 거야. 최선을 다했잖아."

"뭐가 최선을 다해. 다 미워. 새끼가 아픈데 봐주지도 않는 복동이도 나쁜 놈이고, 할머니랑 작은아빠도 다 보기 싫어. 내일 당장 복동이 팔아 버릴 거야."

작은아빠는 쩔쩔매며 나를 달랬다.

"유정아, 왜 유정이답지 않게 억지를 부려. 우리 묻어 주자. 동물들은 이렇게 약하게 태어나는 녀석이 꼭 하나 있어. 그래서 어미들도 아예 포기를 하는 거야. 다른 새끼들을 키워야 하니까."

"왜 약하게 태어나면 버리는데? 약하면 더 잘해 줘야지, 왜 포기하는데? 왜 살리려고 노력도 안 하는데?"

갑자기 방문 밖에서 할머니 소리가 들렸다.

"저년이 가이새끼 하나 때문에 온 집안을 다 뒤집는구나. 왜 그렇게 벨나게 굴고 지랄이야. 머리 검은 짐승 거둬 봤자 소용없다더니 내가 지를 어떻게 키웠는데 저런 소리를 하나?"

작은아빠가 다가왔다.

"작은아빠가 잘못했다. 내가 옆에 있었으면 좀 나았을 텐데, 미안해. 그런데 아무리 속상해도 할머이한테 그런 말 하면 안 돼. 할머이가 널 얼마나 애지중지 키웠는데. 너도 알잖아. 너답지 않게 왜 그래?"

"나다운 게 뭔데? 나는 뭐 맨날 다 참고, 맨날 착하고 그래야 돼?"

"유정아."

작은아빠의 당황한 모습을 보니 문득 생각 없이 내뱉은 말이 후회스러웠지만 주워 담을 수도 없었다. 억지다. 나도 안다. 단지 꼬맹이가 불쌍했던 건데 왜 나 자신까지 서러워졌는지 모르겠다. 그런데 한편으로 왜 나는 억지 한 번 부리면 안 되나? 이렇게 슬픈데 나는 소리 내어 울면 안 되나? 하는 고까운 마음도 들었다. 그렇지만 말문이 막힌 듯 벽만 바라보는 작은아빠를 보니 더는 떼를 쓰고 있을 수 없었다. 나는 눈물을 삼키며 말했다.

"작은아빠, 지금 당장 묻어 주자. 벌레 같은 거 안 끼게. 마당 등켜 놓으면 환하지?"

"그래, 잘 묻어 주자."

작은아빠가 따라 일어나며 내 손을 잡았다. 작은아빠는 집 앞 앵두나무 옆을 파서 꼬맹이를 묻었다. 나는 용민이와 함께 꼬맹이 위에다 흙을 덮어 주었다.

나는 광수가 내 발음을 가지고 놀려도, 엄마 아빠가 없다고 아이들이 숙덕거려도 울지 않았다. 그런데 꼬맹이의 죽음이 왜 이렇게 서럽고 억울한지 모르겠다. 날 때부터 장애를 안고 태어난 운명, 제 스스로 어미젖을 빨 능력조차 없이 태어난 존재, 부모에게 버림받은 존재인 꼬맹이가 꼭 나 같았다. 나는 침대에 얼굴을 묻고 울고 또 울었다. 그러다 잠이 들었나 보다. 눈가에 뭔가 차가운 게 닿는 느낌에 소스라치게 놀라 깼다. 작은엄마였다.

"놀랐지?"

"어? 작은엄마. 뭐 하는 거야?"

"눈, 퉁퉁 부어. 내일 학교 가면 광수가 놀려."

작은엄마가 내 눈두덩이에다 다시 차갑게 얼린 숟가락을 대 주었다.

"숟가락 열 개 있어. 냉동실에."

"작은엄마, 이렇게 하면 부은 거 가라앉는 줄 어떻게 알았어?"

"오빠가 알려 줬어."

"작은아빠가?"

"응. 내가 처음 한국 왔을 때 울면 오빠가 이렇게 해 줬어."

"작은아빠는 이걸 어떻게 알았대?"

"텔레비전에서 봤대."

작은엄마가 피식 웃었다. 나도 작은엄마를 따라 웃었다.

"용우랑 용민이는?"

"오빠랑 자. 유정, 꼬맹이 천국 갔어. 걱정 마."

작은엄마의 말이 자장가처럼 들렸다. 나는 슬쩍 손을 뻗어 작은엄마의 허리춤을 감쌌다. 작은엄마에게서 찔레꽃 냄새와 흙냄새가 났다.

며칠 동안 수업도 듣는 둥 마는 둥 정신이 없었다. 꼬맹이가 배고프다고 낑낑대던 소리가 귓가에 맴돌고, 어미젖조차 빨지 못하던 모습이 떠올라 수시로 코끝이 매워졌다. 수업을 듣다가도 눈물이 나오고, 점심을 먹다가도 눈물이 나왔다. 꼬맹이의 죽음은 이제껏 잘 눌러 놓았던 감정들을 헝클어뜨렸다. 집에서도 할머니가 무심코 던지는 퉁명스러운 말투에 괜히 눈물이 핑 돌고, 용민이와 용우가 엄마한테 어리광 피우는 걸 보아도 거미가 치밀었다. 게다가 머릿속에서는 대답해 줄 사람도 없는 질문들이 자꾸 떠올랐다. 엄마는 언청이인 나를 낳고 얼마나 무서웠을지, 딸을 두고 떠난 뒤 아무렇지도 않게 잘 살았는지, 내가 보고 싶은 적이 없었는지. 그런 내 마음이 무척이나 혼란스러웠다.

우주는 쉬는 시간이나 수업 시간에 흘끗흘끗 내 눈치를 보았다. 그러다 사흘째가 되는 날, 조심스레 내게 말을 걸었다.

"저기, 강아지 때문에 많이 속상하지?"

뜻밖의 말에 대답은 못 하고 우주를 바라보았다. 그러자 우주가 변명하듯 말했다.

"아, 어제 교회에서 용민이한테 들었어. 네가 요즘 유난히 말이 없고 우울해 보여서 물어봤어. 나도 그 마음 조금 알아. 우리도 개 키웠었거든. 푸들 종류. 내가 세 살 때부터 키워서 십 년 동안 같이 살았어. 이름이 공주였어. 암놈이었거든. 그런데 병에 걸려서 오래 앓았어. 나중에 수의사 선생님이 안락사 시키자고 그러더라. 너무 아파하니까. 수의사는 병원에서 안락사 시켜 준다고 했는데 우리 아빠가 집에서 보내 주고 싶다고 했어. 수의사가 다리에 주사 꽂을 자리 만들어 주고 주사약도 줬어. 죽기 전날 거실에서 다 같이 자면서 공주랑 나눈 추억을 이야기하고 그랬지. 다음 날 아침에 아빠가 공주한테 차근차근 얘기해 줬어. 너는 많이 아파서 이제 하늘나라 가야 할 때라고. 그리고 우리 식구들이 다 같이 작별 인사도 하고, 안아 주고 그랬거든. 우리가 우니까 공주도 울었어. 헤어져야 한다는 걸 알더라고. 엄마가 공주를 안고 아빠가 주사를 놨어. 처음에는 마취제를 놓고, 그다음에 안락사용 주사를 놨는데, 잠들어 있는데도 몸이 떨리더라고. 얼마나 아팠을지……. 온 식구가 공주 보내고 힘들었어. 지금도 공주가 보고 싶고, 미안한 마음이 들어. 더 잘해 주지 못한 거 같아서. 그렇지만 슬픔은 점점 나아지더라."

바보같이 우주 이야기를 들으며 눈물이 왈칵 쏟아졌다.

8. 우주가 물었다. "넌 꿈이 뭐야?"

우주 말이 맞았다. 차츰차츰 꼬맹이에 대한 기억이, 꼬맹이를 향한 미안함과 슬픔이 무뎌져 갔다. 사흘 동안은 잘 때마다 눈물이 나고, 밥도 안 먹혔는데 나흘째부터는 다시 잠도 잘 오고 밥도 들어갔다. 아마 나를 두고 간 엄마도 그랬을 것 같다. 차츰차츰 그렇게 나를 잊어 갔을 거다. 그런 생각을 하니 마음이 다시 차분히 가라앉았다.

5교시 국어 시간, 아이들이 반이나 엎드려 있다. 늘 비슷한 풍경이지만 오늘따라 담임인 국어 선생님 얼굴이 붉으락푸르락하다. 중학교 1학년 때도 공부에 관심 있는 애들은 스물세 명 중 대여섯

명이 전부였다. 그런데 3학년이 되었는데도 변함이 없다. 선생님들은 고등학교와 대학교 이야기를 하며 어떻게든 아이들을 수업에 집중하게 하려 애쓰지만 아이들 머릿속에는 축구와 게임밖에 없다. 우리 학교는 면에 있는 작은 사립 학교라 과학 선생님이 음악도 가르치고, 사회 선생님이 미술도 가르친다. 선생님들 중에는 국어, 사회, 과학 과목 선생님처럼 우리 학교에 온 지 사오 년밖에 안 된 젊은 선생님도 있고, 영어나 수학 선생님처럼 정년퇴직을 앞둔 분들도 있다. 젊은 선생님들은 수업도 재미있고 우리와 말도 잘 통하는 편이지만, 영어나 수학 선생님의 수업은 지루하다. 우리 영어 선생님은 작은아빠가 중학교에 다닐 때도 영어 선생님이었다. 그래서인지 발음이 안 좋고 재미도 없다. 우주는 영어 시간에 선생님한테 허락을 받고 인터넷 강의를 듣는다. 우주가 과학고에 들어가면 우리 학교의 명예를 높일 테니 허용하는 거란다. 우주가 이어폰을 끼고 인터넷 강의를 듣는 동안 나를 비롯한 우리 반 아이들은 영어 선생님이 교과서 본문 읽는 소리를 자장가 삼아 푹 잔다. 하긴 재미있는 국어 시간이나 지루한 영어 시간이나 수업에 집중하지 않는 것은 똑같다.

　국어 선생님이 자는 아이들을 몇 번씩이나 큰 소리로 깨웠는데도 여전히 엎드려 있는 아이들이 반이 넘는다. 남자아이들은 점심시간 내내 우주를 빼고는 다 축구를 했고, 여자애들은 편을 갈라 응원을 하느라 힘을 뺐으니 잠이 오지 않을 리 없다.

"너희 정말 이럴 거야? 어떻게 담임 시간에도 이렇게 잠만 자냐? 너희도 도시 애들처럼 수업에 집중 안 하는 것도 벌점을 줘야겠어? 이제 중 3인데도 이렇게 정신을 못 차리면 어떡하니? 너희 이러면 고등학교 가서도 밑바닥이야. 남들 다 가는 대학도 못 가고 뭐 하고 살래?"

선생님 말에 방금 전까지 비몽사몽이던 도장리 사는 영수가 발끈했다.

"형이랑 누나들은 다 대학 가던데요? 우리 형이 그랬는데, 우리는 농어촌으로 해서 어디든 간대요."

"그래 너 말 잘했다. 어디든 다 가지. 저 강원도 골짜기에 있는 대학의 와인 발효학과, 전라도에 있는 야간 축구학과, 충청도 허허벌판에 있는 대학의 애견 미용과."

"어? 선생님, 왜 학벌을 따지세요? 왜 무시하세요?"

"무시하는 게 아니라 그런 대학 가서 등록금에, 기숙사나 고시원 월세에, 용돈에, 그 낭비를 하고도 전공에 맞춰 취업이나 하면 몰라. 취업은커녕 졸업도 안 하고 학교 그만두는 녀석들도 많으니 그렇지."

그 말에는 영수도 입을 다물었다. 그런데 이번에는 능내리 영민이가 투덜거린다.

"왜 우리가 그런 학교 갈 거라고 생각하세요? 우리를 너무 무시하시는 거 아니에요? 전 지방대 가려면 이름 있는 데 갈 거예요."

"인마, 네 성적으로?"

"내가고등학교나 국화고등학교 가죠, 뭐. 거기 가면 내신 잘 받잖아요."

"인마, 전국 꼴찌에서 노는 고등학교에서 내신만 높게 받는다고 다 될 줄 알아?"

"에이. 그럼 대학 안 가요. 저는 차라리 치킨집에서 알바 하다가 치킨집 차릴 거예요."

"치킨집 알바? 그거 하다 어느 천년에?"

"어, 치킨집 알바 하면 백오십씩 번다던데. 그거 오 년만 모으면 치킨집 차린대요."

"그래? 그 말은 누가 하든?"

"우리 형이요."

선생님은 뜨악한 표정으로 영민이를 내려다보다 한숨을 쉰다. 영민이 형은 강화에서 다리 하나만 건너면 있는 대학에 다니다 그만두고 군대 다녀와서 읍에 있는 주점에서 일을 하고 있다.

"얘들아, 너희 주변에 지방대든, 2년제든 가서 끝까지 졸업하는 형이나 누나들 몇이나 되니? 꼭 대학 가야 하는 거 아니야. 안 가도 돼. 그 대신 하고 싶은 게 뭔지, 나 자신을 위해 어떤 노력을 해야 할지는 생각해야지. 나는 차라리 너희가 부모님이 하시는 논농사든, 축산이든, 양계든 가업을 잇겠다고 하면 좋겠어. 아니면 폴리텍 대학에 가서 기술 배워서 노동자가 된다거나. 그런 꿈을 갖는다면 내가 적극 지지하고 인정해 주겠어. 그런데 너희 대부분 농번기에도 호미 하나, 낫 하나 들지 않잖아? 그리고 공장이라면 질색을 하고."

"우리 아빠가 농사짓지 말래요."

"맞아요. 저희 부모님도 이제 농사는 끝이래요."

"공장 가면 돈도 많이 못 벌고 매여 있어야 하잖아요."

"왜 우리가 공장에 가요? 왜 우리 무시해요?"

"우리가 시골 산다고 인생에서 실패할 거라고 생각하지 마세요."

하나둘씩 잠에서 깬 아이들이 여기저기서 투덜거렸다. 선생님이 한숨을 쉬며 말했다.

"얘들아, 농민이 되고 노동자가 되는 게 왜 실패야? 너희도 제발 신문 좀 읽고, 컴퓨터로 게임하고 만화만 보지 말고 뉴스도 좀 봐. 이 정보화 시대에 너희는 도대체 제대로 된 정보를 아는 게 없니. 세상을 알고, 현실을 알아야 너희도 뭔가 의지가 생기고 그러지. 제발 정신 좀 차리자."

담임 선생님의 목소리는 화가 나 있다기보다 금방이라도 울음을 터뜨릴 것처럼 느껴졌다. 선생님은 김포가 고향이다. 부모님은 아직 농부다. 그래서 다른 선생님들보다 농촌 사정에 대해 잘 알아준다. 어떤 때는 말이 잘 통하는 친구 같다. 다만 우리들을 진심으로 걱정하는 만큼 잔소리가 많은 게 흠이다.

선생님은 오늘도 한숨만 푹푹 쉬다가 교실을 나갔다. 국어 시간 뒤로 이어진 기술·가정 시간, 사회 시간에도 아이들은 멍했다. 모든 수업이 끝난 뒤에야 아이들의 눈빛이 살아났다. 종례를 기다리며 남자아이들은 방과 후에 축구 시합할 아이들을 모으느라 떠들썩했다. 그런 모습을 바라보던 우주가 짐짓 심각한 얼굴로 말했다.

"우리 반 애들 정말 한심해. 나는 담임 마음이 다 이해돼. 다른 학교 애들은 절대 시간을 이렇게 허비하지 않는데……."

문득 얼마 전 작은아빠가 할머니한테 푸념하듯 하던 말이 떠올랐다.

"농촌에 패배주의가 너무 깊어요. 마을 어른들이나 형님들이나 배운 거 없고, 기술 없어서 농사짓는다는 생각이 커요. 농사지어서 먹고살기가 힘드니 그럴 수밖에 없긴 한데……. 그러니 애들도 자부심이나 자신감 같은 것도 없고 매사에 의욕도 없어요."

종례가 끝나자마자 광수는 반 남학생들과 2학년 남학생들을 모아 운동장으로 나갔다. 학교 버스 쪽으로 가는데 지희가 내 팔을 잡아당기며 말했다.

"유정아, 우리 남자애들 축구 구경하고 가자. 이긴 애들이 여자애들 컵라면 사 준대."

나도 축구 시합을 보고 싶은 마음이 조금 있었지만 복동이 새끼들과 만삭이 된 작은엄마 생각에 포기했다.

"안 돼. 나 작은엄마 저녁 할 동안 용민이랑 용우 봐야 해."

살문리로 가는 버스에 탄 아이는 나와 우주뿐이었다. 건평리나 종개리에 사는 아이들도 축구를 한다고 타지 않았기 때문이다. 겨우 십여 분이지만 버스에 우주와 둘만 있으려니 어색하기 짝이 없어 창밖만 바라보았다. 산딸나무에 흰 꽃이 피기 시작했다. 초여름 산과 들은 눈을 어디에 두어도 예쁘다. 마을회관에 도착해 버스에서 내리자마자 놀이터 옆 감자밭 위로 후투티가 날아올랐다.

"우와! 후투티네."

반가운 마음에 목소리가 커졌다. 우주가 놀란 눈으로 힐끔 쳐다보았다. 무안해진 나는 얼른 눈을 돌려 후투티를 쫓았지만 후투티는 진강산 언저리에 있는 소나무 숲 쪽으로 날아가 버렸다. 해마다 후투티 부부가 둥지를 틀던 작은 소나무 숲 아래는 요즘 펜션 단지 공사가 한창이다.

"뭘 그렇게 봐?"

후투티가 혹시나 다시 올까 펜션 쪽을 바라보는데 뒤에서 우주 목소리가 들렸다.

"어? 너 안 갔어?"

"어. 아까 그 새 이름이 후투티야?"

"응."

"우리 교회 마당에도 왔었어."

"맞아. 후투티는 높은 데보다 마을 가까운 데로 잘 다녀."

"저 새 되게 예쁘더라."

"응. 목소리도 예뻐. 나 옛날에 초등학교 때는 관사 뒤쪽 처마 밑에도 살았어. 후투티는 부부가 새끼를 같이 키워. 어떨 때는 두 마리만 낳고, 어떨 때는 세 마리도 낳는데 새끼들도 정말 예뻐. 근데 저기 펜션 단지 생기면 후투티가 못 살 거 같아."

우주가 내 이야기에 귀를 기울이다 싱긋 웃었다.

"왜 웃어?"

"신기해서."

"뭐가?"

"너, 별로 말이 없는 앤 줄 알았는데 후투티 얘기할 때는 말이 많아서."

"아, 그래?"

"그렇다고 얼굴까지 빨개질 건 없어. 놀리는 거 아니고 평소랑 달라서 그래."

"평소랑 다르다고?"

그때 후투티 한 마리가 다시 감자밭으로 내려왔다.

"아, 또 왔네?"

"아까 그 샌가?"

"몰라, 짝일 수도 있어."

"참 예쁘다. 저렇게 예쁜 새는 처음 봐."

"진짜 특이하지?"

후투티는 부리가 도요새처럼 길고, 머리에 인디언처럼 검은 줄이 쳐진 높은 왕관 같은 걸 쓰고 있다. 몸은 전체적으로 옅은 갈색인데 날개와 꼬리에는 까만 줄무늬가 예쁘게 나 있다. 그래서 땅에 내려앉아 있을 때는 갈색으로 보이지만 날개를 펴고 날아오르면 검은색 줄무늬가 선명하게 보인다. 후투티는 봄이면 항상 자기가 살던 곳으로 되돌아와 둥지를 튼다. 나는 봄만 되면 후투티가 기다려진다.

"나는 여기 와서 처음으로 진짜 새를 본 거 같아. 청평 살 때도 시골이었는데 그때는 뻐꾸기니 소쩍새니 하는 것도 잘 몰랐어."

"어릴 때는 다 그래. 나도 중학생이 되고부터 새한테 관심이 생겼어. 우리 집 앞 계곡에는 여름에 청호반새가 오거든. 정말 예뻐. 노랑할미새도 예쁘고. 우리 논 있는 건평 벌판 가면 겨울에 도요새도 많이 오거든. 도요새도 참 신기해."

"우와, 윤유정, 너 새 박사다."

"박사는 무슨. 시골 살면 심심해서 주변에 사는 동물들한테 관심이 생기거든."

"근데 우리 반 애들 대부분은 관심 없던데?"

"난 산에 살잖아. 그리고 난 원래 동물 다 좋아해."

"그런 거 같아. 참, 용민이한테 들었는데 꼬맹이 죽고 남은 강아지도 여덟 마리나 된다며?"

"응."

"우리 집에서 한 마리 키워도 돼?"

"되지. 그런데 젖 떼려면 아직 한 달은 더 있어야 돼."

"알아. 있잖아, 언제 너희 집에 강아지 구경 가도 돼?"

"응."

"그럼 지금 가도 돼?"

갑작스러운 우주의 말에 가슴이 오그라들며 콩콩 뛰기 시작했다. 그러나 얼른 목소리를 가다듬고 태연하게 말했다.

"그래."

마을회관에서 삼거리까지 오는 길에는 한마디도 하지 못했다. 마을 끝에 있는 개성 할머니댁 담장 아래 은방울꽃이 주렁주렁 꽃을 피우고 있다. 마을을 벗어나자 아카시아 꽃 향기가 코를 찌른다.

"이거 아카시아꽃 냄새지?"

"응. 좋지? 나는 찔레꽃이랑 아카시아 꽃 향기를 엄청 좋아해. 근데 다 져 가네. 그래도 조금 있으면 때죽나무 꽃이랑 인동 꽃이 필 거니까. 그 꽃들도 향기가 정말 좋아."

우주는 내 말에 고개를 끄덕이며 해쭉해쭉 웃었다.

"왜 그렇게 웃어?"

"넌 꽃도 좋아해?"

"응."

우주는 계속 입을 벌쭉벌쭉 벌리고 소리도 나지 않게 웃었다. 우주의 그런 모습이 보기 좋았다. 우주는 그렇게 한참 웃으며 걷다가 발걸음을 멈췄다.

"어, 저기 저 천막은 뭐야? 노숙자가 시골까지 와?"

우주가 가리킨 것은 다리 너머 야트막한 언덕배기에 친 양봉업자의 천막이었다.

"이우주, 노숙자라니. 아카시아 꿀 따러 온 사람들이야."

"아카시아 꿀?"

"응. 아카시아 꽃이랑 밤꽃 필 때 저렇게 와서 일주일이나 열흘쯤 꿀 따고 가. 이제 가실 때 다 됐네."

"그래? 와, 살림살이가 다 있나 봐. 냉장고까지 보이네?"

"그럼, 밤에는 텔레비전도 봐. 저분들은 가족끼리 전국을 다닌대. 꽃 피는 때를 따라 남쪽에서부터 쭉 올라오는 거지. 올해는 꽃이 별로 안 피어서 꿀이 많이 안 모인다나 봐. 꽃이 많을 때는 벌 움직임이 활발해져서 여기저기서 엄청 윙윙거려. 내가 초등학교 때는 벌에 쏘일까 봐 걷지 못하고 차만 타고 다닌 적도 있었거든. 음, 그리고 아카시아 꽃 끝나고 밤꽃 필 때만 오는 사람도 있어."

"꿀을 이렇게 모으는 거구나. 몰랐어."

"이렇게 채집하는 사람도 있고, 산에 살면서 벌통 놓고 꿀 모으는 양봉업자들도 있지. 이렇게 자연 꿀 채집해서 팔면 비싸대. 원래 여기로 계속 오던 할아버지랑 아들네 가족이 있었거든. 나 어렸을 때부터 오시던 분인데 할아버지가 암으로 돌아가신 뒤로 안 오고 저 가족이 와. 그 할아버지네는 꿀 다 따고 돌아갈 때는 우리 집에서 전기 쓰게 해 줬다고 아카시아 꿀이랑 밤 꿀 주고 가셨거든.

그런데 저 가족은 젊어서 그런지 안 그래. 그래서 우리 작은아빠가 별로 안 좋아해."

우주가 고개를 끄덕이며 감탄을 했다.

"세상에는 정말 별난 직업이 많구나. 난 모르는 게 너무 많아."

우주는 비포장도로로 들어서서 산길을 오르는 동안 말없이 걷다가 호박벌이나 꿀벌이 앵앵거리는 소리가 들리면 자기도 모르게 몸을 움츠렸다. 그러다 돌에 걸려 두 번이나 넘어질 뻔했다. 언제나 반듯하고 야무지게만 보이던 우주의 그런 헐렁한 모습을 보니 나도 자꾸만 웃음이 새어 나왔다. 우주는 언덕을 다 올라와 평평한 길이 나오자 그제야 발걸음을 멈추고 뒤를 돌아보며 말했다.

"맨날 이 길을 다녔어? 얼마 올라온 것 같지도 않은데 마을이 멀어 보인다. 여긴 진짜 산이네. 교회 할머니들이 너희를 왜 산에 산다고 하는지 알 거 같아. 그런데 여기 뱀이나 멧돼지 없어?"

"아직 멧돼지는 없는 것 같아. 뱀은 많지만."

"많아?"

"그럼, 오늘 학교 가다가도 저 풀숲에서 봤는걸. 우리 마당에도 자주 나와. 특히 꽃뱀. 돌 많고 풀 많은 데 있거든."

"안 무서워?"

"무섭다기보다 징그럽지."

"비 오는 날은 이 길 완전 진창이겠다."

"응. 비보다 눈 오는 게 최악이야. 트럭도 못 올라 다니니까."

"힘들었겠다."

"뭐가?"

"학교 다니는 거. 학교 버스 타러 가는 데까지도 한참 걸어야 하잖아."

"비 오거나 눈 올 때는 귀찮은데, 그래도 좋은 게 더 많아. 여기 계곡에는 가재도 살고, 반딧불이도 있거든. 그리고 이 골짜기에는 아직 다람쥐도 있어. 마을 사람들도 자주 못 보는 다람쥐를 볼 수 있어서 좋아."

"정말? 나도 보고 싶다."

"근데 다람쥐는 정말 보기 힘들어. 되게 조심성이 많거든. 여름 되면 도시 사람들이 막 놀러 오는 바람에 스트레스를 받아. 인터넷에 우리 계곡이 놀기 좋은 곳이라고 올라와 있대. 그래서 어떨 때는 이 길이 차로 막힐 때도 있어. 작은아빠는 우리 계곡에 다람쥐가 사라질까 봐 걱정이 많아. 그래서 여름 되면 안 그래도 일이 많은데 이 계곡 감시까지 하느라고 바빠."

"감시?"

"응, 계곡에서 막 삼겹살 구워 먹고 난리도 아니거든."

"그래? 에이. 그럼 좋은 것보다 나쁜 게 더 많다."

우주가 얼굴을 찡그렸다.

우리가 마당에 들어서자마자 용우랑 용민이가 뛰어와 반겼다.

"우와, 우주 형이다!"

용우와 용민이는 내가 안내하기도 전에 우주를 복동이네 집 앞으로 끌고 갔다. 우주는 용민이가 꺼내 주는 강아지들을 조심스럽게 안아 보며 얼굴이 환해졌다.

"정말 귀엽다."

"미리 골라 놓을래?"

내 말에 우주가 고개를 저었다.

"아니, 아빠가 그러셨어. 사람들이 다 가져가고 나서 남는 놈으로 데려오라고."

우주는 강아지 냄새가 비위에 안 맞는지 이맛살을 잠깐잠깐 찌푸리며 강아지를 한 마리씩 안아 보았다. 걱정스러운 마음에 물었다.

"옷에 냄새 밸지도 모르는데 괜찮아?"

"괜찮아, 이 정도는. 나도 개 키워 봤다니까. 와, 실눈을 떴네?"

"이제 막 눈이 열리기 시작한 거 같아."

"그렇게 오래 걸려?"

"그럼."

"우리 공주는 태어난 지 다섯 달 지났을 때 와서 이렇게 아기 강아지는 처음 봐."

우주는 강아지를 구경하고도 마당에서 용우, 용민이와 놀아 주다 갔다. 우주가 우리 집까지 올라왔다 간 게 꿈만 같았다. 작은엄마를 도와 저녁을 준비할 때도, 설거지를 하고 방 청소를 할 때도 나도 모르게 자꾸만 얼굴이 화끈거리고 싱글싱글 웃음이 났다. 아주 가끔 상상을 했었다. 우주랑 같이 우리 집으로 올라오는 오솔길을 걷는 상상, 찔레꽃을 함께 맛보고 향기를 맡고, 우리 집 아래 계곡의 왕바위에 앉아 우주가 부르는 노래를 듣는 상상. 그런데 막상 그 상상이 현실이 되고 보니 어리둥절하기만 하다. 우주는 가끔씩 나를 현실에서 벗어나 신비한 우주를 헤매게 만든다.

청소를 끝내 놓고 숙제를 하는데 문자가 왔다. 우주였다. 우주한테 문자를 받은 게 처음이라 가슴이 철렁했다.

—뭐 해?

—숙제

—영어?

—응

—윤유정, 넌 꿈이 뭐야?

뜬금없는 질문에 얼른 답장을 하지 못했다. 꿈이라니, 선뜻 떠오르지 않았다. 초등학교 때만 해도 자신 있게 선생님이라고 말했다. 그러나 이제 어렴풋이 선생님이 되고 싶다는 꿈이 우주와 함께 우주를 여행하는 것만큼이나 허황된 꿈이라는 것을 안다. 중학교에 입학하자마자 담임이었던 수학 선생님한테서 교대에 가려면 앞으로 고 3 때까지 육 년 내내 전 과목을 1등급 받아야 한다는 이야기를 들었기 때문이다. 교대에 간 지희네 큰언니도 우리 학교뿐 아니라 여고에 올라가서도 1등을 놓친 적이 없었다고 했다. 나는 잠시 생각하다 짧게 답을 달았다.

—아직 몰라. 그런 거 왜 물어봐?

—그냥. 아까 낮에 보니까 너 자연에 관심이 많은 거 같아서

—맞아. 근데 왜?

—나도 자연이나 환경에 관심이 많아. 그래서 대체 에너지 연구 같은 거 하고 싶거든. 그래서 너는 꿈이 먼가 궁금했어.

—그랬구나. 근데 너 원래 의사가 꿈 아니었어?

―아니. 난 그런 말 한 적 없는데?

―사모님이 그러시던데, 넌 의대 갈 거라고.

―그건 울 엄마 꿈이지.

―그래?

―응. 울 엄마는 내 꿈은 비전이 없다고 생각하지도 말래ㅋㅋ

―비전?

―응, 의사가 제일 안정된 직업이라고 의사 되라고 하셔.
  아, 이제 공부해야 돼. 엄마한테 문자 하는 거 들키면 혼나.

―이제? 지금 10신데 공부를 해?

―응. 앞으로 한 시간 더 하고 자야 해.

―헐

―있잖아. 아까 너희 집 가서 참 좋았어. 얘기 많이 한 것도 좋고.

―나도

―내일부터는 학교에서도 서로 말하고 그러자.

―그래~

우주와 문자를 주고받다니 믿어지지 않았다. 별 특별한 이야기를 나눈 것도 아닌데 우주에 대해 갑자기 많은 것을 알게 된 느낌이 들었다.

9. 소꿉친구 지희

"아, 이제 덥다 더워. 올해는 제발 엄마가 에어컨 사면 좋겠다. 여름 오면 어떻게 사나?"

"왜 벌써 에어컨 타령이야?"

"넌 날씬해서 안 덥지? 난 벌써부터 더워 미치겠다."

지희가 버스에서 내려 삼거리로 올라오는 내내 투덜거렸다. 6월 초 날씨가 한여름 같다. 온난화가 맞긴 맞나 보다. 그래서 그런지 우리 마을에도 한 집, 두 집 에어컨을 다는 곳이 늘어난다.

삼거리에 다다랐을 때 작은엄마가 두 주 전부터 기다리던 반찬 트럭이 보였다. 지희와 헤어져 반찬 트럭으로 갔다. 작은엄마가 기다리는 반찬 트럭은 할머니가 기다리는 일주일에 한 번씩 오는 반찬 트럭과는 다르다. 할머니와 우리 마을 사람들이 주로 이용하는 반찬 트럭에서는 미역, 두부, 콩나물, 어묵, 멸치, 햄 같은 반찬거리와 양념, 라면과 제철 채소를 팔지만, 작은엄마가 기다리는 트럭에는 베트남, 인도네시아, 필리핀, 태국, 방글라데시 등지에서 온 냉동 식품과 진공 포장 식품이 잔뜩 들어 있다. 트럭을 보니 며칠 전 작은아빠가 챙겨 준 용돈이 생각났다. 나는 작은엄마가 좋아하는 냉동 스프링 롤과 느억맘이라는 베트남 젓갈을 샀다. 돈을 치르고 길로 올라섰는데 우주가 언제부터 거기 있었는지 나를 보고 싱긋 웃으며 물었다.

"너희 작은엄마 드릴 거야?"

"응."

"우리 마을에도 저 트럭 오네."

"응. 너도 알아?"

"응. 나 남양주에 살 때 그 동네에도 저런 트럭 자주 왔어."

"남양주에서도 살았어?"

"응, 거기서는 이 년."

"그랬구나."

"저 트럭 며칠에 한 번씩 와?"

"이 주에 한 번씩인가? 난 정확하게 잘 몰라. 우리 작은엄마가 잘 알지. 근데 구경할 게 많아. 참, 그런데 너 왜 여기 서 있었어?"

"오랜만에 저 트럭 보니까 반가워서."

"아, 그렇구나. 그럼 안녕."

우주에게 손을 흔들어 주고 집 쪽으로 발길을 돌리는데 우주가 내 뒤에다 대고 물었다.

"윤유정, 넌 왜 스마트폰 안 해?"

"어, 난 별로…… 근데 왜?"

"아니, 그냥. 카톡 하면 자주 얘기할 수 있으니까."

"할 말 있으면 문자로 하면 되지."

"하긴."

우주가 멋쩍어하며 손을 흔들어 주었다. 우주는 짝이 된 뒤 부쩍 내게 살갑게 대한다. 그 전에도 말이 많지는 않아도 무뚝뚝한 아이는 아니었다. 하지만 요즘처럼 자주 이야기를 나눈 적은 없었다. 자주 마주칠수록 자꾸만 기대를 하게 된다. 나도 우주랑 친구가 되고 싶다는 기대를.

저녁밥을 먹고 용민이 받아쓰기를 봐주었다. 용민이는 2학년이 되었는데도 받아쓰기가 엉망이다. 작은엄마는 용민이 공부 봐주는 걸 가장 힘들어했다. 내가 어렸을 때는 작은아빠가 다 챙겨 주었는데 요즘 작은아빠는 농사일, 농민회 일로 바빠 용민이 얼굴도 보지 못한다. 용민이는 내가 받아쓰기 공부를 하자고 했더니 심통이 나서 투덜거렸다.

"나 받아쓰기 못하는 거 다 엄마 때메 그래."

"윤용민, 니가 못 해 놓고 왜 엄마 탓이야?"

내가 핀잔을 주자 용민이가 뾰로통해져서 투덜거렸다.

"애들이 나한테 엄마가 외국 사람이라서 국어 못한다고 그런단 말이야."

"어떤 애가 그래?"

"다 그래. 형아들이랑, 친구들이랑 다."

"엄마가 외국인이라서 그런 게 아니라 네가 공부를 열심히 안 해서 그런 거야. 그딴 말에 신경 쓰는 거 아니야."

용민이는 부루퉁한 얼굴로 다시 투덜거렸다.

"나도 엄마 바꾸면 좋겠어."

"헐, 얘 좀 봐. 그게 무슨 말이야?"

나는 당황스러워서 용민이의 머리를 쥐어박고 말았다. 작은엄마가 듣기라도 했을까 봐 걱정이 되었다. 그런데 작은엄마가 안방에서 빨래를 개다가 웃으며 말했다.

"유정, 용민이 나한테 맨날 그래. 근데 유정, 오늘 알림장 말 무슨 말이야? 조기를 다는 날이래. 조기를 어디다 달아? 냄새나게."

알림장을 들여다보니 용민이가 칠판을 보고 베꼈을 글자들이 삐뚤빼뚤 쓰여 있었다.

1. 내일(현충일)은 조기 다는 날이에요.

2. 방과 후 리코더 반 학생들 리코더 가져오기: 기본 운지

안 돼는 사람 연습해세요

3. 국민채조 중에서 한 가지를 골라서 느낌 표현해기. 자신의 느낌을 표현하기 (오늘 말들 시간에 한 거 기억나시죠)

나는 웃음을 참으며 작은엄마에게 알림장 내용을 설명해 주었다.

"유정, 한글 너무 어려워. 똑같은 말이 많아. 조기, 조기 다른 거나 몰라."

작은엄마의 풀 죽은 모습에 괜히 내가 미안해졌다.

눈꺼풀이 방바닥으로 내려앉는 용민이를 달래 겨우 받아쓰기 숙제를 도와주고 나서 내 방으로 돌아왔는데 지희에게서 문자가 와 있었다.

— 나 집 나갈까 봐

— 유정. 우리 집에 올래?

벌써 한 시간 전, 삼십 분 전에 온 문자였다. 아까 삼거리에서 헤어질 때만 해도 얼굴이 밝았는데 무슨 일인가 싶어 급히 답장을 했다.

— 지금 봤어. 가는 중

마당에 나섰더니 달빛이 환하다. 복동이 집에서는 엄마 젖을 찾는 강아지들의 낑낑거리는 소리가 그칠 줄을 모른다. 이제 강아지들은 눈을 동그랗게 뜨고 아장거리며 마당을 돌아다닌다. 날마다 쑥쑥 자라는 녀석들을 보면 꼬맹이가 생각난다. 그러나 어느새 통곡을 하며 할머니한테 대들기까지 하던 슬픔은 아스라한 기억이 되어 버렸다.

산길을 내려와 냇가 다리를 건너자 길 양옆으로 펼쳐진 논에서 개구리 소리가 요란하다. 논 쪽에서 찰방거리는 소리가 들리더니 푸드덕거리는 소리도 난다. 분명 해오라기일 것이다. 건너편 산에서는 꾸르륵꾸르륵 산비둘기 소리가 들리고 어디선가 소쩍새가 운다. 마을이 가까워 오면서는 소쩍새와 산비둘기 소리 대신 개 짖는 소리가 더 커진다.

삼거리에서 지희네 집으로 들어가려다 건너편 교회 사택을 건너다보았다. 아직도 우주 방에는 불이 켜져 있다.

"왜 이렇게 늦게 와?"

지희는 눈이 퉁퉁 부은 채로 텔레비전을 보고 있다가 나를 올려다보더니 어리광을 부렸다.

"용민이 받아쓰기 숙제 때문에. 도대체 왜 또 가출이니 뭐니 하는 거야? 너희 엄마 아빠는?"

"엄마는 오늘 회식 갔다가 집에 안 들어온대. 아빠는 막걸리 마시고 취해서 잠들었어."

"너희 엄마가 집에 안 들어오신다고?"

"응. 우리 엄마 변했어. 요새 막 술도 마시고 오고 그래. 낼모레 환갑인데 아직도 참아야 하느냐면서. 오늘도 밤 9시까지 잔업 끝내 놓고 회식하고 온다고 전화가 왔어. 그랬더니 우리 아빠가 막 소리를 지르면서 당장 안 들어올 거면 집에 다시는 들어오지 말라고 그러는 거야. 그러니까 엄마가 아빠 얼굴 쳐다보기도 싫다면서 같이 일 다니는 아줌마들이랑 찜질방 가서 자겠대."

"요새 왜 그렇게 싸우셔?"

"다 돈 때문이지 뭐."

"돈?"

"응. 우리 작은오빠 2학기 때 미국으로 교환 학생 가는데 통장에 이천만 원이 있어야 한다는 거야."

"몇 년 가는데?"

"몇 년이 아니라니까. 한 학기 가는데도 통장에 이천만 원이 들어 있다는 걸 확인시켜 줘야 한대. 거기다가 학비는 여기 학교 등록금 내는 걸로 되는데 체류비가 한 오륙백만 원 정도 따로 든대. 어쨌든 그래서 아빠가 오백 평짜리 우리 논까지 팔겠대. 어차피 언니 오빠들 다음 학기 기숙사비랑 등록금이랑 내려면 목돈 필요하니까 아예 땅 팔아서 그걸로 학비 다 대자고. 그러면 우리는 이제

땅이 건평리에 있는 포도밭밖에 안 남거든. 그래서 엄마가 펄쩍 뛰었어. 교환 학생 안 보내면 되지 뭘 그러느냐고. 늙어서 뭐 먹고 살 거냐고. 그랬더니 아빠가 울 엄마더러 무식해서 자식새끼 앞길을 막는다는 거야. 요즘 세상에는 다 투자한 만큼 돌아오게 되어 있다 면서. 투자한 만큼 돌아오기는. 그렇게 안 될 거라는 거 나도 다 아는데. 울 엄마가 언니 오빠들 때문에 얼마나 고생했는데. 더 기가 막힌 얘기 해 줄까? 우리 아빠가 나더러 미용고 가래."

"미용고?"

"왜, 2년제 고등학교 있잖아. 방학도 없는 학교."

"그런데 거기 왜 가래? 너희 아빠 대학 안 가면 사람도 아니라고 한다며?"

"그래, 그러니까 나는 사람 취급도 안 한다는 거지. 순전히 공부 못한다고. 그냥 빨리 기술 배워서 취직하라는 거지."

지희네는 파평 윤씨 종가집이다. 지희의 증조할아버지는 초등학교 교장 선생님이었고 할아버지는 면장님이었단다. 지희 아빠 말씀에 따르면 지희네는 원래 조상 대대로 유학자 집안이었다. 학식만 높은 게 아니라 땅도 꽤 많고 잘살았다는데 지금은 우리 집 형편과 크게 다르지 않다. 장남인 지희네 아빠가 일찍이 가장이 되는 바람에 대학을 포기하고 농사를 지으면서 동생들인 지희 고모, 삼촌들을 대학에 보냈단다. 그 뒤에는 또 동생들 시집 장가 보내느라 물려받은 땅을 반쯤 팔아 버렸고 그나마 남았던 땅은 지희네

언니 오빠들 대학 보내느라 또 거의 다 팔았다.

지희네 집은 올해도 대학원에 다니는 큰오빠, 군대 갔다 복학한 작은오빠, 올해 대학생이 된 둘째 언니의 등록금, 기숙사비, 고시원 방값으로 천만 원이 훌쩍 넘게 들었다고 했다. 그나마 교육 대학교를 나와 수원에서 초등학교 교사로 일하는 큰언니가 도와주지 않으면 생활비도 없다며 지희는 투덜거렸다. 그런데도 지희네는 우리 마을 사람들의 부러움을 한몸에 받는다. 오 남매 중 넷이 4년제 대학에 간 것은 우리 면에서 지희네가 처음이라는 이유다. 지희 큰언니가 교육 대학에 갔을 때와 작은오빠가 서울에 있는 명문대에 합격했을 때는 인산저수지 앞이랑 온수리에서 양도면에 들어오는 입구며 초등학교, 중학교 교문까지 온통 플래카드가 펄럭였다. 지희 큰오빠나 둘째 언니가 간 대학도 나는 꿈도 못 꿀 중상위 대학이었다. 언니 오빠들이 그렇게 다 공부를 잘하는데 유독 지희는 초등학교 때부터 공부를 좋아하지 않았다.

"너도 알잖아. 나는 우리 집에서 천덕꾸러기야. 내가 왜 공부를 못하는데? 나 초등학교 다닐 때부터 우리 집에 나 돌봐주고 공부 봐주는 사람은 아무도 없었어. 그런 건 하나도 상관 안 하고. 글쎄, 우리 아빠는 내가 공부 못하는 게 외갓집 식구들을 닮아서 그렇대. 자기도 대학 못 가 놓고 맨날 나랑 엄마 탓만 해. 솔직히 공부 잘해서 우리 아빠가 대학원까지 보낸 작은아빠들이랑 고모가 우리 아빠한테 고마워하는 줄 아니? 미국 살고, 울산 사는 우리 작은아빠들, 할아버지 제사 때도, 명절 때도 거의 안 와. 아빠 쪽 식구들 때문에 엄마만 맨날 고생하는데 구박은 혼자 다 받고. 엄마랑 나랑 둘이 집 나가고 싶다니까."

그예 지희는 눈물을 쏟았다. 한참 엎드려 우는 지희를 뭐라고 달래야 할지 몰라 이 궁리 저 궁리 하고 있는데 갑자기 지희가 고개를 들더니 정색하며 말했다.

"유정아, 나 그냥 미용고 갈까 봐."

"뭐라구? 왜 또? 너 지금 미용고 가기 싫어서 울던 거 아니었어?"

"그래, 그랬지. 그런데 갑자기 생각이 났어. 어쩌면 나는 미용고 가는 게 나을지도 모른다는 생각이."

"뭐가 나은데?"

"이 년 만에 졸업해서 빨리 돈 버는 거야. 미용고에서 열심히 해서 자격증 따고, 그걸로 대학 가서 연예인 코디 되는 거야."

"연예인 코디?"

"응. 갑자기 생각났는데, 건평리 살던 경미 언니 있잖아. 그 언니 전문대 미용 예술과 나왔잖아. 우리 작은오빠는 아직도 대학생이지만 그 언니는 졸업하자마자 어떤 가수 막내 코디 하다가 지금은 중간까지 올라갔대. 예능 프로 같은 데 막 따라가기도 하고, 슈퍼 콘서트 같은 데 가서 다른 연예인도 엄청 만나고 그런댔어. 멋있지 않나?"

"멋있는지는 모르겠지만…… 괜찮겠네."

"그치? 괜찮겠지? 날마다 스타들을 만나는 거잖아. 좋아, 난 이제 목표가 생겼어. 나더러 미용고 가라고? 좋아. 가서 성공할 거야. 엄청 멋진 코디가 돼서 유명해질 거야. 난 큰 기획사에 있는 연예인 코디 할 거야. 아, 맞다. 그럼 이제부터 다이어트 해야지."

"다이어트는 왜?"

"코디로 스타들 만나려면 내 외모도 좀 돼야지. 안 그러냐?"

지희는 언제 우울했냐는 듯이 연예인 코디네이터가 될 생각에 들떴다. 지희는 일주일 만에도 꿈이 바뀌는 아이인지라 그 꿈이 얼마나 지속될지 모르겠지만 제 풀에 화가 풀렸으니 다행이다. 지난번에는 아버지랑 싸우고 가출해 수원 큰언니한테 가 버린 적도 있었다.

"유정, 나는 너랑 얘기하면 답답한 게 다 풀려. 기분 좋아졌어. 넌 정말 세상에 둘도 없는 베프야."

지희랑 절친한 친구가 되는 것은 어려운 일이 아니다. 그냥 묵묵히 지희 이야기를 들어 주면 된다. 어쨌든 내 덕분에 지희 기분이 좋아졌다니 다행이다.

"그럼 나 이제 가도 돼?"

"응."

"나 데려다줘."

"알았어. 삼거리까지만이다. 나도 올라올 때 무서워."

"좋아."

지희네 집을 나서자마자 우주네 집을 건너다보았다. 우주 방은 여전히 불이 켜져 있었다. 지희도 무심코 고개를 들어 우주네 집 쪽을 바라보다가 갑자기 생각난 듯 물었다.

"참, 윤유정, 너 이우주랑 사귀냐?"

"뭔 헛소리야?"

"김광수가 그러던데? 우주가 너희 집에 막 놀러 가고 그랬다고."

"우리 집에 놀러 오기는. 저번에 우리 강아지 보러 한 번 왔었다. 그런데 김광수 걔는 어떻게 알았대?"

"용민이한테 들었대."

"하여튼 윤용민 정말……."

내가 마뜩찮은 표정을 짓자 지희가 활짝 웃으며 말했다.

"아니지? 나도 그럴 리가 없다고 생각했는데 김광수가 막 확신에 차서 얘기하는 바람에 믿을 뻔했다니까."

"이우주랑 내가 사귈 리가 없다고?"

"응. 그럼 사귈 가능성이 있어?"

"아니. 그런 건 아닌데……."

"치, 유정 너 삐쳤구나? 내가 널 무시하는 게 아니라 나도 마찬가지지, 뭐. 우주 같은 애가 우리 학교 여자애들이 성에 차겠냐? 걔 좋아하는 애들 엄청 많잖아. 내가 저번에 배드민턴 대회 나갔다가 들었는데, 화도 교회에 있는 여자애들도 이우주 좋아한대. 심지어는 저 아래 대안 고등학교 여자애들도 지나가면서 우주를 막 쳐다보더라니까? 걘 비주얼이 좋아서 사람들 시선을 끄는 것 같아. 근데 솔직히 우린 아니지."

"아니라고?"

"그렇지. 걔가 뭐 나처럼 살찐 애를 좋아하겠냐, 아님 너처럼……."

"나처럼 뭐?"

자칫하면 지희 입에서 튀어나왔을 그 말이 무엇인지 모르지 않으면서도 나는 괜히 심술궂게 되물었다. 그러자 지희가 당황하며 말을 얼버무렸다.

"아니, 그냥 걘 우리랑 안 맞잖아. 근데 진짜 대박은 뭔지 알아? 김광수가, 자기는 네가 이우주 좋아해도 상관없대. 지는 너랑 우주랑 사귀어도 기다릴 거래. 걔 진짜 순정파야."

"순정파? 헐. 야, 윤지희. 너 다시는 나한테 그딴 말 하지 마. 기분 나빠."

지희가 해쭉거리며 말했다.

"알았어, 알았어."

진강산 위로 떠오른 달 덕분에 마을로 내려올 때보다 돌아가는 길이 더 밝다. 길 아래 논에는 산 그림자가 비친다. 달이 논에 담겨 있다. 논물에 담긴 보름달을 바라보면 왠지 모르게 설렌다. 달빛 덕분에 냇가에서 고라니 두 마리가 물을 먹다 풀숲으로 몸을 숨기는 것도 보이고, 논둑으로 올라온 해오라기도 보인다.

어렸을 때 모내기를 마치고 나면 작은아빠는 내 손을 꼭 잡고 밤 산책을 나갔다. 작은아빠는 논둑길을 걸으며 말했다.

"유정아, 이 벼도 말이지, 주인의 발소리를 알아듣거든. 이렇게 밤에도, 이른 새벽에도 또 한낮에도 논에 내려와서 주인 발소리를 들려주면 벼가 아, 내 주인이 나를 이렇게 사랑하는구나 하면서 쑥쑥 자라는 거야. 뭐든 살아 있는 건 말이지, 사랑이 가장 중요해. 나는 벼를 기르면서나 포도를 키우면서도 늘 그걸 먼저 생각해. 그리고 우리 유정이를 키우면서도 마찬가지고."

작은아빠가 그 말을 해 줄 때마다 나는 참 행복했다. 작은아빠는 이 밤길을 걸으며 농사 걱정, 할머니 건강 걱정도 털어놓았다. 내가 이해할 수 없는 일이 더 많고, 내 힘으로는 작은아빠의 걱정을 덜어 줄 수도 없었지만 작은아빠가 그렇게 나한테라도 이런저런 이야기를 해 주는 것이 좋았다. 그러나 작은아빠가 결혼한 뒤로는 밤길 산책을 더는 할 수 없었다. 작은아빠는 달빛 환한 밤이면 작은엄마와 단둘이 산책을 나갔다. 그때마다 속상해서 혼자 눈물 바람을 한 적도 많았다.

불현듯 우주한테 달빛 아래를 걷는 이 호젓하고 평화로운 느낌을 알게 해 주고 싶다는 생각이 들었다. 발걸음을 멈추고 서면 풀숲에서, 무논에서, 덕정산과 진강산 골짜기에서 온갖 소리가 들려온다. 개굴개굴, 사붓사붓, 비악비악, 바스락바스락, 호로록호로록, 파드닥파드닥, 호르르호르르, 졸졸졸, 찰방찰방, 구구구, 와아 아악. 개구리 합창 소리, 새나 고양이가 풀숲을 지나는 소리, 어린 새들이 어미 새를 찾는 소리, 인기척에 새가 조심스레 날아오르는 소리, 시냇물 소리, 해오라기가 벼 사이로 걸어가는 소리, 산비둘기 우는 소리, 고라니가 짝을 부르는 소리, 너구리가 컹컹거리며 짖는 소리까지. 음악을 좋아하는 우주에게 이 소리를 들려주면 뭐라고 할까? 그러다 정신이 번쩍 든다. 도대체 내가 왜 이 순간 우주를 떠올리며 이런 상상을 하는 걸까.

10. 가족

작은아빠한테서 작은엄마가 셋째 아기를 무사히 낳았다는 문자를 받은 것은 청소 시간이었다. 나를 닮은 예쁜 딸이라는 말에 기분이 좋아졌다. 작은아빠는 아기 이름을 '유경이'로 지었다고 했다. 작은엄마는 이틀 만에 퇴원해 집으로 왔다. 작은엄마가 아기를 낳았다는 소식이 전해지자 면사무소와 부녀회에서는 돈 봉투를 전해 오고, 보건소 소장님이 아기 딸랑이 세트를 가져왔다. 우리 마을에서는 용우 다음으로 삼 년 만에 태어난 아기다. 게다가 딸은 팔 년 만에 처음이라니 그런 호들갑을 부릴 만하다. 그런데 정작 할머니는 별로 좋아 보이지 않았다. 할머니는 셋째도 아들이길 바랐기 때문이다.

"할머니, 참 욕심 많아. 나 태어났을 때는 정말 얼마나 끔찍했을까? 딸에다가 입천장이 찢어진 장애아였잖아."

할머니는 내 말에 대꾸조차 하지 않았다. 할머니는 할 말이 없으면 늘 못 들은 척이다. 차라리 뭔 헛소리냐고 소리라도 질러 주면 좋으련만, 나는 그런 할머니가 얄미워 더 짓궂게 굴었다.

"할머니 진짜야? 정말 나를 윗목에 밀어넣고 죽을 때까지 기다렸어? 어쩌면 아니라는 말을 한마디도 안 해?"

"그렇다, 이년아."

"그럼 차라리 갖다 버리지."

"갖다 버리고 싶은 걸 죄받을까 봐 못 버렸다. 딸자식 좋아하는 사람이 어디 있냐? 키워 봤자 남의 집 사람 될 건데 뭐가 좋아. 이 할미 팔자 봐라. 친정이 지척인데도 어머이 임종 하나 못 보고, 자식새끼들 뒷바라지에 허리 휘고, 그것도 모자라서 손주들까지 키워야 하잖냐. 부모는 문서 없는 종이라더니 이것 봐라, 손주 나올 때마다 산바라지하랴……."

"그럼 내가 언청이가 아니라 딸이라서 실망했던 거야? 내가 할머니처럼 살까 봐?"

할머니가 나를 쳐다보았다.

"메라 지껄이냐!"

할머니는 할 말이 없으면 아무튼 이렇게 얼버무린다. 어쩌면 정말 그랬을지 모른다. 할머니는 가끔 마을회관에서 할머니들과 막

걸리를 마시고 오면 넋두리하듯 옛날이야기를 꺼냈다. 사대문 안에 살면서도 땅뙈기 한 뼘 없어 일본인이 운영하는 공장에 다니거나 남의집살이를 해야 했던 부모님 이야기, 오 남매가 소학교만 겨우 졸업한 뒤 노동자로 살아야 했던 전혀 아름답지 않은 어린 시절 이야기, 방직 공장에 다니다 폐결핵으로 죽은 막냇동생 이야기, 시집와서도 하루 두 끼만 먹으며 고생했던 이야기, 어느 것 하나 아프지 않은 이야기가 없었다. 할머니는 그 고된 삶이 딸로 태어난 탓이라고 여기는 것 같았다.

유경이가 태어난 지 닷새째 되던 저녁, 우주네 가족이 우리 집에 올라왔다. 신부님이 유경이를 위해 기도해 주기 위해서였다. 우주 엄마는 작은엄마를 위해 장미 꽃다발을 가져왔다. 작은엄마는 아이 셋을 낳는 동안 처음 받아 보는 꽃다발이라며 좋아했다.

어른들이 차를 마시며 이야기를 나누는 동안 우주가 내 방을 기웃거렸다. 들어오라고 해야 할지 말아야 할지 몰라 우물쭈물하는데 우주가 먼저 물었다.

"네 방 봐도 돼?"

"응? 안 될 건 없는데……."

"그럼 그냥 밖에서 구경만 할게."

"맘대로."

우주는 방 안으로 고개만 삐죽이 들이밀었다.

"창문이 되게 크다."

"응. 그래서 늦잠을 못 자. 내 방이 동쪽이거든."

"내 방이랑 반대네. 내 방은 완전 서쪽이라 해 질 때까지 쨍쨍해."

"들어올래?"

"아, 아니. 됐어. 나는 용민이랑 놀아 줘야겠다."

우주는 얼굴이 빨개져서는 용민이와 용우가 있는 주방 쪽으로 갔다. 우주만큼이나 내 얼굴도 화끈거렸다. 가슴이 동당이질을 하고 온몸에 힘이 빠졌다. 그대로는 어른들이 있는 자리에 나가지 못할 것 같아 마음을 추스르는 사이, 신부님네 가족이 일어나 나가는 소리가 들렸다. 부리나케 방문을 열었을 때는 이미 신부님과 우주 엄마가 현관을 나서고 있고 우주는 아예 보이지도 않았다. 할 수 없이 신부님 등 뒤에다 인사를 하고 말았다.

"어이구, 내가 미쳐. 이 기지바이야. 신부님이 오셨는데도 나와 보지도 않고. 신부님하고 사모님이 뭐라 하시겠냐?"

"그렇게 일찍 가실 줄 몰랐지."

할머니는 내게 눈을 한 번 더 흘기고는 퉁명스럽게 말했다.

"네가 용민이랑 용우 재워라."

"왜 내가 재워?"

"너 작은엄마랑 작은아빠는 유경이 목욕시켜야 하고 나는 족발 삶아야 해."

할 수 없이 거실에다 깔아 놓은 요에 용우와 용민이를 누이고 그림책을 읽어 주는 동안 할머니는 주방으로 가서 작은엄마에게 줄 족발을 삶았다. 족발 삶은 물을 마시면 젖이 잘 나온단다. 작은 엄마가 용민이를 낳았을 때는 젖이 잘 나오지 않고 불기만 했다. 아무리 마사지를 해도 소용이 없었다. 그러자 할머니가 읍에 나가 작은 족발을 사다가 삶았다. 할머니는 그 족발 삶은 뽀얀 물을 작은엄마에게 마시라고 했다. 그런데 작은엄마가 그걸 받아 들고 엉엉 울었다. 할머니나 작은아빠는 작은엄마가 족발이 싫어서 우는 줄 알고 당황했다. 그런데 한참 흐느끼며 울던 작은엄마가 말했다.

"엄마, 우리 비엣남에서도 아기 낳으면 이거 먹어요. 우리 언니도 아기 낳고 이거 먹었어요."

할머니는 그 뒤로 한 달 동안 미역국과 족발을 번갈아 가며 끓였다. 용우가 태어났을 때도 마찬가지였다. 후텁지근한 날씨에 하루 종일 미역국을 끓이고 이번에는 족발을 삶으니 집 안이 사우나 같았다. 할머니는 아까 낮에는 이장님 댁 저장고에 맡겨 두었던 늙은 호박을 이고 읍에까지 나가 즙을 내 왔다. 슬그머니 할머니 건강이 걱정되었다. 밤 10시가 다 돼서 방으로 가는 할머니를 따라 들어갔다.

"할머니, 내가 발 주물러 줄까?"

"갑재기 뭔 소리야?"

"하루 종일 힘들었잖아."

"오늘 해가 서쪽에서 떴냐? 내일 서쪽에서 뜰라냐?"

"하여튼 할머니는 내가 마음 좀 착하게 먹으려고 해도 맨날 김 빠지게 해."

"그리만 와서 무릎만 좀 주물다 가."

할머니가 못 이기는 척하고 누웠다. 나는 말없이 할머니 무릎을 주물렀다. 할머니가 눈을 감은 채 말했다.

"내가 그래도 늘그막에 얻은 둘째 며느리랑 손주들 때문에 산다."

"손주 누구? 용민이 용우?"

"이년아, 너는 대구 그런 걸 물어봐야 속이 시원하냐?"

"그 손주에 나도 포함되나 궁금해서."

"내가 느이 할아부지 죽고, 느이 어미 아비 집 나가고 나서 너 하나 보구 살았어. 지금도 너 처음 나왔을 때 생각하만 가슴이 벌렁벌렁해. 그런 널 낳고 너 엄마도 얼마나 속이 상했겠냐. 미역국을 끓여 줘도 한 숟가락도 못 넘겼어. 남편이라는 거는 병신 새끼 낳았다구 막 몸 푼 마누라를 닦달하고 손찌검하고."

할머니의 말투에 후회와 안타까운 마음이 배어 있었다. 할머니가 엄마에 대해 그렇게 말하는 것은 처음이었다. 할머니는 한숨을 크게 쉬더니 말을 이었다.

"핏덩어리를 놓고 나갔을 때는 내 그 연놈들이 나가 죽어도 원이 없다 생각했는데…… 지금 와서 생각하만 느이 엄마가 불쌍해. 느이 아부지라는 놈이 병신 딸 낳았다고 너랑 느이 엄마를 억지로 데리고 퇴원해서 방에다 던져 놨을 때는 나도 그래, 그러고 살아서 뭐하냐, 죽어라 그랬지. 근데 그 핏덩어리가 그래도 살겠다고, 배고프다고 울더라. 그걸 보고 젖이 퉁퉁 불은 느이 엄마가 핏덩어리를 안고는 젖을 물리겠다면서 지도 울고, 그걸 보는 나도 울고. 그대로 놔뒀다가는 너나 네 어미나 둘 다 죽을 거 같드라. 그래서 내가 그길로 너 데리고 병원에 갔지. 낳은 지 겨우 사흘 지난 애를 안고 혼자서 택시 타고 인천까지 가서 입원시켰다. 하마터면 죽을 뻔했지. 너 신생아실에 입원시켜 놓고 집에 오니까 느이 엄마는 젖이 불은 걸 어찌지 못해서 온몸에 열까지 나고. 119 불러서 느이 엄마까지 병원에 보내고, 내가 죽을라고 창고 가서 농약까지 들었다. 근데 못 죽겄드라. 내가 죽으만 신생아실에 있는 널 누가 돌보겄냐. 힘들 때마다 느이 엄마 욕 많이 했다. 그래도 불쌍한 마음이 더 컸지."

할머니에게서 처음 듣는 말이었다. 그동안 할머니한테 듣는 엄마는 그저 젖도 빨지 못하는 딸을 버리고 간 비정한 어미였다.

"할머니, 진짜야? 엄마가 불쌍해?"

할머니가 다리를 주무르던 내 손을 뿌리치며 일어나면서 불뚝성을 냈다.

"이 기지바이는 이 할머이가 아주 마귀할머인 줄 아는가 보구나. 에구구. 저리 가라. 주물러 주는 것도 귀찮다. 보리차나 끓여 놔야지."

할머니는 몸을 일으키더니 다시 주방으로 나갔다. 그런 할머니의 뒷모습을 보는데 가슴 깊은 곳에서 뜨거운 뭔가가 북받쳐 오르며 눈앞이 흐려졌다. 엄마에게 할머니가 미역국을 끓여 준 게 뭐 그리 대단한 일이라고, 엄마가 우는 내게 젖을 물렸던 일이 뭐 그리 감동적인 장면이라고 허우룩했던 마음이 따뜻하게 채워지는지 모르겠다.

일요일 저녁, 모처럼 여유롭게 저녁을 먹다가 할머니가 불쑥 작은엄마 개명 이야기를 꺼냈다.

"군에서 다 해 준대. 용민이가 엄마 이름 쓸 때 애들이 놀린다고 신경 쓰는 것도 그렇고……. 유경이 출생 신고 하는 길에 개명 신청도 해라."

작은아빠는 정색을 했다.

"어머이는 용민 엄마 국적 만들어 줄 때는 뭘 그렇게 일찍 하느냐고 뭐라 하더니만. 왜 이름을 바꾸래?"

"그때는 국적 해 줬다가 낭패 본 집을 하도 많이 봐서 그랬지. 차라리 그때 개명까지 했으면 좋았을 것을."

작은아빠는 용민이가 태어나자마자 작은엄마의 국적 신청을 했다. 그때 할머니는 국적 신청을 왜 그렇게 서두르느냐며 작은아빠를 나무랐다. 할머니는 국적을 취득한 뒤 아이 버리고 도망가는 여자들이 많다며 천천히 하라고 했고, 작은아빠는 국적이 선녀 옷도 아닌데 왜 그러느냐며 할머니와 맞섰다. 결국은 작은아빠 뜻대로 했지만 그 일로 할머니는 작은아빠와 한참 동안 냉랭했다.

"나도 엄마 이름 빨리 바꾸면 좋겠어."

용민이가 할머니와 제 아빠 눈치를 보다 말했다. 작은아빠가 당황해하며 물었다.

"왜?"

"형아들이랑 친구들이 놀려. 엄마 베트남 사람이라고."

"베트남 사람을 베트남 사람이라고 하는 게 놀리는 거야?"

작은아빠 말에 용민이가 볼멘소리를 했다.

"나도 베트남 사람이라고, 베트남으로 가 버리라고 한단 말이야."

"반은 베트남 사람 맞지 뭐. 엄마가 베트남 사람이니까."

용민이의 눈가가 붉어지기 시작하는 걸 보고 할머니가 얼른 용민이를 감싸 안으며 말했다.

"아, 애 마음은 헤아리지도 않냐? 애한테 그게 무슨 말투냐? 한두 살 먹은 어린애도 아니고 어른이 돼서."

작은아빠는 할머니를 바라보며 퉁명스럽게 말했다.

"어머이가 무조건 용민이 편을 드니까 애가 저런 말을 하는 거예요."

그러고는 용민이에게 물었다.

"윤용민, 정확하게 말해. 친구들이 그런 말 자주 해?"

용민이가 쭈뼛거렸다.

"너 베트남이라고 그러면서 안 놀아 주고 맨날 괴롭혀?"

작은아빠의 엄한 채근에 용민이가 마지못해 대답했다.

"맨날 그러는 건 아니지만 싸울 때마다 꼭⋯⋯."

"맨날 그러는 거 아니면 됐어. 그리고 싸우긴 왜 싸워? 친구들이랑."

용민이의 눈에 눈물이 한가득 고였다. 할머니가 보다 못해 작은아빠를 나무랐다.

"야, 이눔아, 너도 허구한 날 쌈박질해서 여기저기 터지고 와놓고는 지 아들한테는 싸우지 말라고? 안 싸우고 크는 애들이 어딨다니?"

"그러니까. 그런 걸로 애 엄마 이름을 바꾸네 마네 할 필요가 없다는 거죠."

작은아빠는 할머니의 말을 퉁명스럽게 막아 버리고는 용민이에게 단호하게 말했다.

"윤용민, 잘 들어. 엄마는 베트남 사람이야. 베트남 사람이 베트남 이름 쓰는 건 당연한 거지. 엄마 이름은 응우옌 티 투이야. 그런 걸로 놀리는 아이들이 모자란 거니까 신경 쓰지 마."

이제는 용민이의 눈에서 눈물이 뚝뚝 흘렀다. 할머니는 노기 서린 투로 작은아빠를 다시 한 번 꾸짖었다.

"이 어처구니없는 놈아, 베트남 여자가 시집왔으믄 한국 사람이 된 거지. 서양 사람들도 결혼하믄 다 성 바꾸고 그런다더라. 마누라 베트남 사람으로 살게 하려면 국적도 바꾸지 말았어야지. 지 새끼 생각은 안 하고 모자라는 놈처럼 마누라밖에 모르긴. 내가 네놈 낳고 미역국을 먹은 게 원통하다."

할머니는 밥도 남기고 방으로 들어가 문을 쾅 닫아 버렸다. 그러자 작은아빠까지 화난 얼굴로 밥도 먹다 말고 나가 버렸다. 덕분에 밥상 치우는 일에서 설거지까지 온전히 내 차지가 되었다. 용민이는 내가 그릇을 치우기 시작하자 슬그머니 텔레비전 앞으로 가 교육 방송을 틀었다. 나는 살며시 안방 문을 열었다. 작은엄마의 등이 보였다. 유경이에게 젖을 먹이고 있는 것 같았다. 인기척을 느꼈을 텐데 돌아보지 않는 걸 보면 작은엄마도 할머니와 작은아빠의 말다툼을 들은 모양이다. 나는 다시 문을 조심스레 닫았다.

설거지를 끝내고 할머니와 작은아빠가 남긴 밥을 복동이에게 갖다주려고 마당으로 나왔는데 작은아빠가 복동이 집 뒤에서 담배를 피우고 있었다. 결혼한 뒤 끊은 줄 알고 있던 터라 깜짝 놀랐다.

"작은아빠, 다시 담배 피워? 할머니 때문에 그래?"

"인마, 내가 어린애냐?"

"그런데 안 피우던 담배를 왜 피워?"

"그냥, 심심해서."

"거짓말."

"인마, 내가 언제 거짓말하는 거 봤어?"

작은아빠는 정색을 했지만 불현듯 며칠 전 저녁을 먹고 나서 할머니, 작은엄마와 하던 이야기가 떠올랐다. 그동안 도지로 얻어 쓰던 벌판의 논을 주인이 내놓는다는 소문이 돈다고 했다. 그동안 작은아빠가 산성화된 땅을 살리느라 얼마나 공을 들였는지 잘 아는 터라 마을 어른들까지 안타까워한다고 했다. 혹시 그 인산리 논이 팔린 건지 물어보려는 순간 작은아빠가 담뱃불을 끄며 물었다.

"유정아, 프린터 좀 써도 돼?"

"당근이지."

작은아빠는 내 방으로 들어갔다. 우리 마을을 감싸 안은 진강산이나 덕정산처럼 언제나 든든하게 느껴지던 작은아빠의 등이 하우고개처럼 낮아진 것 같아 코끝이 찌릿했다.

"뭐 프린트하는데?"

작은 아빠는 컴퓨터 화면에서 고개를 돌리지 않은 채 대답했다.

"내일 마을 회의에서 어르신들한테 에프티에이에 대해 교육하려고."

"에프티에이? 이미 다 시작된 거 아냐?"

"한미 에프티에이야 작년에 국회 통과하고 올해 3월부터 발효됐지. 그래서 농협에도 외국 농산물이 버젓이 들어와 있고, 김포에 있는 마트에 나가면 미국산 소고기까지 버젓이 팔리고. 그런데 이제 한중 에프티에이 협상 시작하고 타결되면 더 큰일이라서……."

내가 초등학교 6학년 때, 작은아빠는 농사일도 제쳐 놓고 날마다 FTA 반대 시위를 하러 서울로 올라갔다. 또 사흘이 멀다 하고 농민회에서 회의를 하느라 집에 잘 들어오지도 못했다. 그런데도 한미 FTA는 통과되었다. 그 뒤로 작은아빠는 다른 나라와 할 FTA 에 대비해야 한다고 이리저리 뛰고 있다.

"작은아빠, 한중 에프티에이까지 통과되면 정말 농사는 끝이야?"

"당장은 아니지만 점점 그렇게 되겠지. 나라에서 농사를 아예 포기하려는 거지. 기업농만 살리고."

"그럼 어떡해?"

"뭘 어떡해. 살아남으려면 이 악물고 싸워야지."

작은아빠는 인쇄가 되는 동안 멍하니 창밖을 바라보며 혼잣말 을 했다.

"아이고, 방충망에 구멍이 났네. 모기 들어오겠다. 내일 땜질을 좀 해야겠다."

작은아빠의 뻥한 눈동자를 보니 다시 코가 시큰거렸다.

"작은아빠, 힘내."

"인마, 뭔 소리야. 내가 언제 힘이 없었다구."

"지금 그렇잖아. 아까 저녁 먹을 땐 괜히 용민이랑 할머니한테 짜증 내고."

"그게 짜증 낸 거냐? 용민이 버릇없어질까 봐 혼낸 거지."

"작은아빠, 있잖아. 작은아빠도 힘든 거 알지만 할머니랑 싸우 지 마. 할머니가 작은엄마 산바라지하느라고 얼마나 힘든데."

"알아."

"그리고 있잖아. 할머니가 작은엄마 개명하라는 거, 그거 난 나쁜 거 아닌 거 같아. 그러니까, 그거 나쁜 마음에서 하는 말 아니라고. 할머니는 작은엄마가 한국 사람이 되면 좋겠다고 생각하는 거 같아. 또 작은엄마 이름 때문에 용민이가 놀림받을 수도 있잖아. 작은아빠는 잘 몰라서 그래. 학교에서는 아무것도 아닌 걸로 놀리고 그것 땜에 왕따 되고 그래. 나도 말은 안 했지만 애들이 엄마 아빠 없다고, 언청이라고 놀릴 때는 학교 가기 싫었어. 용민이가 하는 말, 어린애가 하는 말이라고 무시하지 마. 애들은 그런 거에 상처 많이 받아. 나도 할머니가 내 말 무시하고 들은 척도 안 할 때마다 정말 속상하고 답답했어."

작은아빠가 고개를 끄덕였다.

"그래, 나도 무슨 말인지는 알겠어. 그렇지만 유정아, 작은엄마는 베트남 사람이야. 베트남 사람이 한국 사람이랑 결혼한 것뿐이야. 나랑 결혼했다고 작은엄마가 무조건 한국 사람이 되어야 하는 건 아니잖아."

"그런 건 아니지만 그래도 작은엄마가 작은아빠랑 결혼할 땐 당연히 한국 사람으로 살려고 온 거 아냐?"

"그런 건가? 사실 용민 엄마랑 그런 얘길 해 본 적은 없어. 그렇지만 나는 네 작은엄마가 나랑 결혼해서 이렇게 잘 살아 주는 것만으로도 고마워. 이름 바꾸고 그러는 건 네 작은엄마가 먼저 하겠다고 말할 때까지는 그냥 놔두고 싶어. 그리고 나는 용민이가 좀 더 크면 용민이한테 베트남에 대해서도 알게 해 주고 싶어. 베트남에도 데려가고, 엄마한테서 베트남 말도 배우게 하고 싶고. 작은엄마 혼자 한국에 와서 한국 음식만 먹고, 한국말만 하고, 한국 문화대로만 살고, 손해잖아. 나는 가끔 우리도 베트남 말을 배워서 말을 반반씩 섞어서 하면 좋겠다고 생각할 때도 있어."

나는 언제나 내 편에서만 작은엄마를 바라보고 있었다. 작은엄마가 어떻게 우리 집에 적응하고 한국말을 얼마나 빨리 배우는지, 한국 요리를 얼마나 빨리 익히고 한국 문화에 얼마나 빨리 동화되는지만 생각했다. 사실 나뿐만 아니라 할머니도 우리 마을 사람들도 다 그랬다. 그런데 정작 작은엄마에게 내가 어떻게 받아들여질지, 작은엄마는 한국 문화에 대해 어떻게 생각할지에 대해서는 궁금해한 적조차 없다. 물론 베트남에 대해서 알아야겠다고 느낀 적도 없었다.

"근데 작은아빠 되게 멋지다. 난 그런 생각은 한 번도 해 본 적 없는데."

"나도 사실 신부님한테 들은 거야."

"우주 아빠한테?"

"응, 작년엔가 신부님이 강화 사는 다문화 가족 대상으로 강연한 적이 있거든. 나는 내가 용민 엄마한테 아주 잘한다고 생각했는데 신부님 말씀 듣고 보니까 내가 네 작은엄마 입장보다 내 입장에서만 잘한다, 잘한다 하고 있었더라고. 사람은 말이야, 어른이 돼도 계속 배워야 철이 들어."

"그렇구나. 나도 작은아빠 덕에 다시 생각하게 됐어. 그렇지만 할머니 생각도 알아줘야 해."

"걱정 마, 인마. 나도 알아. 그런데 이제 보니 우리 유정이 많이 컸네. 할머니 마음도 알아주고."

"치, 그거 이제 알았어?"

작은아빠가 내 머리를 쓰다듬었다. 참 오랜만이었다.

"참, 유정아. 다음 주말에 이틀 동안 또 알바 할래?"

"알바?"

"응. 포도알 솎기 시작했는데 이번 주 내내 포도밭 일에만 매달려도 주말까지 다 못 할 거 같아서. 포도알 솎는 건 시기를 놓치면 큰일 나거든. 작년에는 용민 엄마가 같이 일하고 마을 형수님들 두세 분 모셔다 해도 일주일이 넘어 끝났는데 올해는 용민 엄마도 일 못 하고, 마을 형수님들도 다 양곡으로 일을 다니시니……월요일부터 사흘 동안 일할 사람을 구하긴 했는데 아무래도 다 못 할 거 같아."

"나 알 솎기는 자신 없는데……. 작년처럼 멀쩡한 포도송이 잘라 버리면 어떡해."

"작년에도 잘했어. 처음에만 좀 실수했지."

"나 손도 느린데."

"괜찮아. 포도송이 솎는 게 빨리 끝나야 봉지도 씌울 수 있거든.

농업 기술 센터에다 다음 주부터 제초 기계를 쓰겠다고 예약도 해 놔서 이래저래 일이 밀려 있어."

"알았어."

포도송이 솎는 일은 섬세한 작업이다. 붓과 가위를 들고 아직은 초록빛 작은 알갱이인 포도송이에 묻은 화관을 털어 내고, 포도송이가 Y자로 예쁘게 자라도록 가지를 정리해야 한다. 또 포도알이 너무 빽빽이 나 있으면 크고 탱글탱글하게 자라지 못하니 적당히 솎아 줘야 한다. 속도가 나지는 않지만 나름 재미있는 작업이긴 하다. 다만 아직 서툴고 느려 작은아빠에게 도움이 될지 자신이 없다.

"참, 작은아빠. 혹시 이번에도 광수한테 일해 달라고 부탁했어?"

"아니, 번번이 미안해서……. 왜? 같이 하고 싶어?"

"아이, 작은아빠. 뻔히 알면서. 나는 걔랑 하는 거 싫어."

작은아빠가 짓궂게 웃으며 말했다.

"야, 인마. 광수가 왜 싫어. 나는 광수랑 일하면 훨씬 좋은데. 그놈만큼 일 잘하는 놈 없어. 성격 좋고, 착하고, 너 끔찍이 생각해 주는데 왜 싫어? 유정이 네가 몰라서 그러는데 광수 그놈이 공부에는 재주가 없을지 몰라도 보통 녀석이 아니다."

"몰라. 난 싫어. 내 앞에서 광수 얘기 하지 마."

"인마, 내가 먼저 했냐? 네가 먼저 했지."

11. 길고양이

"이제는 진짜 비가 좀 올라나? 우산 가지고 가 봐라."

"응. 근데 할머니 뭐 해?"

"복동이 젖이 다 헐었어. 용민 아빠가 어제 이 연고를 사 왔더라. 새끼 여덟 마리가 빨아 대니. 오늘 오후에 당장 새끼 달라는 데 나눠 주라 해야지 안 되겠다."

할머니가 연고를 발라 주는 동안에도 강아지 녀석들이 나와서 복동이 젖에 매달렸다. 새끼들 젖 먹이는 동안 비쩍 마른 복동이와 달리 강아지들은 다들 배가 불룩하다.

"이 개들도 다 달라서 어떤 놈은 새끼를 별나게 위하고, 어떤 놈은 나 몰라라 하는데 우리 복동이는 아주 지 새끼덜을 정성으로 키워. 가만 보믄 사람보다 나아. 낼은 장날이니 읍에 나가 돼지 뼈라도 사 와서 우리 복동이도 끓여 줘야지."

복동이가 할머니 말을 알아듣기라도 한 듯 꼬리를 흔들었다.

학교 버스가 마을로 들어와 냇가를 따라 휘어진 길을 두 번이나 꺾고 막 두 번째 다리를 지날 때였다. 대안 학교 올라가는 쪽 길 풀숲에서 고양이 한 마리가 갑자기 튀어나왔다. 그리고 바로 뒤이어 새끼 고양이들이 따라왔다. 어미는 버스 앞을 잽싸게 가로질러 다리 옆 풀숲으로 내려가는 것 같았는데 갑자기 날카롭게 울부짖는 소리가 들렸다.

"어, 새끼 깔렸다. 두 마리야. 두 마리."

광수가 소리쳤다. 그런데 우주도 뒤따라 소리쳤다.

"어! 한 마리는 살았나 봐. 저거 봐. 다리 끌며 가잖아. 자기 엄마한테 가나 봐."

그때였다. 기사 아저씨가 창밖으로 침을 뱉으며 냉정하게 말했다.

"어유, 재수 없어. 요즘 이 고양이 새끼들 때문에 미치겠어, 아주."

놀란 가슴을 쓸어내리고 창밖을 내다보니 노란색 줄무늬의 아기 고양이가 다리를 절룩거리며 어미 있는 쪽으로 가려고 애를 쓰고 있었다. 기사 아저씨가 다시 시동을 거는 순간 나도 모르게 큰 소리로 말했다.

"아저씨, 저 여기 세워 주세요."

"어, 저도요."

지희도 따라 내렸다. 나는 버스에서 내리자마자 절뚝거리며 어미 쪽으로 가려 애쓰는 아기 고양이에게 다가갔다. 왼쪽 뒷다리의 뼈가 훤히 드러나 있고 가죽이 마치 양말을 벗다 만 것처럼 발끝에서 너덜거렸다. 아기 고양이를 안아 올리려고 할 때였다. 어미 고양이가 풀숲 사이에서 머리를 내밀었다. 그리고 나를 향해 경계심을 보이며 하악하악 거리더니 머리부터 등과 꼬리를 납작하게 낮추고는 천천히 다친 새끼에게 다가가 이마와 목덜미를 핥아 주었다. 그러고는 주위를 두리번거리다 천천히 길 한가운데 죽어 있는 새끼에게로 갔다. 새끼 고양이는 바퀴에 눌려 몸뚱어리는 형체를 알아볼 수조차 없었다. 어미 고양이는 죽은 새끼의 목덜미를 물더니 풀숲으로 끌고 들어갔다. 다리를 다친 새끼 고양이는 제 어미를 쫓아가려고 절룩거리며 야옹야옹 울어 댔다.

"저렇게 피가 나는데……. 어미 쫓아가면 죽을지도 모르겠다."

지희 말에 정신이 퍼뜩 났다. 나는 가방에서 체육복 바지를 꺼내 새끼 고양이를 감싸 안았다.

"야, 너 뭐 해?"

"병원에 데려가려고."

"야, 너 미쳤어?"

그때였다. 마을회관 앞에서 내린 우주와 광수가 헐떡거리며 뛰어왔다.

"유정아, 뭐 하려고?"

광수가 물었다.

"병원 가야지."

"너무 어리고 다쳐서 죽을지도 몰라."

"그러니까 가야지."

"야."

광수는 나를 물끄러미 바라보더니 이내 고개를 끄덕였다.

"좋아, 같이 가자. 화도에서 5시 10분 차 금세 올 거야. 마을 입구까지 뛰어야 해."

광수가 내게서 새끼 고양이를 빼앗아 안더니 먼저 뛰기 시작했다. 나도 광수를 따라 뛰었고, 얼결에 우주와 지희도 우리 뒤를 따라 뛰었다.

광수는 동물 병원에 들어서자마자 수의사가 있는 진찰대 위에 새끼 고양이를 올려 놓았다.

"차에 치었어요."

여자 수의사가 진찰대 위에 눕힌 새끼 고양이 상태를 눈으로 대충 살피더니 청진기를 대고 심장 소리를 듣고 나서 말했다.

"다행히 큰 이상은 없어 보이지만 일단 엑스레이를 찍어 봐야겠어. 잠시만 기다려."

수의사는 새끼 고양이를 데리고 진찰대 너머 옆방으로 들어갔다 나왔다.

"다리가 두 동강이 났네. 그리고 피부가 다 벗겨졌어. 발바닥 패드도 다 뭉개지고. 아무래도 절단을 해야 될 거 같은데?"

"절단요?"

"응. 이대로 두면 염증이 온몸으로 퍼질 수도 있지. 애도 많이 아프고 아직 어려서……."

"절단 안 하면 죽어요?"

"그럴 가능성이 높지."

"그럼 절단하면 살고요?"

"응. 보니까 태어난 지 석 달은 돼 보여. 원래 봄에 태어나는 아기들이 건강하게 자라는 편이지. 마취해도 괜찮을 것 같아. 다른 데는 건강하니까. 얘, 읍에서 구조한 거 아니지?"

"네, 우리 마을에서 데리고 왔어요. 살문리요."

"아무래도 읍보다는 변두리가 살기 좋지. 잡아먹을 것도 많고. 어미젖도 안전하게 먹었을 거고. 물도 깨끗한 거 마실 테고."

수의사가 말하는 동안에도 새끼 고양이는 몸을 떨며 계속 울어 댔다. 그러자 수의사가 새끼 고양이를 품에 안더니 쓰다듬어 주었다. 희한하게도 새끼 고양이는 곧 울음을 멈췄다. 나는 수의사에게 조심스레 물었다.

"저, 수술비는 얼마나 들어요?"

"수술비는 둘째고, 얘 수술하고 퇴원하면 키울 수 있어?"

"네?"

"장애 있는 아기를 그냥 서식지로 돌려보내면 위험하거든. 입양해서 돌볼 수 있어?"

나는 수의사의 물음에 얼른 대답을 하지 못하고 뒤에 서 있는 친구들을 돌아보았다. 지희는 고개를 절레절레 흔들고 광수와 우주는 난감한 표정을 지었다. 할머니나 작은아빠한테 부탁해 봐야 안 된다고 할 게 뻔했다.

"저, 일단 수술하고 입원시킨 다음에 집에 가서 의논해 볼게요. 수술비는 얼마예요?"

수의사가 걱정스러운 얼굴로 말했다.

"수술비도 학생들이 마련하기는 어려울 거 같은데."

"제가 의논해 보고 될 수 있으면 키울게요. 수술부터 해 주세요. 저 돈 있어요. 근데 제가 지금은 급하게 오느라고……. 그 대신 학생증 맡기고 내일 가져올게요."

수의사는 대답은 않고 나를 잠시 물끄러미 내려다보다 의자에 앉더니 계산기를 들었다. 수의사는 한참 동안 뭔가 골똘히 생각하더니 다시 나를 올려다보았다.

"학생, 이렇게 하자. 수술비랑 입원비랑 합해서 최소한 삼십만 원은 넘게 나와. 그런데 그것보다 더 큰 문제는 입양이야. 일단 오늘 수술을 하자. 그리고 학생은 집에 돌아가서 부모님과 상의를 해. 부모님께서 허락하시지 않으면 내가 유기 동물 카페나 블로그에다 입양 공고를 내고 후원도 받을게."

수의사 말에 지희가 냉큼 내 옆으로 다가와 서며 물었다.

"그럼 입양이 잘 되긴 해요?"

"글쎄다. 가끔 오히려 이렇게 장애가 있는 아기들을 입양해 주시는 마음씨 고운 분들이 있긴 하지."

지희가 내 옆구리를 쿡 치며 말했다.

"그렇게 하자."

나는 선뜻 결정을 내릴 수가 없었다. 수의사는 숭굴숭굴한 얼굴로 다정하게 말했다.

"학생, 걱정 마. 일단 수술할게. 오늘은 입원시키고 가서 의논하고 내일 다시 와. 어차피 미성년자는 보호자 동의 없인 입양 불가능해."

"네, 알겠어요. 저, 내일 학교 끝나고 오면 5시 반 넘거든요."

"알았어. 자, 이거 내 명함. 이따 한 7시쯤 전화하면 수술 끝나고 상태도 알 수 있을 테니까 전화해."

새끼 고양이의 가슴과 배가 할딱거리는 모습을 보니 다시 눈물이 났다.

"살 수는 있는 거죠?"

"그럼. 안 그러면 수술도 안 한다니까."

나는 학생증을 진찰대 위에 놓고 내 전화번호를 적어 주었다. 그리고 잠시 머뭇거리다 말했다.

"저 선생님, 제가 만약에요, 진짜 만약에 입양 못 하더라도, 수술
비는 낼게요. 제가 데리고 왔으니까요."

"그런 건 나중에 걱정하자."

"꼭 그러고 싶어요."

수의사가 나를 내려다보다 고개를 끄덕였다.

"좋아. 네가 데려가게 되면 허락을 받은 거니까 수술비 다 내고,
아니면 내가 입양 공고 내고 후원을 알아볼게. 됐지?"

"네."

나는 마지못해 수의사한테 인사를 하고 나왔다. 동물 병원을 나
와서도 선뜻 발길이 떨어지지 않았다. 지희는 께름칙한 얼굴로 타
박했다.

"야, 윤유정. 너 이제 어떡할 거야? 돈은 진짜 있어?"

"나 통장에 돈 많아. 걱정 마. 근데 의사 선생님, 정말 착하고 좋
은 분인 거 같지 않아? 지난번에 우리 꼬맹이 데리고 갔던 동물 병
원은 이렇게 친절하게 상태를 알려 주지도 않았어."

"근데 사기 아니야? 저렇게 쬐끄만 고양이 수술비가 삼십만 원
이 넘어?"

광수가 의심스러운 투로 말하자 우주가 고개를 저었다.

"아니야. 그보다 더 들어. 우리 집에서 옛날에 푸들 키웠거든. 개
가 아홉 살 때 방광염으로 수술받았는데 그때도 사십만 원이었어."

"근데 죽었어?"

"아니, 수술하고 살았지. 근데 여기 오기 바로 전에 죽었어. 자궁암으로."

"야, 무슨 개새끼가 자궁암이냐."

우주가 정색을 했다.

"너희 아빠가 축산업 하시는데 그것도 모르냐? 개나 소나 사람이나 다 동물이야."

지희가 짜증을 냈다.

"아, 헛소리들 그만하고. 윤유정, 너 어떡할 거야? 수술비는 고사하고 너 저 고양이 진짜 키울 거야? 그냥 부모님이 반대해서 못 키운다고 말해."

"어떻게 그래."

"야, 내가 보기엔 너희 할머니 당장 저 고양이랑 너랑 같이 내쫓을걸? 윤유정 너는 사람한테는 쌀쌀맞으면서 이상하게 동물들한테는 꼼짝 못하더라. 그냥 모르는 척했으면 이런 일은 없지."

지희 말이 맞다. 우리 마을 어른들은 고양이를 달가워하지 않는다. 특히 우리 할머니는 고양이가 요물이라며 질색을 한다. 언젠가 창고에 쥐가 있다면서 작은아빠가 고양이를 키워야겠다고 하자 쥐덫을 놓는 게 훨씬 낫다고 할 정도였다.

"윤지희, 넌 윤유정이 너처럼 인정 없는 앤 줄 아냐? 유정이가 못 키우면 내가 키우지 뭐."

지희는 광수의 말에 부아가 난 듯 쏘아붙였다.

"김광수, 넌 말을 꼭 그렇게 해야겠냐? 좋아, 네가 아무리 유정이라면 꼼짝을 못한다고 해도 너희 할머니랑 아빠가 퍽이나 허락하겠다. 할머니들은 원래 고양이를 싫어하지만 쟤처럼 다리까지 없어 봐. 당장 갖다 버리라 할걸?"

"서로 화낼 일이 아닌 것 같은데. 사실 우리 누나가 고양이 키우거든. 그런데 우리 누나가 알바해서 번 돈에 한 10프로는 고양이한테 들어간대. 고양이 용품 사고 사료에 모래까지 대려면 진짜 돈 많이 든대. 또 좀 크면 중성화 수술도 해 줘야 돼. 그 수술 안 해 주면 고양이들이 밤에 막 아기 소리 내면서 이상하게 울잖아."

우주 말에 광수가 뜨악한 얼굴로 물었다.

"그냥 사료만 사 먹이면 되는 거 아냐? 예전에 우리가 기르던 고양이는 사료도 안 먹었어. 우리 먹던 거 그냥 먹이고, 똥도 그냥 지가 알아서 쌌는데?"

"그렇게 키우면 집을 나가니까."

"그런가? 고양이 키우는 것도 겁나 골치 아프네."

친구들이 몇 마디씩 내뱉는 말이 진심 어린 걱정이라는 것을 모르지는 않았지만 정작 새끼 고양이에게 진짜 도움이 되는 이야기는 없었다. 지희 말대로 그냥 모르는 척했더라면 벌어지지 않았을 일인지도 모른다. 어떻게 해야 할머니의 허락을 받을 수 있을지, 가능하기는 할지 머릿속이 맥맥해졌다.

읍에서 마을까지 오는 버스를 타고 집에 도착했을 때는 이미 식구들이 저녁을 먹고 있었다.

"이 기지바이야, 늦을 거만 아예 나갈 때 연락을 해 놓지. 읍에 나가서 전화를 해? 느이 작은엄마가 걱정했잖아."

나는 작은엄마한테 기어들어 가는 목소리로 말했다.

"죄송해요, 작은엄마."

"너 뭐 죄지었냐?"

할머니가 눈을 치뜨며 물었다.

"아니, 죄는."

"근데 얼굴이 왜 죽상이야?"

"뭐가 죽상이야. 할머니 또 괜히 넘겨짚지 마. 그냥 지희랑 광수, 우주랑 읍에 나갔었어. 놀러."

"놀러? 네가?"

"응. 우주가 놀자고 해서."

헤어지기 전 아이들과 입을 맞춘 대로 대답했다.

"그 모범생이 웬일인고?"

"뭐, 걔도 놀고 싶었나 보지."

나는 저녁을 먹으면서도 밥이 코로 들어가는지, 입으로 들어가는지 정신이 하나도 없었다. 할머니한테 먼저 물어봐야 할지, 아니면 작은아빠한테 먼저 말을 꺼내 봐야 할지. 정말 수의사 선생님 말대로 유기 동물 카페에 입양 공고를 내는 편이 나은 건지……. 걱정이 꼬리를 물었다. 밥을 먹는 도중 작은아빠와 몇 번씩 눈이 마주쳤다. 밥을 먹고 설거지를 하는데 작은아빠가 다가왔다.

"자, 아가씨. 무슨 일인지 말씀을 하시지요?"

"무슨 말?"

"너 아까부터 작은아빠 눈을 계속 피하잖아."

"아닌데?"

"아니긴. 말해 봐. 안 그러면 내가 광수한테 전화한다."

나는 거실 쪽을 엿보았다. 다행히 할머니는 보이지 않았다.

"할머니 방에 들어가셨어. 연속극 할 시간이잖아."

"아!"

"자, 말해."

"아니, 별건 아닌데……."

나는 마지못해 새끼 고양이 이야기를 털어놓았다. 물론 수술비 이야기는 입양 카페에서 댄다고 말했다. 다 듣고 난 작은아빠의 반응은 예상했던 대로였다.

"일단, 유정아. 작은아빠도 고양이 좋아해. 내 맘만 같으면 그 새끼 고양이 키워 보고 싶어. 그렇지만 우리 집에는 갓난아기가 있잖아. 또 용민이랑 용우를 생각해 봐. 저 개구쟁이들이 어린 고양이를 가만 놔둘 거 같아? 엄청 괴롭힘당할 거야. 할머니 구박은 또 어떻고. 그 수의사 선생님이 입양할 데를 알아봐 주신다고 했다면 그렇게 하도록 해. 알았지?"

"응, 나도 그렇게 생각하고 있었어."

나는 울음을 겨우겨우 참으며 대답했다.

학교 버스를 타러 마을회관에 도착하자마자 지희뿐 아니라 광수, 우주까지 새끼 고양이에 대해 물었다. 나는 아무 대답도 하지 않았다. 입을 떼면 울음이 터질 것 같았다. 눈치 빠른 지희가 말했다.

"거봐, 너희 할머니가 허락할 리가 없어."

"그럼 어떻게 할 거야? 너……."

"뭘 어떻게 하냐? 수의사 선생님한테 맡겨야지."

내가 아무 대꾸도 하지 않자 광수와 우주는 더 묻지 않고 입을 다물었지만 지희는 버스에 타서도 계속 종알거리며 염장을 질러 댔다.

"내 그럴 줄 알았어. 넌 좀 냉정해질 필요가 있다구. 그리고 솔직히 너희 집보다 좋은 데로 입양되는 게 고양이한테 더 좋을 수도 있고……."

나는 오전 내내 수업도 제대로 못 듣고 고민하다가 점심을 부리나케 먹고 농협으로 달려갔다. 이른 점심시간에 가야 작은아빠와 친한 농협 직원들을 피할 수 있기 때문이다. 나는 농협에 도착해 같은 교회에 다니는 정희 언니가 혼자 창구에 있는 것을 확인했다.

"뭘 도와드릴까요, 유정 고객님?"

정희 언니는 내가 내민 출금 용지를 보고 깜짝 놀랐다.

"유정아, 웬일로 이렇게 돈을 많이 찾아? 혹시 할머니 생신?"

"아, 아니. 그냥."

정희 언니가 의심스러운 눈으로 나를 올려다보았다.

"어, 이상한데? 유정이 너는 식구들 생일 선물 살 때 말고는 돈 안 찾잖아. 생일 선물치고 너무 많기도 하고. 수상해."

"언니, 그게. 이거 우리 작은아빠나 할머니한테 비밀로 해 줄 수 있어?"

정희 언니는 의자에서 일어나더니 내 쪽으로 몸을 숙이며 물었다.

"뭔 일이야. 이 언니한테 솔직히 말해. 그래서 타당하면 봐줄게."

"그게 언니……."

나는 언니에게 어제 있었던 일을 솔직히 이야기했다.

"그럼 그냥 수의사한테 맡기면 되겠네."

"그래도…… 내가 키워 주지도 못하는데……."

"유정아, 너 이거 중 1 때부터 장학금 탄 거랑, 너희 작은아빠 도와드리고 받은 용돈 꼬박꼬박 저금해 놓은 거잖아. 이 돈, 대학 갈 때 쓸 거 아냐?"

"응, 그럴 건데 이번엔 어쩔 수가 없어. 장학금은 앞으로도 더 받을 수 있잖아. 이번에 더 열심히 하면 돼. 내가 그 아기 고양이한테 뭔가 해 주고 싶어."

"나중에 할머니가 아시면 어떻게 하려고 그래?"

"어차피 할머니나 작은아빠는 이 통장 안 보셔. 내가 모은 거라고."

"하여튼 너희 집안 사람들은 정말 대단해. 우리 엄마는 내가 초등학생 때 받은 세뱃돈도 꼬박꼬박 뺏고, 취직해서도 내 월급까지 몽땅 가져갔는데. 어쨌든 좋아. 나쁜 데 쓰는 거 아니어서 봐준다."

"비밀 꼭 지켜 주기다."

"알았어."

정희 언니는 작은엄마랑 동갑내기 친구다. 여고를 졸업한 뒤 농협에서 십 년째 일한다. 재작년에 결혼해서 온수리로 이사 가기 전까지 작은엄마의 유일한 동네 친구였다. 누구보다 우리 집 사정을 잘 알고 있는 사람이라 비밀을 지켜 줄 거라고 믿을 수 있었다.

운동장에서는 또 축구가 한창이었다. 멀리서 지희가 여자애들 몇몇이랑 열심히 응원을 하고 있었다. 아침부터 오늘은 진 팀이 아이스크림을 내기로 했다며 떠들썩했었다. 교실에 들어와 보니 우주는 이어폰을 끼고 책을 읽고 있었다. 인기척이 느껴졌는지 우주가 고개를 들었다.

"어디 갔다 와?"

"농협."

"왜?"

"새끼 고양이 수술비 찾으러."

"너 못 키우는 거 아냐?"

"맞아. 근데 수술비는 내가 내주고 싶어."

우주의 눈이 동그래졌다. 나는 우주의 입을 막기 위해 먼저 말을 했다.

"반만 해 줄 거야. 아무 말도 하지 마. 아마 지희는 나더러 미쳤다고 하겠지. 그러니까 이거 비밀로 해 줘. 광수랑 지희가 알면 우리 할머니 귀에 들어갈 수 있어."

"알았어. 비밀은 지켜 줄게. 근데 너 왜 이렇게 하는데?"

"뭘?"

"네가 키울 것도 아닌데 왜 수술비를 반이나 내고 그래?"

"그냥, 내 마음이 그렇게 하래."

우주한테 내 마음을 자세히 설명할 수는 없었다. 부러진 다리를 끌고 어미 곁으로 가려 애쓰던 새끼 고양이와 죽은 새끼를 길가로 끌고 가던 어미 고양이의 안타까운 몸짓이 밤새 떠올라 잠을 설쳤다. 내가 새끼 고양이를 안고 가자 뒤에서 위협적으로 울어 대던 어미 고양이의 울음이, 새끼 고양이의 슬픈 쉰 목소리가 아직도 귓가에 쟁쟁했다. 새끼 고양이는 꼬맹이처럼 보내고 싶지 않았다.

"이우주. 이따 나랑 동물 병원 같이 가 줄래?"

"왜?"

"수술비 내고 학생증도 찾아와야 하고, 또 내가 못 키우겠다고 말하러 가야 하잖아. 근데 혼자 가기가……."

우주가 나를 잠시 바라보다 고개를 끄덕였다.

"그러지 뭐."

    동물 병원에는 다행히 다른 손님이 없었다. 진찰대 앞에서 직원들과 이야기를 나누던 수의사가 상냥하게 웃으며 반겨 주었다.

"왔구나. 아기가 완전 왈가닥이야. 오늘 아침부터 아주 씩씩해."

    수의사가 가리키는 케이지 앞에 서니 새끼 고양이가 목덜미에는 투명한 플라스틱 모자를 쓰고, 앞발에는 링거 바늘을 꽂은 채 자고 있었다.

"손 넣어 봐도 돼요?"

"그럼."

    나는 케이지 문을 살짝 열고 손만 넣어 새끼 고양이를 쓰다듬었다. 내 손이 닿자마자 새끼 고양이가 골골거리는 소리를 냈다. 그러고는 몸을 달팽이처럼 말다가 링거 줄에 발이 걸리자 눈을 반쯤 떴다 다시 감았다.

"우와! 귀여워."

    나도 모르게 감탄사가 나왔다.

"성격 좋은 아이야. 귀여움 많이 받을 거 같아. 건강하고. 물론 완치될 때까지는 세심하게 돌봐야 하지만 세 발로도 잘 지낼 거야. 그래, 부모님과 상의는 해 봤니?"

"그게 저……. 집에 태어난 지 백일도 안 된 아기가 있거든요. 그리고 또 개구쟁이 남자애도 둘이나 있고. 걔들이 다섯 살, 여덟 살

이거든요. 저는 정말 키우고 싶은데요, 또 저희 집에는 할머니가 계시는데…….”

수의사는 말을 더듬으며 오락가락하는 내 말을 순한 눈을 천천히 끔뻑거리며 들어 주었다. 수의사의 눈빛은 긴장을 풀어 주는 특별한 힘이 있는 것 같았다.

“……그래서 키우지 못해요. 그렇지만 제가 수술비 반은 낼게요.”

갑자기 수의사의 눈이 동그래졌다.

“응? 그게 무슨 말이야?”

“제가 어제 유기 동물 카페랑 블로그 몇 개 찾아봤어요. 수술비나 치료비 같은 건 구조한 사람들이 많이 내던데요?”

“그거야, 그럴 능력이 있는 사람들이나 그러지. 직장에 다니는 어른들.”

“저는요, 쟤를 꼭 데리고 살고 싶은데요. 못 그러니까 뭐라도 해 주고 싶어요. 이거 부모님께 받아 온 돈 아니고요, 제가 장학금 탄 거 모은 데서 내는 거예요. 선생님이 쟤가 정말 좋은 집으로 입양 가게 해 주세요.”

나를 내려다보는 수의사의 눈에 눈물이 어리는가 싶었는데 금세 활짝 웃으며 말했다.

“내가 강화 와서 개원한 뒤에 자네 같은 사람 처음 만난다. 이상하게 시골이 동물들한테 더 무심하더라고. 유기묘나 유기견 데려오는 사람도 대개 초등학생들이나 자네 같은 또래 여학생들뿐이고. 내가 자네 때문에 감동했어. 좋아, 수술비 받을게. 대신 십만 원 받을게. 그리고 내가 책임지고 좋은 데 입양되도록 할게."

수의사는 내게 학생증을 돌려주었다.

"네. 고맙습니다."

"아니야, 내가 고맙지. 내가 강화로 들어와서는 길고양이 돌보고 밥 주는 캣맘도 여태 못 만났어. 읍에도 길고양이들이 꽤 많고 로드 킬도 많이 당하는데…… 동지를 만난 거 같아서 기쁜데?"

"선생님도 길고양이 좋아하세요?"

"길고양이뿐 아니라 동물은 다 좋아하지."

수의사 말에 우주가 반색을 하며 말했다.

"얘도 동물을 다 좋아해요. 얘는 새 박사예요. 모르는 새가 없어요."

수의사가 활짝 웃었다.

"그래?"

"아니요. 그냥 저희 집이 산이라……."

"그렇구나. 산에 살아도 관심 없으면 모르지."

"네, 관심은 있어요. 저, 선생님. 뭐 여쭤 봐도 돼요?"

"뭐?"

"만약 다친 동물들 발견하면 데리고 와도 돼요? 황조롱이나 너구리 같은 동물들이 다치거나 그러면…… 있잖아요, 저쪽에 군에서 지정한 야생 동물 보호 병원 있거든요. 그런데 그 병원 순 엉터리예요. 제가 초등학교 때 말똥가리 새끼랑 황조롱이랑 상자에 넣어서 가져간 적이 있거든요. 그런데 그냥 거기다 두고 가라는 거예요. 그리고 며칠 뒤 가 보니까 제가 걔네들을 데리고 갔던 것도 기억 못 하고. 다 죽은 게 틀림없어요. 그래서 되게 속상했거든요."

내 말에 수의사가 웃으며 대답했다.

"이거 이거, 내가 골치 아픈 상대를 만난 거 같은데? 그래, 만약 내가 필요할 때는 연락해."

"고맙습니다."

"그런데 학생, 수의사가 모든 동물을 다 살릴 수는 없어."

"네, 저도 알아요."

"아기랑 사진 안 찍을래?"

"사진요?"

"응, 기념사진. 그리고 입양 카페에 올리려면 구조된 과정이랑 아기 사진 필요하거든. 자네 얼굴은 안 나오게 올릴게. 괜찮지?"

"네."

"자네도 카페에 가입하면 아기가 어디로 입양 가는지, 입양 가서 잘 사는지 볼 수 있어."

"아, 그래요?"

"자, 그럼 아기 꺼내 볼래?"

어느새 새끼 고양이가 잠에서 깨서 케이지 창살에 주둥이를 대고는 야옹거리고 있었다. 나는 새끼 고양이의 콧등을 손가락 끝으로 쓰다듬었다. 새끼 고양이가 또 골골 소리를 냈다. 나는 링거 줄이 엉키지 않게 조심스레 새끼 고양이를 꺼냈다. 우주가 곁으로 와서 수액 주머니를 들어 주었다. 나는 수의사의 카메라 앞에 새끼 고양이를 안고 섰다. 그리고 들릴락 말락 한 목소리로 새끼 고양이에게 말했다.

"약 잘 먹고 밥 잘 먹고 씩씩하게 잘 자라야 돼. 꼭 좋은 엄마 만날 거야."

"저 수의사 선생님 진짜 좋으시다. 새끼 고양이한테 아기라고 하더라. 그게 인상적이었어."

동물 병원을 나와 터미널로 가는 길에 우주가 말했다.

"그렇지? 정말 좋으시더라."

"그런데 유정아. 너 진짜 돈 안 아까워?"

"아니, 왜 돈이 아까워?"

"우리한테 십만 원 큰돈이잖아."

"아깝지 않아, 하나도. 내가 아기 고양이한테 그거라도 해 줄 수 있어서 좋아."

우주가 걸음을 멈추고 나를 물끄러미 내려다보았다.

"왜? 그렇게 쳐다봐?"

"있잖아, 윤유정."

"응?"

"넌 진짜 참 특별해. 보면 볼수록."

"내가? 뭐가?"

"내성적이고 소극적인 거 같은데 이런 일엔 엄청 적극적이고, 말이 없는 거 같은데 하고 싶은 말은 다 하고, 무지 착한 것 같은데 화나면 무섭고. 모범생 같은데 어떨 때는 재미있고. 되게 차가운 거 같은데 엄청 따뜻하고. 어제 집에 가서 생각해 봤어. 나는 어제 혼자였다면 그 고양이들을 어떻게 했을까? 난 너처럼 버스에서 내리지도 않았을 거고, 병원에 데려갈 생각도 못 했을 거야. 그냥 불쌍하다고만 생각하고 말았을 거야. 근데 너는 안 그랬잖아."

"난 별로 생각을 많이 안 해서 그래."

내 대답에 우주가 할 말을 잃은 듯 이상한 표정을 지었다. 그 모습을 보니 괜히 웃음이 나왔다.

마을회관에 내리자 비가 한두 방울씩 떨어지기 시작하더니 마을을 지날 때쯤부터는 빗방울이 굵어지기 시작했다. 비가 마른 흙을 적시자 흙냄새, 풀냄새가 진하게 피어오르기 시작했다. 비가 이렇게 반가워 보기는 처음이다.

12. 광수네 이야기

초여름까지 논바닥이 쩍쩍 갈라질 정도로 가뭄이 심하더니 7월이 되자 장맛비가 시작되었다. 그리고 며칠째 그동안 못 온 비를 한꺼번에 쏟아부으려는 듯 비가 그치지 않았다. 작은아빠는 집에 있으면서도 안절부절못했다.

"큰일 났네. 제초 작업도 해야 하고, 포도 봉지도 씌워야 하는데……."

할머니도 옆에서 한숨을 쉬었다.

"아무래도 나는 고추밭에는 농약을 쳐야겠다. 무농약이고 뭐고 고추 다 죽는 꼴은 못 보겠다."

할머니는 저녁상을 물리자마자 작은아빠한테 폭탄 선언이라도 하듯 내뱉고는 방으로 들어가 버렸다. 고추 농사는 할머니의 가장 큰 수입원이다. 고추 농사를 망치면 할머니 일 년 농사가 헛일이 된다.

작은아빠는 착잡한 얼굴로 용민이와 용우가 블록 놀이를 하는 모습만 멍하니 바라보았다. 그런데 그때 갑자기 현관문이 덜컥 열리더니 광수 아버지가 쑥 들어왔다. 술이 거나하게 취해 있었다. 광수 아버지 목소리에 유경이를 재우고 있던 작은엄마가 깜짝 놀라 거실로 나왔다. 광수 아버지는 작은엄마를 보더니 어쩔 줄 모르고 쩔쩔매다가 말했다.

"제수씨는 들어가 쉬세요. 그냥 용민이 아빠랑 딱 한 잔만 하고 가려고요. 제가 상의할 게 있어요. 금세 갈 테니 염려 말아요."

작은엄마는 용우를 데리고 방으로 들어가고 나는 용민이만 데리고 주방으로 갔다.

"유정아, 너도 들어가지?"

"아니, 여기서 용민이 받아쓰기만 봐줄게."

"그럼 어서 하고 들어가."

작은아빠는 냉장고를 뒤져 대충 술상을 차리더니 거실로 나갔다.

"유정아, 미안하다. 이 아저씨가 속이 타서 술 좀 마셨다. 미안해."

광수 아버지가 나를 보며 미안하다는 말을 되풀이했다. 나는 용민이한테 받아쓰기를 불러 주면서도 자꾸 작은아빠와 광수 아버지 대화에 신경이 쓰였다.

"광수 에미 지금 강화 와 있어. 광수를 꼭 보고 가겠다고 성화를 해서……."

"형수님이요? 그동안 연락하고 지냈어요?"

"아니, 몇 달 전에 연락이 왔더라고. 한 번만 보게 해 달라고."

"형님 속이야 편하지 않겠지만 그래도 만나게는 해야죠."

"그래. 그래서 내보냈지. 몇 달을 졸라 대는데 허락을 안 할 수 없더라고. 오늘 밤에 찜질방에서 같이 자고 내일 학교로 곧장 택시 태워 보내겠대. 광수 녀석, 안 간다 할 줄 알았는데 그래도 핏줄이라고 끌리는지 나가더라고. 망할 년, 집 나갈 땐 언제고 이제 와서 아들 보여 달라는지. 집 나간 지가 십사 년쨌는데 뭐 하느라 돈도 못 벌었는지 아직도 고시원에 산다더라고."

"고시원에요? 하긴 중국 동포들이 여기서 할 일이 뭐가 있겠어요. 다들 식당 같은 데서 일할 텐데……."

중국 동포라는 말에 귀가 솔깃했다. 그러나 광수 엄마 이야기는 더 나오지 않았다.

"나 아무래도 목장 넘길까 봐."

"형님, 왜 또 그래요. 잘 참고 있으면서."

"내가 일 년 동안 날일을 다녔는데 아직 이자도 못 냈어. 소값이 반 토막 났는데 사료값은 작년보다도 20프로가 올랐다고. 한우 키우는 사람도 지금 소 굶기는 형편인데 낙농 농가는 더 말이 아니야. 송해면 사는 내 친구 있잖아. 걔는 올해부터 수송아지는 그냥 질식사시켜 버렸대. 그 속이 어떤지 자네도 알지? 시커멓게 타서 재만 남았다고 하더라고. 술이라도 마셔야 축사에 들어갈 용기가 생긴대. 이장님은 송아지 쌀 때 사서 다시 키워 보라지만 도무지 키울 재간이 없어. 여기다 한중 에프티에이에다 캐나다랑도 에프티에이 돼 봐. 그럼 축산은 끝이야. 도대체 어떻게 해야 하나. 내년이면 우리 광수 고 1이야. 삼 년 있음 대학도 보내야 할 거 아냐. 더 늦기 전에 다른 일 찾아야지. 그나저나 하일리 구만이도 포도 친환경으로 하던 거 그만둔다며?"

"네. 구만이 형네 큰애가 작년에 대학 갔잖아요. 부부가 둘이 매달려서 포도 농사를 지었는데 도저히 학비가 안 나오나 봐요. 여기서 중고등학교 다닐 때는 학비가 안 드니까 그럭저럭 버텼는데, 둘째도 내년에 대학 가면 둘 다 외지로 나가서 학교 다녀야 하잖아요. 형님이 혼자 관행 농법으로 포도 농사를 짓고 형수님은 양곡에 있는 포장 회사에 취직하기로 했대요. 저는 조금만 더 기다려 달라고 했는데……. 안정적으로 팔 데만 있으면 친환경도 경쟁력이 있는데 지금은 영……."

"자네 애쓰는 거 알겠네만 친환경이든 관행농이든 농사는 이제 끝이야. 정부에서 하는 짓 보면, 농업은 대농들만 남기고 다 죽이겠다는 거야. 나 봐. 낙농 시설 현대화하라고 해서 고친 지 사 년이야. 그런데 내리 이 년을 내 자식 같은 소들을 산 채로 묻었다고. 나같이 영세한 낙농업자한테는 이게 죽으라는 거나 마찬가지 아냐? 소 200두, 300두씩 키우던 사람들이 지금 죽지 못해 살고 있다고. 이번에는 돼지 농장들이 피해가 더 크다고 하데. 1,000두 이상 키우던 농장이나 100두 남짓 키우던 농장이나 다 싹쓸이야. 내가 읍에서 들었는데, 송해면 쪽에 있던 돼지 농장 한 군데서는 돼지를 살처분하지 않았는데도 보름 지나니까 돼지가 발톱도 다시 생기고 다 낫더래. 그럼 이거 살처분하지 않고 그냥 예방 접종 하고 그러면 되는 거 아닌가?"

"나도 그 얘기를 듣긴 했는데 문제는 수출이에요. 우리나라 축산물도 수출하려면 구제역 청정 지역을 유지해야 한다잖아요."

"그니까. 뭔 농축산물을 수출하고 수입하느냐고. 이 좁은 땅덩어리에서 나는 우유도 다 소비 못 하면서 치즈니, 버터니 다 수입하고. 신토불이 부르짖으면서도 지금 하는 짓거리들을 보면 농업은 포기한다는 얘기야. 그냥 수입 수출 안 하고, 구제역 예방 접종 하면서 그렇게 살면 되잖아."

"형님 말이 맞아요. 그러니 우리가 나서야죠. 안 그러면 우리나라 농축산업은 끝이에요. 형님도 알다시피 문제는 에프티에이가 미국, 중국만으로 끝날 일이 아니라는 거죠. 호주, 캐나다, 유럽……."

광수 아버지는 작은아빠 말에 대답하는 대신 천장을 올려다보며 한숨을 내쉬고는 말했다.

"영종도에서 나올 때 보상금 받은 걸로 그냥 다른 사업을 했어야 하나 싶어. 우리 아버지가 우물을 파도 한 우물만 파라고 하는 바람에 여기 와서도 이걸 하느라…….”

“형님 마음 모르는 거 아니지만 영종에서 보상받고 나온 사람들 사업 벌였다가 다 망했다면서요. 읍 나가는 길에 새로 생겼던 음식점들 일 년도 안 돼서 문 닫는 거 봐요. 그래도 형님한테는 땅이 남아 있잖아요. 이 강화에서 낙농 쪽으로는 형님만큼 헌신적이고 기술 좋은 사람이 어디 있어요? 광수 생각해서 힘을 내야죠.”

“내가 그런 칭찬에 넘어갈 만큼 철부진가? 그런 말 마. 그리고 광수 그놈도 머리에 똥만 들었어. 공부도 못하는 놈이 고등학교를 인천으로 나가겠대. 자기는 인문계 공부는 못하니까 자동차 정비를 배우겠다나. 내가 그냥 여기서 고등학교 졸업하고 폴리텍 같은 데 가라고 했더니 자기는 빨리 기술 배워서 돈 벌 거라네. 철부지도 그런 철부지가 없어. 인천 나가 봐. 자취방 따로 얻어야지, 학비 따로 다 내야지, 도대체 애비 사정 같은 건 생각도 않는다고.”

“당연하죠. 광수 아직 어리잖아요. 천천히 철들겠죠. 솔직히 광수만 한 애도 없잖아요.”

광수 아버지가 고개를 주억거리는가 싶더니 어린아이처럼 엉엉 울기 시작했다.

광수가 스마트폰을 꺼내자 아이들이 우르르 몰렸다.
“우와, 최신 폰이네. 멋지다.”

아이들은 광수가 가지고 온 최신형 스마트폰에 열광했다. 도시 애들은 중학생들도 웬만하면 다 스마트폰이 있다지만 아직까지 우리 반에서는 우주와 부반장 도영이까지 서너 명만 스마트폰을 가지고 있다. 광수 스마트폰은 우주 것과는 비교할 수도 없는 최신 형이다. 사진기도 800만 화소란다. 화소가 뭔지 모르지만 무조건 숫자가 큰 게 좋다는 정도는 안다. 내 폴더 전화기는 200만 화소다. 방과 후에는 또 광수의 신발을 보더니 아이들이 우르르 몰렸다. 광 수가 신고 온 신발이 이번에 나온 최신 모델로 십오만 원도 넘는 다고 했다. 광수가 으스대는 모습을 보는데 자꾸만 어제 광수 아 버지의 술주정이 자꾸 귓가에 맴돌았다. 광수 엄마가 중국 동포라 고 했던 말이랑 아직도 고시원에 산다고 했던 말도 생각났다. 학교 버스에 올라타자마자 광수가 내게로 오더니 다짜고짜 스마트폰을 내밀었다.

"야, 윤유정, 너 이거 못 봤지?"

"관심 없어."

광수는 퉁명스러운 내 대답 따위는 아랑곳하지 않았다.

"이게 나온 지 얼마 안 돼서 사는 데도 기다려야 되는 거래. 그래 서 나는 통신사를 바꿔서 겨우 했어. 이거 이우주 거보다 훨씬 좋 은 거야."

내가 계속 별 반응을 보이지 않자 머쓱해진 광수는 스마트폰을 슬그머니 자기 앞으로 가져가며 말했다.

"나, 어제 엄마 보는데 눈물이 나더라. 등신 같지?"

나는 건성으로 대답했다.

"응."

"그래, 맞아. 등신 같았어. 근데도 눈물이 나는 걸 참지 못하겠더라. 너도 그럴걸?"

"내가 뭘?"

"너도 나중에 너네 엄마 만나면……."

광수는 말을 하다 아차 싶었는지 얼른 말꼬리를 돌렸다.

"방학 동안 나 없다. 엄마한테 가 있을 거야. 엄마가 다니는 식당에서 서빙하면 한 달에 백만 원 넘게 벌 수 있대. 만약에 엄마 사는 데서 얹혀살 수 있으면 거기서 고등학교 다닐까 봐. 강화는 전문계가 없으니까 어차피 인천 나가서 자취해야 하는데 엄마랑 같이 살면 되잖아. 엄마 사는 데는 공고가 있겠지?"

"내가 어떻게 알아. 난 니 일에 관심 없어."

가뜩이나 후텁지근한 날씨에 불쾌지수가 더 높아졌다. 다 김광수 때문이다. 어제 광수 아버지의 울음소리가 자꾸 귓가에 쟁쟁 울렸다. 그러면서도 엄마를 만났다는 광수가 은근히 부럽기도 했다. 초등학교에 들어간 뒤부터, 얼굴조차 모르는 엄마가 가끔 꿈에 나올 때가 있었다. 꿈에서 만나는 엄마는 언제나 어둠 속에 서 있거나 뒤돌아 있었다. 어떻게든 엄마의 얼굴을 확인해 보고 싶었지만 단 한 번도 엄마를 마주 본 적이 없다. 꿈에서 그렇게라도 엄마를 만나고 나면 엄마라는 낱말이 머릿속을 맴돌며 한참 동안 지워지지 않았다. 그럴 때면 상상 놀이를 했다. 예쁘고 세련된 여자가 우리 엄마라며 교실로 불쑥 찾아온다거나, 텔레비전 사람 찾기 프로그램에서 연락이 와서 나가 보니 엄마였다거나 하는 그런 상상 말이다. 그러나 단 한 번도 그 상상이 현실로 이루어지리라는 생각을 해 본 적은 없었다. 그런데 광수가 엄마를 만났다는 말에 마음이 싱숭생숭했다. 현실에서 가능하지 않다고 느꼈던 일이 이루어질 확률은 몇 퍼센트나 될까?

집에 들어와 컴퓨터를 켜고 수의사가 알려 준 카페에 들어갔다. 일주일 전, 수의사가 새끼 고양이 입양 공고를 올렸다고 문자를 보내 주었다. 그리고 이틀 만에 입양 문의가 두 곳에서 들어왔다고 했다. 새끼 고양이는 그새 꽤 자란 듯 보였다. 동그란 눈에 푸른빛이 도는 눈동자와 콧등에 난 하얀 점이 예뻤다. 하얀 털이 더 많아서 어딘지 모르게 귀티가 나 보였다. 그러나 목덜미를 털려고 든 왼쪽 다리가 짧아 목에 닿지 않는 모습을 보니 가슴이 아팠다.

오늘 드디어 입양 간 새끼 고양이의 소식이 올라왔다. 새 이름도 얻었다. '모짜렐라'란다. 노란색에 흰색 줄무늬가 있는데 하얀 털이 유독 많아 그렇게 지었단다. 이미 고양이가 두 마리나 있는 집의 셋째가 되었다. 꽃무늬 방석에서 만세 자세로 곯아떨어진 사진과 검은 암컷 고양이 품에서 잠든 사진을 보니 아주 느긋하고 편안해 보였다. 검은 고양이가 모짜렐라를 처음 봤을 때만 경계심을 보이고는 이내 자기 새끼처럼 돌봐 준단다. 모짜렐라를 다른 곳으로 입양 보내기 잘했다는 생각이 들었다. 뭔가 의미 있는 일을 했다는 생각에 나 자신이 대견스러웠다.

13. 베트남에서 온 로앤

아침에 일어나자마자 창밖을 보았다. 여전히 비다. 오늘도 빗속에서 포도 봉지를 씌워야 한다. 비 오는 날 일하는 것은 썩 기분 좋은 일은 아니다. 포도나무 위로 비닐막이 있지만 고랑 사이로 빗물이 떨어질 때마다 바닥에 깔아 놓은 비닐 위로 비가 튀어서 종아리가 다 젖고 흙투성이가 돼 버린다. 어제도 작은아빠와 둘이 포도 봉지를 씌웠더니 팔이 뻐근하다.

작은아빠와 트럭을 타고 포도밭으로 내려가다가 삼거리에서 교회 승합차와 마주쳤다. 우주 아버지는 예배 시간에 맞춰 멀리서 교회에 나오는 신자들을 승합차로 직접 데리러 다닌다. 우주 아버지가 차창을 내리고 물었다.

"용민 아빠, 오늘도 포도밭 일 하세요? 예배 못 오시겠네."

"네. 죄송합니다, 신부님. 제가 일손이 딸려서, 이따 저녁 예배 보러 가겠습니다. 유정이도 같이 데리고 일하려고요."

"네, 그렇게 하세요."

신부님의 말투나 표정은 언제나 똑같다. 나지막하고 부드럽다. 우주는 아버지를 많이 닮았다.

"안녕하십니까?"

부지런한 광수는 우리보다도 포도밭에 먼저 와 있다가 작은아빠를 보자 능청스럽게 인사를 했다. 어제는 비 때문에 작은아빠와 내가 둘이 한 작업이 얼마 되지 않았다. 아직도 씌워야 할 포도 봉지가 3,000개 정도 되는데 어젯밤에 비가 너무 많이 와서 작은아빠는 포도밭 배수로를 다시 손봐야 했기 때문이다. 포도밭은 배수가 아주 중요하다. 안 그러면 뿌리가 수분을 너무 많이 빨아들여 포도 알이 터져 버린다. 그래서 작은아빠가 할 수 없이 광수를 불렀다. 작은아빠는 광수에게 전화를 하기 전 내 눈치를 살폈다. 광수와 같이 일해야 하는 게 썩 기분 좋은 일은 아니지만 작은아빠 때문에 모르는 척하기로 했다.

"광수야, 이번에는 내가 알바비를 조금밖에 못 준다. 요새 사정이 안 좋아서. 그런데 지금 포도 봉지를 씌워야지 안 그러면 시기를 놓치거든."

"암요, 암요. 사실 우리 사이에 거저 해 드려도 되는데 제가 요새 좀 계획하는 게 있어서요."

"뭔 계획?"

"비밀입니다."

"비밀?"

"네. 제가 돈을 모을 일이 있어서요. 그래서 방학 때는 알바 좀 하려고요."

광수가 무엇을 하든 관심 없었는데 비밀이라는 말을 들으니 은근히 궁금했다. 그래도 모르는 척했다. 괜히 물었다가 말이 길어지면 안 된다. 나는 비닐에 넣어 온 엠피스리를 꺼냈다. 그리고 이어폰을 끼고 음악을 들으며 포도 봉지를 씌우기 시작했다. 광수는 떠름한 눈으로 나를 쳐다보고는 일을 시작했다. 올해 봉지를 씌워야 할 포도는 12,000송이 정도다. 포도나무 150그루에서 열리는 포도 송이 수다. 관행농으로 하면 더 많이 열린다지만 작은아빠는 유기농으로 하니 수확이 아무래도 적다. 후텁지근한 포도밭 아래서 일을 하고 났더니 속옷까지 다 젖었다. 다행히 오후에는 비가 그치고 배수로 정비도 일찍 끝나서 작은아빠까지 봉지 씌우기에 합류해 1,500송이를 씌웠다. 작은아빠가 하루 종일 혼자 씌우면 900송이에서 1,000송이 정도 된다는데 나랑 광수가 합해서 1,000송이를 겨우 채웠고, 작은아빠가 오후에 씌운 것만 500송이쯤 되었다. 그래도 포도 봉지 씌우는 일은 알 솎기보다 낫다. 봉지 씌우기는 종이에 달린 리본을 단단히 묶는 데만 신경을 쓰면 된다. 작은아빠가 작업이 끝난 포도밭을 바라보면서 기분 좋게 말했다.

"이제 남은 건 넉넉하게 이틀이면 끝나겠네. 너희 아니면 올해 농사는 아예 엄두도 못 냈을 거다. 고맙다."

작은아빠가 나와 광수에게 허리를 숙여 인사를 했다.

"뭐야? 작은아빠."

"정말 고마워서 그래."

그러자 광수가 어깨에 힘을 주고 으스대며 말했다.

"언제든지 필요하시면 불러 주세요. 저만 한 일꾼 없죠?"

"그래, 살문리만이 아니라 양도면 통틀어서 너만 한 일꾼이 없다."

"역시 삼촌은 인재를 알아보신다니까."

"그래서 하는 말인데, 광수 너 농부 돼라."

작은아빠의 말에 광수의 얼굴이 갑자기 시무룩해졌다.

"근데요. 삼촌, 저는 농사는 안 지으려고요."

"왜?"

"아빠나 삼촌 보면…… 전망이 없잖아요. 저는 자동차 정비사 되려고요. 세상이 아무리 변해도 자동차는 계속 탈 테니까 자동차 정비는 안 망할 거래요."

"그래 보이지? 그것도 만만한 게 아니야. 자동차 정비도 요새는 대기업이 야금야금 먹는단다. 어차피 월급쟁이야."

"뭐 그래도 농사보다는 나을 거 같아요. 우리 아빠 보면⋯⋯."

광수가 말끝을 흐리자 작은아빠가 광수의 어깨를 툭툭 치며 말했다.

"그래, 넌 뭘 하든 잘할 거니까 하고 싶은 거나 찾아. 괜히 네 선배들처럼 적당히 가방 들고 왔다 갔다 하다가 아무 데나 대학이랍시고 들어가고, 졸업도 못 하고 기어 나와서 알바나 하며 살지 말고."

"그럼요. 삼촌, 저 아시잖아요. 저는 뭘 하든 열심히 할 자신은 있어요. 그리고 저는 제 주제를 아주 잘 알아요. 대학 같은 거 안 가요. 제가 제일 못하는 게 공부잖아요. 그래도 저는 몸으로 하는 건 다 할 수 있어요."

광수의 무한 긍정과 자신감은 정말 아무도 못 말린다.

잠결에 누군가 우는 소리가 들린 것 같아 일어났다. 창밖이 희끄무레한 걸 보니 먼동이 트는 시간이었다. 방문을 살그머니 열고 거실 쪽을 바라보니 작은엄마가 누군가와 베트남 말로 통화를 하며 울먹이고 있었다. 나는 조용히 다시 문을 닫았다. 걱정이 돼서 어쩔 줄 모르고 있는데 작은아빠가 내 방문을 열었다.

"유정이 깼니?"

"응. 작은아빠, 작은엄마 왜 그래? 무슨 일이야?"

"자세한 건 나중에 얘기할게. 내가 지금 작은엄마랑 유경이만 데리고 어디 좀 다녀와야 할 거 같으니까, 네가 이따 할머니한테 말씀드리고 용민이랑 용우 좀 챙겨 줘."

"알았어."

무슨 일인지 궁금했지만 더 물을 수는 없었다.

학교에 갔다 오니 낯선 여자가 내 침대 위에 누워 자고 있었다. 깡마르고 얼굴이 까무잡잡한 여자는 왼쪽 눈과 뺨이 벌겋게 부어 있고 머리는 듬성듬성 가위질이 되어 있었다. 이불 위로 올라온 손은 멍투성이였다. 나는 교복을 갈아입지 못하고 옷만 챙겨 나왔다. 누구냐고 묻는 내게 작은엄마가 말했다.

"로앤이야. 내 사촌동생. 유정, 미안해. 며칠 동안만 방 쓸게."

작은엄마는 로앤에게 죽을 갖다 주고 나와서 내게 로앤 이야기를 해 주었다.

로앤은 한국에 온 지 일 년이 넘었다고 했다. 작은엄마와 같은 소개업자를 통해 한국에 왔는데 이번에는 사기 결혼이었다. 베트남에서는 멀쩡해 보이던 로앤의 남편은 직업 군인으로 있다가 술 문제로 퇴역한 뒤 어머니에게 얹혀사는 신세였다. 그러나 베트남에 가서는 농장을 크게 한다고 거짓말을 했던 모양이었다. 로앤이 한국에 온 뒤 여섯 달 동안 로앤의 남편은 하루 종일 술에 취해 있었고 시어머니가 공공 근로를 나가 벌어 오는 돈으로 세 식구가 살아야 했다. 육 개월 만에 집 근처 휴대 전화 부품 공장에 취업한 로앤은 월급을 모두 시어머니한테 갖다 바쳤다. 어떻게든 집에서

도망쳐 나오고 싶었지만 남편이 국적 신청에 동의해 주지 않아 집을 나오면 불법 체류자가 될 수밖에 없었다. 시어머니는 결혼한 지 일 년이 다 되도록 애 소식이 없다고 로앤을 구박했고, 남편은 말도 통하지 않는 로앤에게 시도 때도 없이 성관계를 요구하고 거부하면 손찌검을 했다고 한다. 로앤은 고작 스무 살, 나보다 겨우 네 살이 많았다. 작은엄마는 내게 로앤 이야기를 해 주면서 몇 번이나 눈시울을 적셨다. 열아홉 살에 한국에 와서 모진 고생을 한 로앤이 가여웠다.

로앤은 일주일을 내 방에서 혼자 지냈다. 작은엄마 외에는 얼굴도 들지 않던 로앤은 일주일이 지나서야 조카들을 안아 보기 시작했고 내게도 수줍게 웃어 주었다. 한국에 온 지 일 년이 넘었지만 로앤은 겨우 간단한 의사소통만 가능할 만큼 한국어가 서툴렀다. 작은엄마 말로는 한국에서 배운 말의 반이 욕이라고 했다. 로앤은 호치민에서 고등학교 1학년까지 다니다가 한국인이 운영하는 공장에 다녔다고 했다. 그러다 작은엄마가 한국에서 행복하게 산다는 이야기를 듣고 자신도 결혼 이주를 선택했던 것이다. 베트남에서 작은엄마 전화번호를 가지고 왔지만 차마 자기 신세를 사촌 언니에게 보여 주고 싶지 않아 지금껏 참았다고 했다.

열흘쯤 지나자 로앤이 나더러 함께 방을 쓰자고 했다. 나는 침대 생활이 더 익숙할 로앤에게 침대를 양보했다. 로앤은 침대에 걸터앉아서 책상에 앉아 숙제하는 나를 멍하니 바라보거나 컴퓨터로 채팅하는 모습을 흘끔거리며 보기도 했다.

"이거, 할래요? 컴퓨터?"

로앤이 수줍게 웃으며 고개를 저었다.

"로앤, 나 학교 가면, 고우 투 더 스쿨, 여기, 히어, 앉아서 컴퓨터 해요."

영어와 손짓을 섞어 하는 내 말을 알아들었는지 로앤이 고개를 끄덕였다.

보름이 지나자 로앤은 우리 식구들과 함께 밥을 먹고 작은엄마를 도와 설거지를 하기도 했다. 또 거실에서 용민, 용우와 텔레비전을 보고 마당에 나가 복동이와 놀아 주기도 했다. 그러다가도 자동차 소리가 나면 부리나케 집으로 뛰어 들어와 몸을 숨겼다. 로앤은 남편이 자기를 찾아낼까 두려워하고 있었다. 그래서 잠들지 못하고 자정이 넘을 때까지 거실에 홀로 우두커니 앉아 있는 날도 많았다. 로앤은 드라마를 재방송해 주는 케이블 채널을 이리저리 돌려 가며 보았다.

"로앤, 드라마 재미있어요? 베트남에서도 한국 드라마 많이 봤어요?"

로앤이 수줍게 웃으며 고개를 끄덕였다.

"어떤 드라마 봤어요?"

"커피 프린스, 인어 아가씨, 드림 하이, 대장금……."

"그거 다 봤어요?"

"응."

"누가 젤 좋아요?"

"공유."

"정말로?"

"유정은?"

"음, 나는 드라마를 별로 안 좋아하는데…… 성균관 스캔들?"

"아, 유아인, 믹키유천?"

"와, 안 본 드라마가 없네요? 정말 드라마 좋아하는구나."

로앤이 고개를 끄덕였다.

"지금은 뭐 봐요?"

"파스타."

"아, 그거 한참 전에 한 건데."

로앤은 고개를 끄덕이면서도 눈은 텔레비전을 향해 있었다. 베트남에 있을 때부터 한국 드라마 팬이었다는 로앤을 보며 생각했다. 드라마에 나오는 한국 남자들은 하나같이 멋있었을 것이고, 드라마의 배경은 모두 아름답고 화려했을 거다. 그러나 로앤이 한국에 와서 부딪힌 현실은 상상과는 전혀 달랐다. 이제 로앤에게 한국은 어떤 곳일까 궁금했다. 나는 텔레비전에서 눈을 떼지 못하는 로앤의 뒷모습을 한동안 바라보다 방으로 들어왔다.

작은아빠는 로앤이 국적을 얻어 한국에서 일을 할 수 있도록 하

려고 사방팔방으로 뛰어다녔지만 마음처럼 잘 되지 않았다. 가정
폭력으로 이혼을 하고 국적을 취득하려면 위자료를 천만 원 이상
받아야만 한다고 했다. 작은아빠는 성공회에서 이주민을 위한 복
지관이나 상담 센터를 운영하는 곳이 많다는 소리를 듣고 신부님
께 상의를 했다. 여러 사람이 로앤의 경우에는 일단 이혼을 한 뒤
국적 취득은 포기한 채 베트남으로 돌아가는 편이 낫다고 충고했
다. 신부님은 로앤이 베트남으로 돌아갈 동안 머무를 쉼터도 소개
해 주었다. 작은엄마는 로앤이 베트남으로 돌아갈 때까지 우리 집
에 있기를 바랐지만 로앤은 쉼터로 가겠다고 우겼다. 아마 우리 식
구들이 불편할까 봐 걱정하는 것 같았다. 로앤을 쉼터에 데려다
주고 온 날 작은아빠는 저녁상을 물린 뒤 조심스레 할머니에게 말
했다.

"어머이, 우리가 처제를 좀 도와줘야 할 거 같아요. 큰아버지가
고엽제 후유증으로 일찍 돌아가셔서 처제네가 용민 엄마네보다
더 어려운가 봐요."

"그래, 나도 비행기 값은 우리가 마련해야겠다고 생각했다."

구두쇠 할머니의 입에서 그런 말이 나오리라고는 상상하지 못
했던 터라 속으로 놀라고 있는데 작은아빠는 한술 더 떴다.

"근데 저, 비행기 값만 아니고. 당장 베트남 가면 살길이……."

눈치 빠른 할머니가 얼른 선수를 쳤다.

"그타고 우리 형편에 비행기 말고 뭘 더 도와줄 수 있어야지."

"마이너스 통장에서……."

작은아빠가 할머니 눈치를 보며 말끝을 흐렸다. 할머니의 얼굴이 일그러졌다.

"너 빚도 많은데."

"내 빚이야 다른 농사짓는 사람들에 비하면 빚도 아니지 뭐."

할머니 얼굴이 붉으락푸르락해지는가 싶더니 결국 목소리가 높아졌다.

"빚이 아니긴, 이 팔푼이 같은 놈아. 마이너스 통장인지 뭔지 그것도 다 빚이지. 니 처제 오고 나서 쓴 돈도 적지 않은데. 그리고 너 재작년에 경운기 새로 산 거, 작년에 트럭 중고로 산 거, 게다가 작년 겨울에 너 장인 수술비 보내느라 빚낸 거. 그게 다 얼마야? 그게 빚이 아니믄 뭐가 빚이여? 유정이 고등학교 가고, 대학 가면 돈이 열 배, 스무 배는 들 텐데. 넌 왜 맨날 남의 일에 뻘나게 굴어."

"이게 왜 남의 일이에요? 어머이는 참. 용민 엄마 일이 내 일이지."

"누가 그걸 모르냐? 그래서 나도 언태 참고 이해하려고 했는데. 마이너스 통장에서 또 돈을 꺼내믄 그 빚이 얼마여?"

"어머이, 도시 사는 내 또래들은 아파트 사고 차 산다고 빚 수천만원씩은 다 지고 살아요. 그나마 나는 나은 거라니까."

작은아빠도 할머니를 따라 언성을 높이기 시작했다. 그때까지는 조용히 유경이에게 젖을 물리고 있던 작은엄마가 목멘 소리로 말했다.

"엄마, 갠찮아요. 로앤 기술 있어. 비엣남 가면 거기서 돈 벌어요. 로앤 그냥 가요. 걱정 마세요."

할머니는 작은엄마의 말에 대꾸도 않고 숟가락을 놓고 일어나 방으로 들어가 버렸다. 작은엄마의 큰 눈에 눈물이 그렁그렁 맺혔다. 작은엄마는 아무 말 없이 젖을 물고 잠든 유경이 머리만 쓰다듬었다.

나는 설거지를 마치자마자 할머니 방으로 들어갔다. 할머니는 텔레비전을 켜 놓은 채 팔을 베고 누워 있었다. 나는 장롱에서 베개를 꺼내 할머니 머리를 받쳐 주며 말했다.

"할머니."

"와?"

"작은엄마 속상하잖아."

"그럼 이 할머이는?"

"할머니도 속상한 거 알겠는데……."

"이젠 너까지 작은엄마 편이냐?"

"누구 편이 아니라……."

"내가 느이 작은엄마 일이라면 거지반 다 느이 작은아부지 의견에 맞춰 주잖냐. 그리만 지들도 나한테 맞출 건 맞춰야지. 이 나이에도 쉬지 않고 애 봐줘, 밭일해, 얼마나 더 하라는 거이냐? 내가 언태 지한테 싫은 소리를 한 적이 있어, 혼을 냈어? 아들이라고는 저만 달랑 남았구만 이리도 속을 썩이나 그래."

"할머니 말이 다 맞아."

할머니 넋두리에 맞장구를 치고 있는데 할머니가 갑자기 나를 올려다보며 성을 냈다.

"이 기지바이야, 네가 뭘 안다고 여기서 장단을 맞추고 있어?"

"나는 그냥, 할머니 마음도 아니까."

"이 능구렝이 같은 기지바이야. 삘걱정 말고 나가. 이 사람 저 사람 눈치 볼 거 없어. 너 그러는 거 꼴 보기 싫어. 내가 너 이 사람 저 사람 눈치 보게 키우진 않았어."

"눈치 보는 거 아니야."

"그게 눈치 보는 거지. 어서 가서 자. 어른들 일은 어른이 알아서 해."

무뚝뚝하기로는 살문리 할머니들 가운데 1등이지만 할머니는 가끔 그렇게 속마음을 들킨다.

14. 꿍안, 꿍어, 꿍람

    오랜만에 집이 조용했다. 작은아빠는 친환경 농민회 사람들이랑 회의를 하러 대전에 가고, 할머니는 마을 노인회에서 경주로 여행을 떠났다.

    용민이와 용우, 유경이까지 잠든 뒤라 집 안이 적막하기까지 하다. 가끔 소쩍새 울음소리와 고라니 울음소리가 들리고, 복동이와 복길이가 짖는 소리만 더해질 뿐이다. 복동이 새끼를 여기저기 분양하고 한 마리만 남겼다. 복길이라고 이름을 지은 수놈이다. 몇 주 전, 작은아빠가 분양할 새끼 여섯 마리를 한꺼번에 차에 실어 가자 복동이는 우리 골짜기가 떠나가라 하고 울부짖었다. 심지어는 이틀 동안 밥도 먹지 않았다. 한 마리 남은 새끼인 복길이는 그런 제 어미 곁에서 철부지처럼 젖을 빨았다. 복동이는 복길이에게 젖을 물리면서도 우우우 하고 울었다. 할머니는 그런 복동이를 보며 사람보다 낫다며 계속 눈물을 훔쳤다. 복동이는 이제 좀 슬픔이 가셨는지 비쩍 말랐던 몸이 되돌아오고 한 마리 남은 새끼인 복길이와 장난을 치기도 하지만 여전히 새끼들이 실려 나간 길을 멍하니 내려다볼 때가 있다. 복동이를 보면 엄마라는 게 참 신비로운 존재처럼 느껴졌다. 모짜렐라도 입양 간 집에서 재롱둥이로 잘 지내고 있다. 사랑받으며 잘 자라는 모습을 볼 때마다 은근히 샘이 나기도 하지만 뿌듯한 마음이 더 크다.

"유정, 무섭다."

멍하니 마당을 내다보고 있는데 작은엄마가 거실의 텔레비전을 켜며 말했다.

"작은아빠 없으니까 무서워?"

내가 장난스럽게 묻자 작은엄마가 이내 고개를 끄덕였다. 작은엄마는 내 곁으로 와서 같이 거실 창밖을 바라보다 말했다.

"유정, 나 사진 보여 주까?"

"사진?"

"응."

작은엄마가 방에서 소설책만 한 크기의 사진첩을 꺼내 왔다. 두꺼운 종이로 된 겉표지는 다 해져 너덜너덜하고 사진을 넣는 비닐도 찢어진 데가 많았다.

"나 한국 올 때 가져온 거야."

작은엄마는 사진첩 맨 앞에 있는 사진을 보여 주었다.

"이거 우리 집. 비엣남 집, 이렇게 생겼어."

작은엄마네 집은 논 한가운데 있었다. 하늘색 페인트를 칠한 시멘트집, 대나무나 판자로 얼기설기 지은 집 들이 푸른 논 위에 둥둥 떠 있는 듯 보였다. 지붕에는 거뭇거뭇해진 붉은 기와 같은 것이 얹혀 있고 슬레이트로 만든 차양은 잘 다듬어지지 않은 나무 기둥이 받치고 있었다. 집 뒤로는 종려나무와 바나나 나무가 보였다. 그 나무들만 아니라면 우리나라 어디쯤으로 보였을 것 같다.

"이쪽이 나 태어난 집. 대나무로 만들어. 오빠가 한국에도 옛날에 이런 집 있었대. 여기는 새로 지은 집. 이쪽 집에서 엄마랑 남동생 살고, 이쪽 집에 나랑 언니랑 여동생들 살았어. 아버지 돌아가시기 전에는 이 집에서 엄마 아버지 살았어."

"정말 시골집이구나. 그런데 거기도 기와가 있네? 우리나라랑 좀 다르긴 하지만."

"이거 옛날 집. 기와집, 이제 시골만 있어."

"베트남도 우리나라랑 똑같네. 근데 집 주변 다 논인 거 맞지?"

"응."

"베트남도 벼농사 많이 짓는구나."

"응. 우리 세 번 추수해. 남쪽은 이 년에 일곱 번. 이건 2월 사진."

"우와. 이게 2월이라고? 겨울인데?"

"응, 비엣남 겨울 아니고 건기. 비엣남 건기, 우기 있어."

"우와, 겨울에 이 정도면 베트남에서 농사지으면 금방 부자 되겠다."

"아니, 우리 비엣남엔 농부들은 땅 많이 없어. 비엣남도 똑같아. 도시에 부자 많고 농부들은 다 가난해. 그래서 우리도 다 도시 가. 이 사진 봐. 내 동생들, 여기가 짱, 홍, 킴."

또 한 장의 사진 속에는 노란 꽃이 핀 화분 앞에 흰 아오자이를 입은 세 자매가 환하게 웃고 있었다.

"우리 설날에 이 꽃 아주 중요해. 그리고 이 옷 입어."

"어? 베트남에도 설날이 있어?"

"그럼, 우리 설날 아주 중요해. 우리 비엣남도 옛날에 한자 썼어. 유정 그거 몰라?"

"응. 베트남이랑 우리랑 비슷한 게 진짜 많구나."

작은엄마가 웃으며 고개를 끄덕였다.

"나 한국 사람들이 비엣남 잘 안다고 생각했어. 그런데 잘 몰라. 이상해. 한국 군인 우리 비엣남에 왔었어. 비엣남 사람들은 한국 잘 알아."

"아, 작은아빠가 얘기해 준 적 있어. 우리 마을 할아버지들 중에도 베트남 갔다 온 분 있대."

"응, 나도 들었어."

"작은아빠가 그러는데 한국 군인들 베트남 가서 나쁜 짓도 많이 했다며? 근데도 베트남 사람들 한국 좋아해?"

작은엄마가 잠시 머뭇거리다 대답했다.

"좋아하는 사람 있고, 싫어하는 사람 있고, 나쁘다 생각하는 사람도 있어."

"아직도 베트남 전쟁 때 한국 사람들이 가서 막 마을 태우고 죄 없는 민간인들 죽이고 그런 거 기억하는 사람들 많아?"

"아니, 그런 거 많이 없어. 비엣남 사람들은 한국 사람들이 미국 때문에 비엣남에 왔다고 생각해. 그래서 이제 많이 안 미워해. 그리고 젊은 사람들은 비엣남이 미국이랑 전쟁한 거 잘 몰라. 미국으로 유학 가는 사람 많아. 한국도 많이 와. 한국에서 온 의사들이 유니콘 고쳐 주고, 비엣남에 학교도 세워 주고 좋은 사람도 많아."

"그런데 왜 나쁘게 생각하는 사람도 있어?"

"결혼 때메."

"아, 로앤처럼?"

작은엄마가 고개를 끄덕였다.

"참, 로앤은 잘 있대?"

"응, 쉼터 선생님들, 언니들 다 잘해 준대. 다음 달에 비엣남 가."

"이제 아픈 거는 다 나았대?"

"응. 신부님이 소개해 준 쉼터에서 상담? 그런 거 받아서 잠도 이제 잘 잔대."

"다행이다."

"응. 유정, 한국 사람 고마운 사람도 많아. 그러니까 괜찮아. 유정이 걱정할 거 없어."

나는 잠자코 사진첩을 뒤적이고, 작은엄마는 자다 깨서 뒤척거리는 유경이를 토닥였다.

"작은엄마, 나 작은엄마 베트남 있을 때 얘기 듣고 싶어."

"어떤 얘기?"

"그냥, 다."

"다?"

작은엄마는 사진첩을 넘겨보더니 사진 한 장을 꺼냈다. 밭에서 긴 자루가 달린 호미 같은 것을 들고 있는 소녀의 사진이었다. 가만 보니 작은엄마였다.

"우와, 이거 작은엄마네?"

"누군지 알아?"

"그럼, 지금이랑 똑같은데. 근데 작은엄마, 호미처럼 생긴 거 이거 뭐야?"

"호미 맞아. 비엣남 호미랑 낫은 이렇게 다 길어."

"그럼 서서 일해?"

"응. 그래서 나 한국 와서 김매기 할 때 무릎이랑 다리 진짜 아팠어."

"그렇구나. 근데 이게 몇 살 때야?"

"중 3."

나는 다시 사진을 들여다보았다. 사진 속의 작은엄마는 나와 같은 나이다. 그런데 나보다 더 마르고 작아 보였다.

"작은엄마 이때는 꿈이 뭐였어?"

"꿈?"

"응. 뭐가 되고 싶었어?"

"그냥 돈 벌고 싶었어. 나 고등학교 못 갔지만 동생들은 고등학교 보내고 싶었어. 나 언니는 중학교도 못 갔어."

"그래서 한국으로 시집온 거야?"

작은엄마가 나를 바라보았다. 그러다 빙긋이 웃으며 말했다.

"응. 중학교 졸업하고 한국 목사님 집에 가정부 했어. 나 공부 잘하고 한국말 빨리 배워서 목사님 좋아했어. 그런데 사촌 오빠가 산업 연수생으로 한국 갔어. 연수생 안 하고 공장 가서 돈 벌었어. 공장은 가정부 돈보다 많이 벌어. 나도 한국 가서 공장에서 일하고 내 동생 대학도 보내고 집도 사고 싶었어. 근데 호치민에서 만난 언니가 한국 가는 맞선 보자고 했어. 목사님 집에 살 때 거기 오는 한국 사람 친절하고 착했어. 그래서 맞선 보기로 했어. 근데 그거 우리나라에서 불법이라서 몰래몰래 숨어서 해. 며칠 동안 한국말 배우고. 어휴, 그거 기분 나빠. 여자들 많이 남자한테 보여 줘야 해. 어떤 여자들 계속 계속 남자 만나고 또 남자 만나. 그래도 안 돼."

"그럼 작은엄마는 몇 번째로 작은아빠 만났어?"

"첫 번째."

"정말?"

"응. 오빠 나 처음 보고 나, 저 사람이랑 꼭 결혼해야지 했대."

작은엄마의 얼굴이 발그레해졌다.

"작은아빠 처음 봤을 때 어땠어?"

작은엄마는 입가에 웃음을 머금고 대답했다.

"멋있어. 비엣남 남자들 다 작고 말라. 오빠는 키도 크고 어깨도 넓고."

"나이가 많았잖아."

작은엄마가 고개를 저었다.

"오빠보다 나이 더 많은 사람도 많아."

"작은엄마는 학교 다닐 때 남자 친구 없었어?"

"없어."

"진짜? 진짜로 없었어? 이렇게 예뻤는데?"

짓궂은 물음에도 작은엄마는 환하게 웃으며 고개를 저었다.

"진짜 없어. 그럼 유정은 있어?"

"아니."

"좋아하는 사람도 없어?"

작은엄마 질문에 언뜻 우주가 떠올랐지만 이내 지웠다.

"없어."

그런데 작은엄마가 해죽해죽 웃었다.

"유정, 아닌 거 같은데?"

"뭐가 아니야?"

"유정, 예배 시간에 우주 피아노 치는 거 봐."

"그게 뭐?"

"유정이가 광수 보는 거랑 우주 보는 거 다르다."

갑자기 얼굴이 달아올랐다. 이상하게 작은엄마한테는 거짓말을 할 수 없었다.

"작은엄마, 그거 작은아빠도 알아?"

"아니."

"그럼 비밀이다."

"비밀?"

"응. 그렇다고 내가 이우주를 진짜 좋아하거나 그런 건 아니야. 그냥 김광수보다 관심이 좀 가는 거지."

"진짜 좋아하는 거 아냐? 우주도 유정 좋아하는데?"

"아니야. 이우주는 나 안 좋아해. 절대 아니야. 이우주 같은 애가 왜 날 좋아해?"

작은엄마는 내 호들갑에 정색을 하며 말했다.

"왜 우주 유정 좋아하면 안 돼? 유정 예쁘고 착하고 똑똑해."

"작은엄마가 몰라서 그래. 내가 뭐가 예뻐? 이우주 같은 애들이랑 우리 살문리 애들은 안 어울려."

"유정, 그런 게 어딨어? 나 알아. 우주도 유정 좋아한다니까. 우주, 예배 때 유정을 이렇게 자주 쳐다봐."

작은엄마는 곁눈질하는 시늉을 하며 말했다. 작은엄마의 그런 모습에 웃음이 나왔다.

"아, 작은엄만 가끔 정말 웃겨. 아무튼 작은엄마는 모르는 게 있어. 그러니까 이런 말 다른 사람한테 절대 하면 안 돼. 정말로 작은 아빠한테도 하면 안 돼."

작은엄마는 마지못해 고개를 끄덕였다.

"오케이. 그 대신 유정 남자 친구 생기면 나한테 말해 줘."

나는 얼른 말머리를 돌렸다.

"어, 알았어. 근데 작은엄마네 엄마는 한국으로 시집간다고 할 때 안 말렸어?"

"아니, 좋아했어. 나 좋은 데 시집가라고. 울 엄마 보여 주까?"

사진 속에는 작은엄마보다도 더 작고 깡마른 할머니가 커다란 지게를 메고 서 있었다.

"그런데 이건 뭐야?"

내가 지게에 달린 냄비 같은 큰 그릇을 가리키자 작은엄마가 말했다.

"이거, 죽. 울 엄마 죽 장사해. 아침에. 비엣남은 아침 집에서 안 먹고 이런 거 사 먹어."

"엄청 무겁겠다."

내 말을 듣자마자 작은엄마의 눈에 눈물이 핑 돌았다.

"울 엄마 오십다섯 살이야. 이 사진 오십 살 때. 그런데 할머니

같지? 고생해서 그래."

그렇다면 작은엄마네 엄마랑 작은아빠랑 고작 열한 살 차이였다. 작은엄마는 얼른 눈물을 훔치고 다른 사진을 한 장 더 보여 주었다. 아까 세 자매가 사진을 찍었던 노란색 꽃나무 옆에 둘러 선 이들은 모두 작은엄마 자매 또래의 여자들이었다. 그런데 그중 셋이 눈에 띄었다. 나처럼 구순 구개열인 게 틀림없었다. 특히 한 여자아이는 수술을 안 했는지 코밑으로 입술이 갈라진 게 보였다.

"나 사촌 언니야. 여기 왔던 로앤 큰언니. 가난해서 수술 못했어. 그래도 동생들은 한국에서 온 의사들이 공짜로 수술해 줬어. 그래서 나 한국 좋아해. 우리 비엣남에 이런 유니콘 많아. 여기도 갈라지고, 여기도 갈라지고. 옛날에 미국이 우리 비엣남에 고엽제 뿌렸어. 그래서 유니콘 많아."

"고엽제? 그게 뭔데?"

"농약 같은 거. 미국이 우리 비엣남 풀 없애려고 뿌린 거야. 아주 독해. 우리 고향 사람들 그 약 비 맞았어. 큰아버지, 고엽제 땜에 돌아갔어. 둘째 큰아버지도 고엽제 땜에 많이 아프다가 돌아갔어. 오빠가 그러는데 한국에도 고엽제 땜에 아픈 사람 있대."

사진은 내 머리를 뒤죽박죽 엉망으로 만들었다.

"고엽제? 그것 땜에 언청이가 된다고?"

작은엄마는 나를 똑바로 바라보다 내 얼굴을 한 번 쓰다듬고 말했다.

"아니 고엽제 그거 때문만 아니라, 우리 비엣남 가난해. 그래서 엄마들이 영양실조? 그런 거 많아서 그렇대."

"영양실조?"

"응."

"할머니가 그러는데 우리 엄마는 감기약을 잘못 먹은 것 같았대. 우리 엄마는 나를 임신한 것도 몰랐대."

"맞아. 그렇다는 얘기 나도 들었어. 유정, 속상하지 마. 유정 예뻐. 이제 교정기도 빼고, 여기 흉터도 거의 다 나았고, 한국은 성형수술 잘해. 유정 대학생 되기 전에 오빠가 또 수술해 줄 거야. 흉터 완전 없어지게."

"난 이제 괜찮아."

"유정, 나, 유정 처음부터 좋았어. 내 언니, 동생들 닮아서."

나는 공항에서 내 얼굴을 보고 깜짝 놀라던 작은엄마가 떠올랐다. 나는 작은엄마에게 고백했다.

"작은엄마, 나는 처음에 작은엄마가 미웠다."

작은엄마가 다 알고 있었다는 듯 빙긋이 웃었다.

"작은아빠랑 할머니랑 다 작은엄마한테 뺏기는 거 같았어. 근데 이제는 안 그래. 나도 작은엄마가 좋아."

작은엄마가 내 손을 잡으며 말했다.

"처음 만났을 때, 오빠 나한테 말했어. 조카 있다고. 유정이 내 딸처럼 생각하고 키워 줘야 하는데 할 수 있냐고."

"정말?"

"응. 그래서 내가 약속했어. 내가 유정 엄마 될 거라고."

갑자기 코끝이 찡해졌다. 작은엄마가 내 어깨를 토닥이며 말했다.

"유정은 진짜로 내 딸이잖아."

"고마워."

"고마운 거 아냐, 이건."

작은엄마 역시 글썽이는 눈으로 나를 잠시 바라보다 물었다.

"참, 유정 꿈이 뭐야?"

"꿈? 나도 모르겠어. 예전에는 선생님이 되고 싶었는데 힘들 거 같아."

"어떤 선생님?"

"초등학교나 중학교 선생님. 그런데 그런 대학 가려면 공부 엄청 잘해야 돼."

"유정 공부 잘해잖아."

"아니야. 이런 정도로는 어림없어."

"음, 그럼 어떡해?"

"요새 잠깐 수의사 되고 싶다는 생각도 했는데 수의학과 가려면 수학이랑 과학 잘해야 돼서 힘들어. 그래서 그냥 포기하고 다른 꿈 찾아보고 있어. 요새 내가 새로 알아낸 게 있는데, 숲 해설가라는 게 있대."

"숲 해설가? 그거 무슨 뜻이야?"

"숲에 대해 안내해 주는 건가 봐. 꽃이나 나무, 새에 대해서도 알려 주고, 숲이 사라지니까 그 숲을 보호하고, 숲이나 나무 생태에 대해 잘 모르는 사람들한테 숲에 대해 설명해 주는 거래. 나는 자연에 관심이 많잖아. 그래서 그런 거랑 연관된 직업이 뭐 있나 알아봤더니 그런 직업이 있더라고."

"유정, 꽃이랑 나무랑 동물이랑 좋아하니까 어울려."

"진짜?"

"응."

"그런데 그런 거 하면 돈은 못 벌지도 몰라."

"돈? 유정 돈 많이 벌고 싶어?"

"응."

"많이 벌어서 뭐 할 건데?"

"음, 글쎄. 작은아빠 논 사 주고, 용민이랑 용우랑, 유경이랑 예쁜 옷 사 주고 싶어. 할머니 더 고생 안 하고 관광 다니면서 쉬게 해 드리고 싶고, 작은엄마 학교도 보내 주고."

"나 학교?"

"응, 저번에 작은엄마 고등학교 가고 싶다고 했잖아."

"나, 학교 나중에 갈 거야. 유경이 유치원 가면. 내가 돈 벌어서 가."

"알아. 나도 그냥 그렇게 하고 싶어서 그래. 그리고 나처럼 장애를 갖고 태어난 아기들도 돕고 싶어."

“와, 좋다. 그거. 유정, 돈보다 더 중요한 거 있어.”

“그게 뭔데?”

“유정이가 좋아하는 거 하는 거. 그리고 좋은 일 하는 거. 나 오빠한테 반한 거, 키 크고 잘생긴 것 때문만 아니야.”

“그럼?”

“우리 비엣남 사람들 꿍안, 꿍어, 꿍람 중요해. 우리 아버지 돌아가시기 전에 우리한테 항상 말했어.”

“꿍안, 꿍어, 꿍람? 그게 무슨 뜻이야?”

“함께 먹고, 함께 살고, 함께 일한다는 뜻이야. 오빠, 그렇게 살아. 오빠가 농민회 일하고, 마을 아저씨들한테 잘하는 거 나 좋아. 나 돈 좀 없어도 돼. 용민이 공부 아주 잘 못해도 괜찮아. 오빠처럼 그렇게 살면 돼.”

“꿍안, 꿍어, 꿍람. 좋은 말이다. 작은엄마, 나 이 말 잊지 않을게.”

작은엄마가 환하게 웃으며 말했다.

“유정 똑똑해. 다 잘할 거야.”

15. 긴 장마

"비엣남 스콜 같아."

보충 학습을 받으러 학교에 가려고 나서는데 작은엄마가 비가 내리는 창밖을 보며 말했다. 습한 날이 계속되자 한낮에도 검은 나방이 날아다녔다. 벽 한쪽은 아예 나방으로 새까맣게 보일 정도다. 오래된 벽은 방수가 잘 안 돼 빗물이 스며들어 곳곳에 곰팡이가 피었고, 작은아빠 손가락만 한 지네도 종종 나타나 우리를 위협했다. 비 때문에 모든 것이 엉망이었다. 할머니는 밭에 못 나가니 몸이 더 아프다고 거실과 안방을 들락날락하며 짜증을 내고, 용민이랑 용우는 비 때문에 밖에 나가 놀지 못해 집 안에서 하루 종일 싸워 댔다. 작은엄마는 할머니 눈치 보랴, 용민이 용우 건사하랴, 땀

띠로 밤낮없이 칭얼대는 유경이 보살피랴 쉴 새가 없었다. 그 틈바구니에서 나는 나대로 학교와 집만 오가며 여름방학을 보내려니 답답하고 짜증스러웠다.

로앤은 베트남으로 돌아갔다고 했다. 그리고 광수는 여름방학이 시작되자마자 정말로 자기 엄마에게 갔다. 우주는 우주대로 방학 동안 수학, 과학 집중 과외를 받는다고 서울로 올라갔다. 이래저래 빠지는 아이들 때문에 학교에서 하는 여름방학 특별 보충 학습도 잘 진행되지 못했다. 교실이 텅텅 비다시피 하자 선생님들은 선생님들대로 맥이 풀리는 모양이었다. 그 와중에 지희는 면에 있는 작은 중학교 세 곳을 통합해서 기숙 중학교를 만든다는 소식을 어디선가 듣고 왔다. 이래저래 심란했다. 건성으로 4교시를 마치고 교문을 나서는데 민주와 도영이가 보충 학습을 마치고 나오는 지희와 나에게 물었다.

"윤유정, 윤지희, 너희는 학원 안 다녀?"

"학원?"

"응. 너희 여고 갈 거면 영어랑 수학은 보충 해 놔야 할걸."

"너희는 학원 다녀?"

"그럼. 영수만."

"얼만데?"

"삼십."

"야, 미쳤다."

"삼십만 원이면 싼 거야."

나와 지희는 더 대꾸하지 않았다. 삼십만 원이 얼마 안 된다는 듯이 쉽게 말하는 게 아니꼬웠다. 그렇다고 그런 마음을 겉으로 드러낼 수는 없었다. 민주와 도영이가 읍으로 나가는 버스를 기다리러 정류장으로 향하는 걸 보더니 지희가 내게 말했다.

"우리도 읍에 가자."

"읍에는 왜?"

"노래방."

"노래방?"

"우리도 스트레스 좀 풀자."

"야, 누구는 학원으로 공부하러 가는데 우리는 노래방이냐?"

"뭐 어때? 한번쯤 가서 노는 거지. 시원한 에어컨 나오는 데서 놀아 보자."

"나 노래방은 싫어."

"그럼 맛있는 거 먹을까?"

"하필이면 이렇게 비 오는 날 겨우 뭐 사 먹으러 읍에 가자고?"

"그럼 김포 가서 영화 볼까?"

"김포는 더 멀지. 귀찮아."

"넌 왜 이럴 때마다 그렇게 게으르냐? 비 안 오는 날 고르려면 아예 못 나갈 거야. 답답해 미치겠어. 우리 나가자, 응? 너 돈 없으면 내가 사 줄게. 나 그저께 용돈 탔어."

"나도 돈은 있어."

"유정아, 제발. 나가자."

지희가 읍에 나가자 할 때부터 사실 내 마음도 달싹였다. 집과 학교만 오가는 하루하루가 지겹기는 나도 마찬가지였다.

"그래, 가자."

읍내는 강화 유일의 시가지다. 전등사가 가까운 온수리에도 작은 시장과 크고 작은 상점들이 있기는 하지만 우리 같은 청소년들이 놀 곳은 마땅치 않다. 강화읍 터미널에서 내려 강화대로를 따라가다 보면 우체국에서부터 피시방, 음식점, 카페, 프랜차이즈 빵집, 도넛 가게, 아이스크림 가게, 화장품 대리점, 옷가게들이 쭉 모여 있는 번화가가 이어진다. 강화대로 양옆 상가 뒤로는 군청, 경찰서, 도서관이 있고 초등학교 두 곳과 여고, 남고, 여중, 남중, 사립고가 하나씩 흩어져 있다. 말하자면 이곳이 강화의 중심가다. 예전에는 강화 버스 터미널도 이 부근에 있었기 때문에 중앙시장 뒤로는 오래된 여관이나 음식점도 많다. 또 강화초등학교 근처에는 고려 궁지를 비롯한 고려 시대 유적, 철종이 한양으로 돌아가기 전에 살았던 용흥궁, 성공회 강화성당 같은 유적들도 있다. 고려 궁지에는 고려 시대 건물은 하나도 없지만 늘 관광버스가 오간다. 정작 강화 사람들이 가장 즐겨 찾는 곳은 고려 궁지도, 용흥궁도 아니고 북산이다. 북산길은 봄이 되면 벚꽃이 장관을 이뤄 밤

낮 없이 붐빈다. 그러나 그 북산도 한여름에는 오르는 사람이 별로 없다.

내가 어렸을 때는 강화 읍내에 지금처럼 세련되고 화려한 가게들은 별로 없었지만 지금보다 사람도 훨씬 많고 활기가 넘쳤다. 특히 명절이 가까워 오면 중앙시장과 그 주변 상가는 사람들로 늘 붐볐다. 나는 명절 때마다 할머니와 풍물시장에 가서 차례 음식거리를 사고, 강화 중앙시장에 가서 설빔과 신발을 샀다.

원래 강화에는 중앙시장만 있고 면 단위에는 오일장이 주로 섰단다. 그러다 내가 태어나기 사오 년 전에 관광객들을 대상으로 하는 풍물시장이 생겼고, 내가 초등학교 때 지금 자리로 옮겼다. 그 뒤 오일장이 서는 날이면 풍물시장은 도시 사람들로 붐빈다. 할머니는 도시 사람들이 주로 풍물시장에 오는 바람에 중앙시장이 빛을 잃었다고 안타까워하지만 사실 요즘은 강화 사람들이 풍물시장보다도 편리한 마트를 많이들 이용한다. 읍내에만 크고 작은 마트가 대여섯 개는 된다.

터미널에서 내리니 다행히 비가 그쳤다. 북산 위 구름 사이로 햇빛까지 비쳤다.

"우와, 오랜만에 보는 햇빛이다."

지희 얼굴이 환해졌다.

"자, 일단 우리 뭐 먹으러 가자. 뭐 먹을래?"

나는 조심스레 운을 뗐다.

"정통만두 가서 도넛?"

"야, 미쳤냐? 거기서 도넛을 먹으려면 에어컨 빵빵 나오는 던킨에 가지."

예상했던 반응이다.

"던킨은 맛도 없고 비싼데?"

"오랜만에 읍내 나왔는데 좀 럭셔리한 데 가서 먹자. 아이스크림 가게 어때?"

"싫어. 아이스크림이 햄버거 세트의 거의 반값이잖아. 맛도 별로 없는데."

"아, 하여간 윤유정 너는 구두쇠에다 촌스러운 입맛에다 나랑 코드가 너무 안 맞아. 그리고 너 고기도 안 먹으면서 햄버거 집 얘기는 뭐하러 하냐?"

"나 새우 버거는 먹는데?"

김포나 부평 시내에나 나가야 보이던 외국 프랜차이즈 가게들이 강화 읍내에 들어오기 시작한 지는 일이 년 정도 됐다. 작은아빠는 이런 가게들이 상인들의 공생을 막는다고 못마땅해한다. 그래서 어쩌다 읍에 나가 용민이가 아이스크림을 사 달라고 졸라도 절대 사 주지 않는다. 나도 가끔은 화려한 그 가게에 들어가 도시 아이들처럼 도넛도 먹고 아이스크림도 먹어 보고 싶지만 작은아빠가 질색하는 일을 굳이 하기 싫어 참는다. 투덜거리는 지희를 데리고 결국 햄버거 가게로 갔는데 우주한테서 문자가 왔다.

―뭐 해?

나는 지희 눈치를 보며 답장을 했다.

―읍에 나왔어. 지희랑 놀러

―좋겠다

―너는?

―나 오전에 수학 과외 하고 지금은 영어 학원 가

―아 힘들겠다

"윤유정, 누구야?"

지희가 호기심 어린 눈으로 내 휴대 전화를 내려다보며 물었다.
나는 얼른 전화기를 닫고 말했다.

"작은아빠. 언제 오냐고."

"왜? 빨리 가야 해?"

"아니, 그건 아니고. 그냥. 아, 한 시간만 있다가 간다고 해야겠다."

나는 지희가 딴 데를 보는 사이 얼른 우주에게 답장을 보내고 전화기를 가방에 넣어 버렸다.

―나 지금 지희랑 얘기 중 나중에 할게

우주는 서울에 올라간 뒤 하루에 한 번꼴로 문자를 보냈다. 딱히 특별한 용건이 있어서 하는 문자는 아니었다. 그저 '뭐 해?' '밥 먹었어?' 정도였다. 그래도 우주한테서 문자가 오면 이상하게 가슴이 두근거렸다. 그럴 때마다 나는 우주가 내게 문자를 하는 이유는 단지 마땅히 연락할 친구가 없어서라고 생각한다. 그러니 두근거릴 것도, 설레서 얼굴을 붉힐 이유도 없다고 되풀이한다.

지희와 헤어져 집에 들어갔더니 할머니가 거실 창문 앞에 서서 또 한숨을 쉬며 혼잣말을 하고 있었다.

"세상이 말세여, 말세. 이게 뭔 날씨냐고. 가지는 아예 꽃도 못 피우고 물러 버리고, 오이도 다 말라 버리고. 그 잘되던 호박도 몇 개 안 열리니……."

할머니는 아예 김매기를 포기해 버렸다. 고추는 비닐하우스에 심은 건 그런대로 괜찮지만 노지에 심은 것은 탄저병이 시작된 것 같다며 시름이 깊어졌다. 할머니는 요즘 심사가 불편하니 사소한 일에도 벌컥벌컥 화를 냈다. 나를 바라보는 눈도 곱지 않다.

"넌 보충 학습 끝나고 어디 갔다 이제 오나?"

"작은엄마한테 문자 했는데……. 지희랑 읍에 잠깐 갔다 온다고."

"어쨌거나 너 우산 갖고 버스 정류장에 나갔다 와라. 비가 오다 말다 해서 용민이 우산을 안 챙겨 보냈는데 이렇게 비가 쏟아지니."

"용민이 어디 갔는데?"

"이번 주 닷새 동안 방학 돌봄 교실에서 뭐 배와 준다고 학교 갔어."

"그래? 그럼 작은엄마랑 작은아빠는?"

"느이 작은아빠는 농민회 일도 보고 애들 옷도 좀 사 준다고 김포 나갔다."

"아, 알았어."

나는 할머니가 뭐라고 더 잔소리를 할까 봐 우산을 들고 얼른 밖으로 나왔다. 계곡에 물이 불어서 다리 밑으로 떨어지는 물줄기가 폭포수 같다. 연둣빛 청딱따구리가 밤나무 가지에 앉았다가 인기척에 놀라 참나무 숲으로 날아들었다. 비포장 길은 비 때문에 흙이 쓸려 가 큰 돌들이 툭툭 불거져 나와 있었다. 해마다 여름이면 겪는 일이지만 올해는 비가 워낙 많이 오는 바람에 길이 더 엉망이다.

마을회관에 도착하자마자 학교 버스가 들어와 섰다. 그런데 용민이가 내리지 않았다. 도시에서 이사 온 3학년 아이에게 물었다.

"혹시 윤용민 안 탔어?"

아이가 심드렁하게 말했다.

"모르는데요."

"몰라? 돌봄 교실에서 같이 있었을 텐데?"

"난 원래 개랑 잘 안 노는데요?"

아이의 쌀쌀한 말투에 더 물어볼 생각이 들지 않았다. 잠시 망설이다 지름길인 논둑길로 해서 학교로 가 보기로 했다. 오랜만에 지나는 논길이다. 비 때문에 논마다 물꼬를 터 놔 흙탕물이 길을 적셨다. 슬리퍼가 금세 흙투성이가 되었다. 논에서 기어 나왔는지, 냇가에서 나왔는지 30센티미터쯤 되는 드렁허리가 길 한가운데서 꿈틀거리고 있었다. 드렁허리는 논에 사는 물고기인데 얼핏 보면 뱀 같아서 징그럽다. 어른들은 간혹 큰놈들을 잡아 구워 먹기도 하는데 농약을 많이 치는 논에는 없다. 나는 나뭇가지를 집어 들어 드렁허리를 길 한쪽으로 밀었다. 작은아빠한테는 논둑에 구멍을 내 물을 빼놓는 골칫덩어리지만 그대로 놔뒀다가 경운기에라도 깔리면 불쌍할 것 같았다.

질퍽질퍽한 둑길을 지나 홍천리로 접어들었다. 살문리랑 홍천리 경계에는 지난겨울 구제역으로 광수네가 소를 잃을 때 같이 소를 살처분해야 했던 농장이 있다. 한우를 키우던 곳인데 지금은 축사만 흉물스럽게 남아 있다. 축사를 받치고 선 쇠파이프 사이로 주황색 천막이 찢어져 너덜거리는데 비까지 오니 빈 축사는 음산하기 짝이 없다. 홍천리를 지나 학교 쪽으로 올라가는데 학교 담 아래 버스 정류장에 쭈그리고 앉아 있는 용민이가 보였다. 용민이는 나를 보자마자 울음을 터뜨리며 달려와 안겼다. 다행히 버스 정류장 아래 있어서 비에 많이 젖지는 않은 것 같았다.

"윤용민, 너 왜 학교 버스 안 탔어?"

용민이는 대답도 않고 계속 울기만 했다.

"용민아, 왜 그래? 울음 그치고 말해 봐. 응? 누가 우리 용민이를 속상하게 했어?"

용민이는 울음을 참으며 구겨진 종이 한 장을 내밀었다. 펴 보니 '다문화 가정을 위한 문화 교실'이라고 해서 교육청과 군에서 함께 운영하는 여러 가지 문화 강좌가 소개되어 있었다. 한글 교실, 다(茶) 문화 교실, 한국 요리 교실, 영어 교실 따위였다.

"이게 왜?"

"형아들이 나보고 다문화라고, 엄마가 외국인이라서 한글도 모른다고 놀리고 자꾸 다문화라고 불러."

"그래서?"

"나는 다문화 아니고 윤용민이라고 해도 형아들이 자꾸 다문화, 다문화 그렇게 불러. 우리 엄마 한글 안다고 해도 막 놀려. 형들이 너희 엄마는 외국인이고 너는 다문화니까 다문화 교실 들으라고."

"그래서 그 형들이 버스를 못 타게 했어?"

"아니."

나는 용민이에게 짐짓 냉정하게 물었다.

"그럼 왜 안 탔어?"

"엄마 땜에 나 다문화 됐잖아. 엄마 창피해."

용민이가 다시 서럽게 울기 시작했다. 용민이는 엄마가 자기를 마중 나올까 봐서 아예 학교 버스를 타지 않았다고 했다.

"용민아, 그래서 용민이는 엄마가 싫어?"

용민이가 고개를 저었다.

"용민아, 엄마가 외국 사람인 건 창피한 일이 아니야. 용민이 엄마는 한글도 읽고 쓸 줄 알고, 음식도 잘하고, 용민이랑 용우랑 유경이도 잘 키우고 얼마나 멋져. 그리고 용민이 엄마는 2개 국어 하잖아. 다른 사람들은 다 한국말만 할 줄 아는데 용민이 엄마는 한국말도 알고 베트남 말도 알잖아."

용민이가 고개를 끄덕이는가 싶더니 다시 볼멘소리로 말했다.

"베트남은 가난하고 더러운 나라래. 거기 말 이상해. 엄마랑 외할머니랑 통화하는 거 들으면 이상해."

"다른 나라 말은 다 이상한 거야. 너, 영어는 이상하지 않아?"

"그래도 영어는 학교에서 배우잖아."

"어쨌든 영어도 외국 말이야."

"그래도 영어는 미국 말이고, 베트남 말은 가난한 나라 말이잖아."

"용민아, 그렇게 말하는 애들이 진짜 무식한 거야. 나도 못 가 봤지만 베트남도 우리나라랑 똑같대. 우리나라도 도시에는 높은 빌딩이 있고 화려하지만 우리 마을만 해도 별로 그렇지 않잖아. 우리 담임 선생님이 그러는데 용민이 엄마 아빠가 결혼한 호치민은 굉장히 예쁘고 역사도 오래되고 유명한 도시래. 우리 선생님은 대학교 다닐 때 한 달이나 배낭여행 했는데 엄청 좋았대. 그래서 누나도 대학생 되면 꼭 베트남으로 배낭여행 갈 거야. 그리고 베트남은 우리나라랑 무역 같은 것도 되게 많이 한대. 누나 생각에는 용민이가 베트남 말 배우면 좋겠는데?"

용민이는 약간 솔깃한 표정으로 나를 올려다보았다.

"용민아, 엄마 창피해하지 마. 엄마 정말 좋은 사람이야. 착하고 예쁘고. 누나가 보기에는 우리 마을에서 너희 엄마가 가장 예쁘더라. 누나는 엄마도 없고, 아빠도 없는데 용민이가 괜히 엄마 가지고 투정 부리면 너무 슬퍼."

용민이는 코를 훌쩍거리더니 말했다.

"우리 엄마 아빠가 누나 엄마 아빠도 된다고 했는데?"

"그건 또 누가 그래?"

"할머이랑 아빠랑 엄마가 다 그랬어."

"그래, 누나한테 용민이 엄마 아빠는 친엄마 친아빠처럼 잘 해 주시지만 누나를 낳아 준 엄마랑 아빠는 안 계시잖아."

용민이는 내 말을 알아들은 듯 잠시 생각을 하더니 다시 부루퉁한 얼굴로 말했다.

"아무리 그래도, 나 엄마한테 다문화 교실 나오지 말라고 할 거야."

여전히 볼멘소리였지만 그래도 삐친 게 한결 풀린 듯했다.

"알았어. 그렇게 해. 근데 윤용민, 이제 솔직히 말해 봐. 너 엄마 좋지?"

"응."

"그러면 창피해하면 안 되는 거야. 알았지?"

"응."

버스 정류장을 나서는데 비가 더 세차게 내리기 시작했다. 나는 용민이 어깨를 꼭 감쌌다. 제 엄마를 특히 많이 닮은 용민이는 유난히 마르고 키도 작다. 그렇지만 어딘가 모르게 단단하고 당찬 데가 있다. 그것도 작은엄마를 닮은 것 같다.

16. 용마와 아기 장수

할머니한테 용민이 이야기를 하자 할머니는 눈시울이 붉어졌다. 내가 어디 가서 놀림을 당할 때는 끄떡도 않던 할머니가 용민이 이야기에는 금세 눈물을 글썽이니 좀 섭섭한 마음도 들었다.

"어이구, 우리 맏손자가 그런 일이 있었구나. 어이구, 불쌍한 거. 어이구, 내 새끼."

할머니가 용민이를 안고 토닥이자 눈치 빠른 용민이는 얼른 할머니를 조르기 시작했다.

"할머니, 나 옛날이야기 해 줘."

"옛날이야기?"

"응."

"어떤 이야기 해 줄까?"

"무서운 얘기 해 줘."

"무서운 얘기? 그럼 용마 얘기 해 줄까?"

용마 전설은 내가 어렸을 때 많이 듣던 이야기다. 나도 구미가 당겨 선풍기를 틀고 옆에 누웠다. 그러자 할머니가 눈을 부릅뜨며 말했다.

"너는 왜 눕는데?"

"나도 좀 쉬자."

"기지바이가 쉬긴 뭘 쉬어? 니 작은엄마도 없는데 쌀이라도 씻어 놓든가."

"쌀은 좀 이따 씻어도 돼. 할머이는 내가 우리 집 종으로 보여?"

할머니는 내게 눈을 한 번 흘기고 나서 이야기를 시작했다.

"옛날 옛날에 건평리 가난한 집에 아기가 태어났어."

용민이가 눈이 동그래져서 물었다.

"건평리? 거기 우리 반 용현이 사는 데?"

"그래, 그 건평리. 옛날에는 지금 논자리가 전부 다 바다였단다. 그 건평리 작은 동산 아래 있는 다 쓰러져 가는 집에 아기가 태어났어. 그런데 어찌나 가난한지 어머이가 아기를 낳고 몸조리도 못하고서 밭일을 나가야 했어. 밭에서 일하다가 어머이 젖이 불면 와서 아기한테 멕이고 또 일을 하러 나가고 그랬대. 그런데 사흘째되는 날 어머이가 인저 젖을 먹이려고 들어왔는데 글쎄 아기가 대들보 위에 올라앉아 놀더란다. 그래서 식겁해서 겨드랑이를 봤더니 아니나 다를까 날개가 있더래. 그때는 날개가 있으만 장수가 된다고 해서 다들 겁을 냈어."

"아기 겨드랑이에 날개가 있었대?"

"응."

"할머이, 장수는 힘이 센 사람이지?"

호기심 많은 용민이는 이야기를 진득하니 듣지 못하고 자꾸만 질문을 쏟아 냈다.

"가마이 할머이 얘길 들어 봐. 그러니까, 그 당시에는 집안에서 장수가 나면 역모를 일으킨다는 소문이 있었단다. 그래서 나라에서 장수가 태어나만 그 집안뿐 아니라 마을까지 몰살시키는 법이 있었대. 그래서 이 부모들도 몰래 아기를 죽이기로 결심하고 어떻게 죽일까 고민을 하고 있는데, 마침 지나가던 스님이 아기 장수는 그냥 죽이만 안 되고 돌절구로 눌러 죽여야 한다고 말을 해 준 거야. 그래서 아기를 돌절구로 덮어 놓았대."

"돌절구가 뭐야?"

"뒤뜰에 있는 절구 있잖아. 할머이가 된장 담글 때 콩 빻는 거."

"그 무거운 걸로 아기를 덮었다고? 그럼 죽잖아."

"그러니까 죽으라고 그란 거지."

"그 엄마랑 스님이랑 나쁘다."

"나쁜 게 아니라, 자칫하만 다른 식구들이랑 마을 사람들까지

다 죽게 생겼으니까 어쩔 수가 없었지. 그런데 아기가 태어나던 그 시간에 용내천에서는 아기를 태우고 다닐 운명으로 용마가 태어났단다. 용마는 단숨에 진강산 꼭대기까지 올라갔는데 거기서 아기가 절구에 덮여 죽어 가고 있다는 것을 알았어. 그래서 진강산에서 건평리까지 세 발짝 만에 금세 내려와 아기를 구하려고 했지만 도착해 보니 아기는 이미 죽어 있더래. 상심한 용마도 진강산으로 돌아가 죽었단다."

용민이가 할머니 무릎을 베고 누워 이야기를 듣다가 일어나 앉아 물었다.

"그래서 어떻게 됐는데?"

"어떻게 되긴. 다 죽었으니 얘기가 끝이지."

용민이는 뭔가 곰곰이 생각하다가 다시 물었다.

"근데 할머이, 역모가 뭐야?"

"역모. 그거를 뭐라고 말해 줘야 하나?"

할머니가 곤란해하는 걸 보고 내가 슬그머니 끼어들었다.

"역모란 임금이나 나라를 배반하는 거야."

"왜?"

"음, 나라를 다스리는 임금이나 벼슬아치들이 백성들을 잘살게 하는 게 아니라 자꾸만 못살게 구니까 아기 장수가 힘없는 백성들을 위한 임금님으로 바꾼다는 뜻이래. 나도 초등학교 때 선생님한테 들었어."

"우와, 그러면 엄마가 아기를 절구로 누르지 않았으면 장수가 돼서 용마 타고 막 나쁜 놈들 물리치고 그랬겠네?"

"그렇지."

"그렇기는 뭐이가 그래?"

내 대답에 할머니가 버럭 소리를 치며 성을 냈다.

"집안에서 역적이 나와 봐. 패가망신하는 거야. 니가 뭘 안다고 그런 말을 해. 이 강화도만 해도 그런 일이 한두 번 있었던 게 아니야."

"할머이는 왜 갑자기 화를 내? 작년에 여름 수련회 갔을 때, 우리 지도해 주신 신부님께서 그러셨어. 예수 시대에는 예수님이 역적이나 마찬가지였다고."

"이 가시나이가…… 네가 잘못 들은 거지. 신부님들이 그런 말씀을 할 턱이 없지. 예수님이 역적이라니. 너 그런 말 함부로 했다가는 하느님한테 벌받는다."

할머니의 확신에 찬 말에 입을 다물고 말았는데 용민이가 고개를 갸우뚱하며 말했다.

"어, 아닌데?"

"너는 메가 또 아니야?"

"신부님이 교리 시간에 그러셨는데, 하느님이랑 예수님은 벌 주시는 분이 아니라 사랑을 주시는 분이래. 그니까 누나는 벌 안 받을걸?"

"에구, 내가 여덟 살짜리랑 이러구 있냐? 용민이 이제 나가서 누나랑 공부해라."

용민이가 입을 쑥 내밀고 투덜거렸다.

"할머이는 할 말 없으면 꼭 이래."

옛날이야기는 행복하게 끝나는 게 정석이었다. 할머니 품에 안겨 듣던 이야기나 초등학교에 입학해서 책으로 읽은 이야기나 모두 다 그랬다. 중학교에 올라와서는 옛이야기나 고전 소설은 권선징악이 특징이라는 것도 알게 되었다. 그런데 왜 용내천의 용마와 아기 장수 이야기는 이렇게 비극으로 끝나는지 모르겠다. 어렸을 때는 용마와 아기 장수의 이 이야기가 무섭고 섬뜩하기만 했다. 그런데 지금 들으니 무척 가슴 아픈 이야기였다. 엄마한테 죽임을 당할 때 그 아기 장수는 얼마나 무섭고 슬펐을까? 엄마는 왜 아기를 데리고 산으로 숨거나 섬 밖으로 도망갈 생각을 하지는 않은 걸까? 나 같으면 장수가 될 내 아기를 용마에 태워 보냈을 거다. 그러면 아기는 정말 장수가 되어 나라님이 산다는 한양으로 가서 억울하게 죽어 가는 어린 아기들과 마을 사람들을 위해 법을 바꾸어 버렸을 텐데. 지레 겁을 먹고 자기 자식을 죽여 버린 엄마가 어리석고 나약해 보였다.

8월 중순에 들어서니 드디어 비가 잦아들고 해가 쨍쨍 내리쬐기 시작했다. 말복이라고 한낮 더위가 35도를 웃돌아 몸을 조금만 움직여도 땀이 한 바가지씩 나왔다.

"입추에도 35도가 넘으니, 이 날씨가 미친 게지."

할머니가 저녁으로 냉국수를 준비하면서 말했다.

"오늘이 입추야? 말복이라며?"

"이번에는 입추랑 말복이 겹쳤어. 포도는 이제 겨우 제대로 익기 시작인데……. 추석 때까지 더울라나 모르겠네."

올여름에는 뒤늦게 비가 많았던 탓에 포도 당도가 떨어질까 봐 작은아빠는 걱정이 태산이다. 포도는 우리 집 일 년 수입의 절반이다 보니 다른 농사보다 더 공을 들인다.

"어머이, 인산리 논 나갔대요."

작은아빠가 저녁 밥상을 물리며 말했다.

"뭐이? 요즘 땅 거래도 뜸하다더니만 벌써 나갔대?"

"그 논은 외포리 가는 큰길하고 붙어 있으니까 금세 나가지. 펜션이랑 식당 만든다네요."

"그럼 논이 오천 평밖에 안 남는데 어쩌냐?"

"큰일이에요. 논이 자꾸 줄어서. 논농사로 먹고살 수가 없으니 다들 논을 자꾸 없애요. 벌판 논 중에 포도밭이나 인삼밭으로 바꾸는 데가 해마다 느는 데다 길가 논은 아예 용도를 바꿔 버리니까. 다행히 용식이 형님이 논 좀 부쳐 보겠느냐고는 하는데, 그 논은 그동안 관행 농법으로 짓던 땅이라 내년부터 당장 농약을 안 쳐도 일 년은 지나야 저농약 인증이 되고, 다시 삼 년은 지나야 무농약 친환경 인증을 받을 텐데…… 내년에는 마을 아래 대안 학교 논도 나더러 해 보라는데 어떻게 할지 고민 중이에요."

작은엄마는 못들은 척 유경이와 용우를 챙겼고, 할머니는 한숨만 쉬다 말했다.

"그냥 너도 포도밭을 늘려 보지? 어차피 논농사해 봤자 돈도 안 되고."

"그러려면 사람을 써야 하는데 그럼 남는 게 없잖아요. 사람 구하기도 힘들고. 거기다가 나마저 논농사 포기하는 게 양심이 허락을 안 해요. 돈이나 있으면 기계 사서 나더러 부쳐 보라는 논 다 부치고 싶어요. 기계가 있으면 논 이만 평 정도는 지을 수 있을 것 같은데……."

큰 기계가 없는 우리는 논농사를 지으려면 때마다 기계를 빌려야 한다. 봄에 땅 갈고 논을 썰 때는 트랙터, 모내기할 때는 승용 이앙기, 추수 때는 콤바인을 빌려야 한다. 추수한 뒤 기계 임대료에다 도지료, 비료값을 빼고 나면 논농사는 작은아빠의 품삯만 겨우 건진다.

"어쨌든 내년에는 대안 학교 논을 해 볼까도 생각 중이에요. 다행히 그 논은 친환경으로 짓던 거라……. 그렇게 버텨 보고 우리 유경이 어린이집 보낼 나이라도 되면 용민 엄마랑 둘이 포도 일 같이 하고, 그렇게 되면 포도밭을 좀 늘리든가 해야죠. 그나저나 올해 포도 농사라도 잘돼야 할 텐데. 포도 수확할 때까지 해가 쨍쨍 하면 좋겠네."

웬만해서는 할머니 앞에서 힘든 내색을 안 하는 작은아빠가 푸념을 하자 할머니도 한숨이 깊어졌다.

"농사라는 게 다 그렇지. 하늘이 안 돕는데 어떡하냐."

할머니가 작은아빠를 위로한다고 꺼낸 말에 갑자기 작은아빠가 불뚝성을 냈다.

"농사 어려운 게 하늘이 안 도와줘서 그런 건 아니지, 어머이. 나는 그런 말 듣는 게 제일 답답하다구요."

할머니도 작은아빠의 말투가 섭섭했는지 언짢은 목소리로 지청구를 주었다.

"이눔아. 왜 어머이한테 승질을 부려? 내가 뭐 나쁜 말 한 것도 아니고."

작은아빠도 민망해하며 변명을 했다.

"아니, 어머이 말이 틀렸다는 게 아니라……. 지금 이렇게 농사가 어려운 건 하늘 탓이 아니잖아요. 농업을 포기하는 정부 탓이지. 한미 에프티에이 발효되고 나서 수입 농산물 많아지고 수입 소고기 쏟아져 들어오고 그러잖아요. 우리나라 식량 자급률이 50프로도 안 돼요. 정부에서 우리나라 경제가 오이시디 십몇 위라고 떠들었죠? 그 오이시디 국가 삼십몇 개 중에 꼴찌라구요. 그것도 사람 먹는 식량만으로 그런 거고 사료까지 따지면 식량 자급률이

30프로도 안 돼요. 이게 단순한 문제가 아닌데 사람들이 위기의식이 없어요. 세상이 다 돈돈 하니까 이제는 농민들도 다 돈돈 해요. 이러다 쌀 전면 개방이라도 하게 되면 농업은 아예 희망이 없어진다구요. 그래서 나는 농사를 하늘이랑 나눠 짓는다니 뭐니, 하늘이 돕지 않는다니 뭐니 하는 그런 말이 정말 싫다구요."

"이눔아, 왜 언성은 높이구 그래. 내가 널 타박하는 거냐? 자식새끼를 셋씩이나 놓고도 어머이 마음을 모르냐? 내가 니 심정을 모르겠냐? 니눔이 아무리 그래 봤자 소용없는 일이다 이 말이다. 그러니 넌 뭐든 정부 일에 반대하고 그러는 데는 나서지 마라."

"그게 무슨 말씀이세요?"

"목소리 커서 이득 본 사람 언태 못 봤다. 그냥 너는 다른 사람들 눈치나 봐."

"이제껏 친환경 농민회 총무 노릇만 몇 년인데 이제 와서…… 누군가는 나서야지요. 그냥 다 몰라라 하면 어떡해요."

"그동안 네가 나서서 된 일이 있냐? 그 한미 에프티에이인지 뭔지도 막는다 막는다 했는데 못 막아서 이제는 농산물 수입 들어온다믄서. 어차피 될 일은 되고, 안 될 일은 안 되는 거야."

"어머이, 사람들이 그렇게 가만히 있으니까 이렇게 당하는 거라구요."

"어쨌거나 괜히 남들 가만있는데 너 혼자 나서고 그러지는 마. 내 언태 살면서 지 실속 못 차리고 남의 일에 앞장섰다 잘되는 사람 못 봤다. 입이 닳도록 이야기하잖냐? 내가 얼마 전에 용민이한 테 옛날이야기 해 주다가 용내천 용마 얘기를 했어. 내가 그 얘기를 해 주고 나서 곰곰이 생각해 봤다. 오죽허면 그런 이야기가 전해 내려오갔냐? 그저 적당히 눈 감고, 모르는 척하면서 내 실속 차리는 거이 오래오래 잘사는 거야."

"어머이, 주일을 그렇게 꼬박꼬박 지키고 믿음이 깊으신 양반이 왜 그러세요. 성경에 나와 있잖아요. 옳은 일을 하다 박해받는 이는 행복하다. 세상 다 망하고 목숨만 붙어 있으면 그게 산 거예요? 나는 이렇게 사는 게 좋아요. 내 자식들 미래를 생각해서라도 농사 포기 못하니까 아닌 건 아니라고 말하고 싸워서 바꿀 건 바꿔야지요."

"하여튼 내가 헛살았지. 자식새끼들 중에 어머이 말을 듣는 놈이 하나도 없으니. 내 옆에 남은 자식이라고는 너 하나야. 한 번만이라도 좀 늙은 어머이 말에 고개라도 끄덕여 봐라."

작은아빠가 모자를 눌러쓰고 일어나며 말했다.

"이건 어머이 말을 듣고 말고 할 일이 아니에요. 내가 십사 년 동안 농사일이 천직이다 생각하고 살았어요. 나는 농사일이 좋아요, 어머이. 그런데 이 좋은 일이 식구들 하나 먹여 살리지 못할 거 같아서 불안해요. 이게 말이 돼요? 그러니까 어머이는 내 편 좀 들어 주세요. 어머이도 그랬잖아요. 열다섯 살 때부터 인조견 공장에서 일하던 것보다 농사일이 좋았다고. 나도 그래요. 나 농사지어서 우리 유정이, 용민이, 용우, 유경이 다 공부시키고, 용민 엄마 고등학교도 보내 주고, 어머이 예쁜 옷도 사 드리고 맛있는 것도 먹여 드리고 그러고 싶어요. 그래서 농민회 일도 하고 그러는 거예요. 그런데 다들 노인네들뿐이라 농민회도 나 없으면 안 되는 걸 어떡해요. 나도 힘드니까 어머이만은 나 믿고 잘한다, 잘한다 좀 해 주세요."

작은아빠의 말에 할머니는 아무 말도 하지 못하고 눈만 끔벅거렸다. 작은아빠는 이제껏 누구에게도 힘들다는 말을 한 적이 없었다. 할머니가 타박을 해도, 마을 어른들이 왜 그 좋은 직장을 그만두고 와서 고생을 하느냐고 물어도 늘 싱글벙글하며 자신은 농부가 천직이라고 너스레를 떨었다. 그런 작은아빠의 풀 죽은 모습을 보자 나는 마음이 아팠다. 할머니 역시 당황한 듯 아무 말이 없다가 작은아빠가 현관을 나서자 코를 훌쩍이기 시작했다.

17. 포도 수확

광수와 우주는 둘 다 개학을 하루 앞둔 주말에야 살문리로 돌아
왔다. 우주는 한 달 만에 키가 더 자라 우주 옆에 선 광수의 머리가
우주의 턱 선과 나란해졌다. 광수는 방학 동안 키가 컸다며 우주와
키를 재 보겠다고 옆에 섰다가 오히려 자존심만 더 구겼다. 광수는
키는 별로 자라지 않았지만 얼굴이 좀 갸름해지고 어른스러워진
것 같았다. 좀 마른 걸 보니 식당에서 하루에 열 시간 넘게 일하는
것이 꽤 힘들었던 모양이다. 그래서 안쓰러운 마음이 들었지만 한
달 동안 아르바이트하고 온 걸로 인생을 알게 되었다느니 뭐니 애
들한테 으스대는 걸 보면서 다시 마음이 바뀌었다. 광수는 하루 종
일 내 주변을 맴돌며 먼저 말을 걸어 주길 바라는 듯했지만 일부

러 모르는 척해 버렸다. 방과 후에 학교 버스를 타서도 지희와 계속 수다를 떨며 광수한테 곁을 내주지 않았다. 그런데 삼거리에서 지희와 헤어지자마자 문자가 왔다.

―은행나무 아래로 와. 나는 우리 우사 쪽으로 해서 그리로 갈게

광수는 순간 이동이라도 한 것처럼 나보다 먼저 우리 밭 옆 은행나무 아래에 와 있었다. 가쁜 숨을 몰아쉬던 광수는 내게 종이 가방을 내밀었다. 안에는 포장지로 싼 상자가 담겨 있었다.

"이게 뭐야?"

"용민이랑 용우 줄 선물. 블록이야."

"니가 뭔데 우리 용민이, 용우까지 챙겨?"

"용민이가 원래 나 좋아하잖아. 생각나서 산 거야. 받아."

내가 마지못해 종이 가방을 받아 들자 광수가 말했다.

"너도 내가 엄마한테 갔다 온 게 잘못한 일이라고 생각해?"

"뭔 말이야?"

"너 오늘 나 하루 종일 아는 척도 안 했잖아. 우리 할머니도 나한테 말도 안 걸어. 내가 엄마한테 가는 것 자체를 싫어한 건 아는데, 아버지는 나 왔다고 해도 아예 집에도 안 들어오고."

"너희 할머니랑 아빠는 몰라도 나는 너한테 아무 감정 없거든. 일부러 아는 척 안 한 게 아니라 원래 너한테 관심이 없어서 그런

거야."

"넌 그렇게 말하면 마음이 편하냐?"

광수가 섭섭한 표정으로 투덜거렸다. 그런 모습을 보니 미안한 마음이 들었다. 광수한테는 그렇게 냉갈령을 부릴 일이 아닌데도 왜 자꾸 말이 그렇게 나오는지 모르겠다. 나는 잠시 망설이다가 계면쩍은 걸 애써 감추며 물었다.

"그래, 엄마랑 한 달 동안 행복했냐?"

광수 얼굴이 어두워졌다.

"행복했냐고? 어땠을 거 같아?"

"내가 그걸 어떻게 알아. 모르니까 물어보는 거잖아."

"울 엄마 고시원 살아. 에어컨도 안 나오는 고시원, 정말 개좁아. 거기서는 한 명밖에 못 자. 그래서 나 일하는 식당에서 먹고 자고 그랬어. 솔직히 엄마가 그렇게 사는 줄 몰랐어. 나한테 막 비싼 스마트폰 해 주고, 신발이랑 가방도 사 주고 그래서 엄마가 돈이 많구나 생각했어. 그렇다고 뭐 엄마가 돈이 많아서 좋았다는 건 아니고……. 그냥 나도 엄마랑 살아 보고 싶었어. 그런데 고시원 보니까 말이 안 나오더라. 진짜 대박은 뭔지 알아? 울 엄마 중국 사람이다. 조선족. 우리 아버지도 너희 작은아빠처럼 그렇게 결혼한 거였대. 그때는 농촌 사람들이 주로 조선족이랑 결혼했대. 우리 엄마가 아빠 따라 영종에서 이리로 이사 올 때, 그때 나 임신하고 있었대. 그런데 더 대박인 건, 내 위로 형이 있다는 거야. 우리 엄마가 아빠한테 시집오기 전에 중국에서 결혼했었대. 나보다 두 살 많은 형이래. 길림성 통화라는 도시에 있대. 혼자."

"혼자?"

"응. 6학년 때 외할머니 돌아가시고 나서 중학교 때부터 지금까지 기숙사에서 산대. 근데 거기는 그런 애들이 많대. 우리 외할머니가 엄마라도 팔자 펴고 살라고 브로커 통해서 스무 살 때 한국으로 시집보냈대. 형 한 살 때 두고 나온 거지. 그러고 날 낳고 젖을 먹이는데 형 생각이 나서 못 견디겠더래. 그래서 참고 참다가 집 나간 거래. 나한테는 아빠랑 할머니가 있으니까. 웃기지? 나더러 용서해 달래. 우리 엄마 너무 뻔뻔하지 않냐?"

나는 아무 말도 하지 못했다.

"마음속으로는 그렇게 버릴 거면 왜 날 낳았느냐고 막 뭐라고 하고 싶은데 불쌍해서 참았어. 그 고시원 보면 정말 너도 눈물 날 거야. 돈 생기면 다 그 형한테 보낸대. 공부 엄청 잘해서 북경대 갈 거래. 중국에서는 북경대가 짱이래. 우리 엄마 그 형을 영국으로 유학까지 보낼 거래. 한국에 나온 엄마 친구들 중에 영국으로 아들 유학 보낸 사람이 있대. 우리 엄마는 그게 인생의 목표래. 그런 말 듣는데 그럼 난 뭐지? 그런 생각이 들더라. 그런데 개웃긴 건 뭔지 알아? 그런 형이 한번 만나 보고 싶다는 거야."

나는 광수를 흘끗 바라보았다. 광수는 고개를 숙인 채 은행나무 기둥을 발로 툭툭 차고 있었다.

"있잖아, 거기 있는 동안 결심했어. 열심히 살겠다고. 아침 10시부터 밤 10시까지 꼬박 열두 시간 일했어. 우리 엄마가 고 2라고 속여서 시간당 오천오백 원씩 받았어. 한 달 동안 딱 이틀 놀았어. 뚝배기, 불판 닦는 거 진짜 힘들어. 농사일보다 훨씬 더 힘들어. 엄마도 한 달에 두 번 쉬더라고. 엄마가 나 그런 거 해서 돈 벌 생각 말고 공부 열심히 하라는 뜻에서 알바 소개해 준 거래."

"그러면 이제부터 공부 열심히 할 거야?"

"야, 너는 왜 뭐든 다 공부랑 연결하냐?"

"열심히 살 거라며? 너희 엄마도 공부 열심히 하랬다며?"

"공부는 못해도 열심히 살 거야."

"그럼 여전히 공부 안 할 거라고?"

"내가 하고 싶은 일이 뭔지 잡히면 거기에 맞는 공부는 열심히 할 거야."

"핑계가 좋다. 끝까지 공부 열심히 하겠다는 말은 안 하네."

광수도 내 말에 동의를 하는지 피식 웃더니 갑자기 교복 주머니에서 뭔가를 꺼내 내밀었다.

"이거 비비 크림인데, 도시 애들은 이거 다 바르고 다니더라."

"이런 걸 니가 왜 줘?"

"그냥. 쉬는 날 엄마랑 구리에서 제일 큰 마트에 가서 샀어. 울 엄마도 내가 사 줬어."

"너희 엄마 사 주는 거야 당연한 일인데, 내가 이걸 왜 받아. 내가 언제 화장하는 거 봤어?"

"야, 이건 화장도 아니래. 남자애들도 바르고 다니던데 뭐. 너 저번에 모내기할 때도 얼굴 더 까매진다고 난리 피웠잖아. 이거 선크림도 된대."

광수는 내가 마지못해 비비 크림을 받아 들자 뒤도 돌아보지 않고 은행나무 뒤 비닐하우스 쪽으로 올라갔다. 산 아래 논에 벼꽃이 피었다. 이제 저 꽃이 지면 이삭이 팰 거다. 골짜기에서 칡꽃 향기를 실은 바람이 불어왔다. 여름이 끝나 가고 있었다.

들판이 점점 녹둣빛으로 변해 가고 냇가 둑에는 고마리 꽃, 물봉선화가 무성하다. 아직까지도 낮이면 참매미 소리가 요란하지만 저녁이 되면 풀벌레 소리가 들리기 시작한다. 가을이 여름의 문턱을 기웃거리고 있다.

"자, 이제부터 포도 출하 시작이다. 유정아, 주말에 도와줄 수 있지?"

"당근이지."

작은아빠는 사 년 전부터 포도를 가락동에 넘기기 전, 길가 가판대에서 직접 팔기 시작했다. 우리는 포도밭이 마을 안으로 쑥 들어와 있어서 작년까지는 농협 창고 앞에서 팔았는데 올해부터는 인산리 사는 작은아빠 친구가 자기가 하는 식당 주차장 앞에다 가판대를 설치해도 된다고 허락했다. 작은아빠는 기대에 부풀어 캐노

피도 새로 사고 플래카드도 맞췄다. 강화에 포도밭이 늘어난 건 십년 안팎이란다. 작은아빠가 처음 포도밭을 시작한 것도 내가 여섯 살 무렵이었다고 한다. 그런데 최근 몇 년 사이 포도밭이 부쩍 더 늘었다. 쌀농사나 다른 밭농사보다 포도가 수익이 나아서다. 다행히 강화 포도가 좋다고 입소문이 난 데다 우리 면에서 나는 포도가 특히 당도가 높다고 인정을 받아 가락동 농산물 시장에서도 믿고 산다고 했다. 포도밭이 늘어나면서 가판대도 늘었다. 아무래도 가락동 시장으로 넘기는 것보다는 직거래가 농민들에게 훨씬 유리하기 때문이다.

주말 아침 온 식구가 새벽에 일어나 아침을 먹었다. 작은엄마는 어느새 도시락까지 썼다.

"유정아, 너는 집에서 용민이 용우 볼래?"

"아니야, 나도 용민이랑 용우 데리고 같이 나가 있을래."

나는 작년만 해도 가판대에 나가 있는 게 싫었다. 포도 수확 때가 되면 집집마다 일손이 달려 온 식구들이 다 나서지만 중학생들이 가판대에 나가 있는 경우는 별로 없었다. 우리 반에도 집에서 포도 농장을 하는 아이들이 네댓 명은 되었지만 작년까지 나 말고는 집안일을 돕는 애들이 아무도 없었다. 그런데 올해는 달랐다. 일손 구하기가 더 어려워져서 그런지 주말에 포도 팔게 됐다고 투덜거리는 애들이 꽤 생겼다.

"그런데 작은아빠, 이렇게 새벽에 누가 포도를 사 갈까?"

나는 차에 타자마자 연달아 나오는 하품을 억지로 참으며 작은
아빠에게 볼멘소리로 물었다.

"미리 가서 포장을 몇 개 해 놔야지. 그리고 요즘은 성묘 철이니
까 아침 일찍부터 강화 들어오는 사람들이 있을 거야. 다들 일찍
나왔을걸?"

작은아빠 말대로 큰길로 나오니 이미 가판대를 연 포도밭이 꽤
있었다. 상자를 몇 개 접어 저울에 올려 놓고 2킬로그램, 5킬로그
램 단위로 포장하는 일이 할머니와 내 몫이었다. 그런데 포도 상
자를 겨우 네 개 정도 만들었는데 첫 손님이 왔다. 성묘 가던 길이
라는 중년 아저씨였다. 첫 손님은 포도를 맛보더니 5킬로그램짜리
상자를 두 개나 사 갔다.

"이거, 오늘 왠지 잘될 거 같은데?"

작은아빠가 오만 원권 지폐를 흔들며 싱글벙글했다. 그러나 그
뒤로는 정오가 되도록 겨우 2킬로그램짜리 상자 세 개만 나가고
더는 팔리지 않았다. 정오가 지나 도시락을 먹고 났는데 느닷없이
광수가 나타났다.

"어, 너 웬일이야?"

"웬일은요? 삼촌이 그저께 그러셨잖아요. 심심하면 와서 포도
파는 거 도와 달라고."

"그걸 기억하고 온 거야? 역시 광수가 최고다."

"삼촌, 제가 오늘 100상자 팝니다."

"인마, 100상자를 어떻게 팔아? 50상자만 팔아도 감지덕지다."

"그래요? 그럼 제가 50상자 넘게 팔면 짬뽕 곱빼기 사 주셔야 해요."

"50상자 팔면 짬뽕 곱빼기에 탕수육도 사 준다."

"정말이죠?"

광수는 자전거를 평상 뒤에 세워 놓고는 다짜고짜 길가에 서서 목청 높여 외치기 시작했다.

"강화 섬 포도 사세요! 100프로 무농약, 해풍을 맞아 당도 일등인 강화 섬 포도, 강화 섬 포도의 으뜸 양도 포도. 양도 포도 중 최고인 용민이네 포도 사세요."

"하여튼 저 광수 넉살은 우리 면에서 최고다."

할머니가 흐뭇하게 웃으며 말했다. 그러나 나는 광수의 그 넉살과 뻔뻔함에 정나미가 뚝뚝 떨어진다.

"미친 거지."

나도 모르게 내뱉은 말에 할머니가 이맛살을 찌푸렸다.

"이 기지바이야, 너는 도대체 왜 광수한테 배알이 틀려서 그러냐?"

"나는 원래 쟤 싫어하거든. 할머니는 다 알면서……. 원래 할머니도 쟤 능글맞다고 싫다며? 와서 일 도와주니까 괜히 좋은 척해."

"입 안 다물어? 사람이 염치가 있어야지. 저렇게 마음을 쓰면 예쁘게도 봐주고 그래야 되는 거야. 어떻게 너는 광수 일이라면 트레

바리 짓을 해."

　더는 할머니랑 말씨름을 해 봤자 소용없을 것 같아 묵묵히 저울대에 상자를 올리고 포도를 담았다. 할머니는 손대중만으로도 5킬로그램 상자에 포도가 몇 송이 정도 들어갈지 척척 가늠해서 상자하나를 뚝딱 채웠다. 그런데 나는 저울 눈금을 계속 들여다보며 포도송이를 열댓 번은 넣었다 빼야 겨우 상자 하나가 완성됐다.

　"어서 옵쇼!"

　광수의 큰 소리가 들렸다. 깜짝 놀라 고개를 들어 보니 광수가그예 승용차를 한 대 세우고 손님과 함께 평상 앞까지 왔다. 그러더니 작은아빠한테 물어보지도 않고 포도송이 하나를 덜컥 집어들고는 종이 봉지를 열어 내주며 맛을 보라고 했다.

　"우리 포도는요, 그냥 무농약이 아니에요. 유기농 인증은 안 받았지만요. 저희 포도는 거의 유기농이에요. 저희 삼촌이 화학 비료를 거의 안 쓰고 직접 만든 미생물 발효액이랑 영양제를 뿌려서키운 거거든요. 맛을 보시면 아마 놀라실 거예요."

　풍채가 있고 옷차림도 꽤 부유해 보이는 중년 아저씨는 그런 광수의 설레발에 흐뭇한 표정을 지으며 포도를 맛보았다.

　"정말 단데? 마트에서 사 먹는 포도랑 맛이 달라."

　"그렇죠? 아마 향도 다를걸요? 이게 설탕 뿌리고 그러는 포도랑은 차원이 달라요."

　"그러게. 향이 아주 진한데?"

중년 아저씨가 포도알을 몇 번이나 먹어 보더니 고개를 끄덕이며 말했다.

"우리 사장님은 맛 보실 줄 아시네요."

정말 김광수의 저 능청, 소름이 돋는다.

"그런데 학생 나이가 몇이야?"

"저요? 중 3이요."

"아니, 넉살 좋고 말도 잘해서 고 3은 된 줄 알았더니."

그 말에는 광수도 멋쩍은지 머리를 긁적였다. 중년 아저씨는 평상 위에 어쩔 줄 모르고 섰던 작은아빠에게 물었다.

"우선 5킬로그램짜리 2상자 삽시다. 저, 그리고 혹시 배달도 됩니까?"

"배달이요?"

"포도가 괜찮네요. 거래처 선물로 줄 건데 상품으로 골라서 가져다줄 수 있겠소?"

"물론이죠. 저희 포도는 거의 다 상품입니다. 얼마나 필요하세요?"

"5킬로그램짜리로 80상자 정도 가능하겠소?"

작은아빠 눈이 휘둥그레졌다.

"그 대신 상자당 이천 원씩만 깎읍시다. 우리 처남도 저기 해남에서 유기농으로 파프리카 농장을 해요. 얼마나 힘든지 아니까 많이 깎지는 않아요."

"그럼요. 어휴, 고맙습니다."

"내가 작년에도 성묘 왔다가 포도를 사 갔어요. 그때도 반응이 좋았는데 이게 훨씬 낫네. 무농약이니 생색도 나고."

"그럼요, 그럼요. 여기 보세요. 무농약 인증 스티커가 딱 붙어 있잖아요."

광수가 추임새를 넣었다. 그러자 중년 아저씨가 광수의 머리를 쓰다듬으며 말했다.

"사장님은 좋으시겠어요. 이런 든든한 조카가 있으니."

"네, 감사합니다."

"혹시 명함 있으면 주십시오. 내년에도 혹시 필요하면 연락하리다."

"아이고, 감사합니다. 제가 명함은 없고요, 이 홍보용 전단지에 전화번호가 있습니다. 제가 논농사도 짓습니다. 우렁이 쌀이거든요."

중년 아저씨는 전단지를 접어 주머니에 넣고는 작은아빠에게 명함 뒤에다 주소를 적어 주었다.

"계약금 좀 드려야 하나?"

"아닙니다. 제가 이 회사를 압니다. 건축 자재 만드는 회사인 것 같던데요."

"네, 맞아요. 잘 아시네. 그럼 월요일까지 배달해 주실 수 있죠?"

"물론입니다."

중년 아저씨가 떠난 뒤 할머니와 작은아빠는 입이 귀에 걸렸다. 할머니가 광수 등을 두드리며 말했다.

"광수야. 네가 귀인이다, 귀인."

할머니 말에 광수가 어깨를 으쓱거리며 떠벌였다.

"그렇죠? 제가 복덩이라니까요. 제가 방학 때 일하던 감자탕집 사장님도요, 제가 오고 장사가 더 잘된다고 했었어요. 제가 좀 복덩이라니까요."

"어이구, 광수 너는 말로도 먹고살겠다."

"아니에요. 할머니, 저는요, 입이 아니라 몸으로 먹고살 거예요. 전 솔직히 아는 게 없어서 말로는 안 되고요. 몸으로 하는 건 자신 있어요. 그러니까 이다음에 할머니, 유정이는 저한테 시집보내셔야 해요."

"어이구, 이놈 좀 보게. 칭찬 좀 했더니 콧등에서 불이 나네, 불이 나."

"할머니, 그게 무슨 뜻이에요?"

"이눔아, 기세가 등등하다고. 우리 유정이한테 장가들라만 공부를 해야지. 공부를."

"할머니, 공부 잘하면 뭐해요? 전 공부 못해도 잘 살 자신 있어요."

정말 저렇게 떠벌이지만 않으면 눈곱만큼이라도 고마운 마음이 들었을지 모른다. 아니, 내 곁으로까지 와서 잘난 척만 안 했어도 고맙다는 말 한마디쯤 먼저 건넸을지 모른다.

"야, 윤유정. 봤지? 내 실력?"

내가 부루퉁해 있으면서 아무 말도 하지 않자 광수는 어깨를 으쓱하더니 말했다.

"음, 아직 부족하다 이거냐?"

그러고는 다시 길가에 서서 외치기 시작했다.

"해풍을 맞은 강화 섬 포도, 양도 포도, 용민 포도."

그런데 희한한 건 지나가던 차가 광수를 보고 길을 멈춘다는 거였다. 그 덕분에 아까 주문받은 것을 빼고도 2킬로그램짜리 10상자에 5킬로그램짜리 5상자나 팔았다. 작은아빠는 그런 광수한테 짬뽕뿐 아니라 탕수육을 사 주겠다고 했지만 웬일인지 손사래를 치며 말했다.

"내일 또 나올게요. 내일 사 주세요."

할머니가 정색을 했다.

"내일 왜 또 나와. 너희 할머이가 귀한 손자 데려다 고생만 시킨다고 뭐라 하믄 어떻게 할라고."

"아니에요. 할머니는 삼촌 일이라면 도와드리라고 하세요. 오늘도 허락받고 왔어요. 그동안 삼촌이 저희 집 일 많이 도와주셨잖아요. 맨날 도움만 받는다고 오히려 저더러 열심히 하라고 하셨어요."

"어이구, 너보다 너 할머이한테 인사를 해야겠네."

할머니가 또 한 번 광수 등을 두드려 주었다.

광수는 기어코 다음 날도 나와 전날만큼이나 포도를 팔았다. 작은아빠의 포도가 다른 농장 것보다 알이 더 굵고 탱글탱글한 데다 당도도 높은 덕분이기는 하지만 광수의 물건 파는 재주를 인정하지 않을 수 없었다. 주말 판매가 끝나고 작은아빠는 온 식구를 중국집으로 데려갔다. 그리고 채식하는 나는 먹지도 못하는 탕수육을 큰 걸로 시켰다. 용민이와 용우는 탕수육을 광수 못지않게 게걸스러울 정도로 먹었다. 그런데 저녁 먹는 자리에서 광수는 다시 한 번 내 속을 뒤집었다.

"삼촌, 식구들 가운데 제가 딱 있으니까 왠지 든든하죠?"

"그러게, 넌 이미 우리 식구 같다."

작은아빠는 내 속은 아랑곳하지 않고 광수 얘기에 맞장구를 쳤다.

"삼촌, 언제든지 저를 친조카처럼, 아니 조카사위로 생각하고 부르세요."

"조카사위라, 그거 괜찮네."

나는 더는 참지 못하고 작은아빠한테 부아를 내고 말았다.

"작은아빠, 작은아빠까지 나 놀리면 어떡해. 내 기분은 생각지도 않아?"

다행히 작은엄마가 내 편을 들어 주었다.

"오빠, 나빠요. 유정이 마음은 생각지도 않고. 그리고 광수, 유정이 놀리지 마세요. 그건 좋아하는 거 아니에요."

작은엄마의 말에 광수의 얼굴이 빨갛게 달아올랐다. 광수가 겸연쩍어하는 모습은 처음이었다.

평일에도 나를 뺀 세 식구가 가판대에 나가 포도를 팔았다. 식구들이 몇 주 동안 고생한 덕에 벌이가 쏠쏠했다. 추석을 앞두고 남은 포도는 가락동으로 넘겼다. 포도를 가판에서 직접 팔지 않고 모두 가락동 농산물 도매 센터로 넘겼으면 손해가 이만저만이 아니었을 것이다. 가락동에서는 친환경이든, 농약을 친 것이든 가격이 똑같아 손해가 많다. 작은아빠는 생활 협동조합 매장과 계약을 맺어 무농약 포도를 제값에 안정적으로 팔 수 있는 길을 찾고 있지만 쉽지 않은 모양이었다.

가락동에 넘기고도 남은, 송이가 작거나 알이 성근 포도는 즙을 내서 광수네와 우리 식구가 나눠 먹었다. 포도를 판 덕분에 목돈이 생기자 할머니나 작은아빠 얼굴에 화색이 돌았다. 추석을 앞두고 추석빔도 사 입고 추석 쇨 음식 준비도 넉넉하게 했다. 할머니가 장을 보기 전 작은아빠한테 말했다.

"광수네 형편이 말이 아니니 전이랑 송편은 우리 집에서 같이 하자고 해야겠다. 광수 할머이가 며칠 전에 버섯 농장에서 일하다가 넘어져서 요새 침 맞으러 다니잖어. 그 몸으로 혼자 차례 준비네 뭐네 하다가는 아주 초상 치르게 생겼어. 그 형님은 내 말은 귓

등으로도 안 들으니까 네가 가서 말해."

"알았습니다요. 주머니가 두둑해지니 구두쇠 우리 어머니 손에서도 인심이 쑥쑥 나오네. 내가 이래서 농사를 포기 못한다니까."

18. 가을이 풍요의 계절이라고?

들판이 누르스름하게 변하고 은빛 억새가 꽃을 피웠다. 코스모스가 한창이고, 은행이 떨어지기 시작했다. 추수를 앞두고 몇 주 동안 해가 쨍쨍 내리쬔 덕에 벼 낟알이 제법 굵어졌고, 밭에 김장거리로 심은 배추와 무도 무럭무럭 잘 자라는 편이다. 그래도 작은아빠의 얼굴은 좀처럼 펴지지 않는다.

"작년 수확의 70프로밖에 안 될 거 같아요."

작은아빠의 푸념에 할머니가 진강산을 올려다보며 말했다.

"들농사가 안 되면 대신 도토리가 풍성하다더니 올해는 도토리가 많다."

"그렇다고 산에 다니지 마세요. 무릎도 안 좋으시잖아요. 그냥 은행이나 주워 주세요."

"그거야 그냥 틈틈이 하만 되지. 그리고 도토리 주우러 꼭 산에 올라가나? 집 주변에 지천으로 널린 거이 도토리구만. 도토리가 아주 실해."

"아, 어머이. 또 슬쩍 넘어가지 마시구요. 절대로 산에는 안 돼요."

"알았다, 저 망할 자식이 이젠 어머이를 지 애 다루듯이 하네. 내가 어린애냐? 힘들게 높은 데까지 가게."

할머니는 정색을 하며 시치미를 뗐지만 나나 작은아빠는 할머니가 기어코 산에 오를 것을 알고 있었다.

"용민아, 학교 갔다 와서 할머이 안 보이면 아빠한테 전화해."

"내가 할머니 감시하는 거야?"

"그래."

할머니는 작은아빠를 보며 고개를 절레절레 저었다. 그러나 학교에 다녀오면 마당 한가득 도토리가 널려 있었다. 할머니는 고추 농사를 망쳤으니 도토리 가루라도 만들어 팔아야겠다고 속다짐을 한 모양이었다.

덕정산이나 진강산은 참나뭇과 나무들이 많았다. 떡갈나무, 졸참나무, 갈참나무, 굴참나무까지 종류도 많아 도토리 줍는 재미가 쏠쏠하다. 그러나 퇴행성 관절염으로 다리가 아픈 할머니가 배낭 가득 도토리를 메고 돌 많은 내리막길을 내려오는 건 아무래도 무리였다. 할머니가 도토리 줍는 걸 작은아빠와 작은엄마가 한사코 말리는 것도 그 때문이었다. 그러나 할머니 고집은 꺾을 수가 없다. 도토리가 풍년인데 그냥 넘길 할머니가 아니다. 도토리가 해마다 주렁주렁 열리는 게 아니기 때문이다. 보통은 서너 해에 한 번씩 풍년이 돌아온다. 도토리가 많이 열린 해는 집집마다 마당이나 지붕에 도토리를 말리고 커다란 함지박에 말린 도토리를 불린다. 할머니는 한 열흘 동안 도토리를 줍고, 날짜별로 구분해 도토리를 말렸다.

다행히 날이 좋아 도토리가 잘 말랐다. 도토리는 껍질과 알맹이 사이가 벌어질 때까지 말려야 한다. 그래야 까기 쉽다. 껍질 까는 일은 작은엄마와 작은아빠도 거들었다. 나는 시험을 핑계로 도토리 껍질 까는 일만큼은 모르는 척했다. 껍질을 까서 다시 바짝 말린 도토리 알맹이는 물에 담가 두었다가 방앗간에 가서 빻아 왔다. 그렇게 며칠을 고생해서 도토리 가루를 만든 할머니가 드디어 장에 갈 날이 다가왔다.

"내일 새벽에는 나 좀 읍까지 데려다 줘라. 도토리가 꽤 돼."

"그럴게요. 포장은 다 끝내셨어요?"

"그럼. 300그람, 500그람 이렇게 비니루에 담았어."

"몇 개나 돼요?"

"300그람 열 개, 500그람 열다섯 개."

"얼마에 파시게요?"

"300그람에 만 팔천 원. 500그람에 이만 오천 원. 그 정도믄 적당하까?"

"그럼요. 국산 도토리 가루를 어디서 사요. 아마 생협에서는 그것보다도 더 비싸게 팔걸요?"

"작년에는 도토리가 잘 안됐잖냐. 그래서 풍물시장 할머이들이 도매상한테 중국산 받아서 막 팔았어. 나는 시장에서 그런 건 좀 막아야 한다고 생각한다. 도시에서 온 사람들이 믿질 않아요. 도시 사람들이야 내가 얼마나 고생해서 도토리를 따 와서 말리고 가루를 냈는지 아무리 설명해도 알겠냐? 그러니 아예 시장 측에서 중국산 받아서 국산이라고 파는 할머이들은 발도 못 붙이게 해야 돼."

"그래도 어머이는 단골이 있다면서요."

"그럼, 내 도토리 가루야 믿고 사지."

용민이가 할머니와 작은아빠의 대화를 듣고 있다가 눈을 반짝였다.

"할머이. 도토리 가루 팔믄 나 축구공 사 줘."

"뭐이? 학교에 축구공 있잖어."

"형들만 갖고 놀고 우리한텐 안 준단 말이야."

작은아빠가 눈을 부릅떴다.

"이 녀석이. 갈수록 뭐가 그렇게 갖고 싶은 게 많아."

작은아빠의 꾸중에 입이 나온 용민이를 보며 할머니가 말했다.

"까짓것, 사 주께. 우리 맏손주 축구공 하나쯤 못 사 줄까."

"우와, 진짜야?"

"그럼."

"유정아, 넌 이거 좀 우주네 갖다 주고 오라."

"이걸 내가?"

"그럼 이 할머이가 가까?"

"아, 이따가 작은아빠가 차 타고 갔다 드리면 되지."

"이 기지바이야. 금방 했을 때 갔다 드려야지. 냉큼 다녀와."

"아, 낮에 용민이랑 밤 줍느라 산을 헤집고 다녀서 힘들어 죽겠구만."

"이 기지바이야, 밤은 너들이 먹을라고 주워 온 거지."

"용민이랑 나만 먹나? 반 푸대나 주웠단 말이야."

"잔소리 말고 어서 갔다 와."

오늘은 작은아빠의 생일 겸 마을 친목회를 우리 집에서 하기로 한 날이다. 할머니는 오늘 하루 종일 묵을 쑤고, 여름에 손질해 얼려 놨던 미꾸라지를 녹여 추어탕까지 끓였다. 할머니의 추어탕을 맛본 사람은 그 맛을 잊지 못한다지만 나는 들깨 향이 짙게 나는 걸쭉한 추어탕이 입에 맞지 않는다. 그러나 할머니가 쑨 도토리묵만큼은 정말 최고다. 약간 떫은 맛이 나면서 고소하고 부드럽고 쫀득쫀득한 할머니 표 묵은, 말로는 설명하기 어려울 정도로 참 맛있다. 이 묵을 우주한테도 맛 보이고 싶은 마음에 나는 귀찮고 창피한 걸 무릅쓰기로 했다. 그리고 부엌으로 가서 할머니 몰래 낮에 산에서 주워 와 삶아 놓은 밤 두 줌을 비닐봉지에 담았다. 산에서 줍는 토종 밤은 양식 밤과 달리 알이 작고 단단하다. 이맘때쯤 오솔길을 따라 사격장 밑에까지만 훑어도 밤 한 주머니 줍는 것은 일도 아니다. 밤이 잘 익을 무렵에는 바람만 불어도 나무에서 밤이 툭툭 떨어져 내린다. 나는 우주한테 내가 주워 와서 직접 삶은 밤도 맛보게 하고 싶었다.

　몇 번을 망설이다 우주네 집 초인종을 눌렀다. 제발 우주가 문을 열지 않기를 바라면서. 그러나 문을 연 건 역시 우주였다.

　"어, 유정아. 왜?"

　"우리 할머니가……."

　내 목소리를 듣고서야 주방 쪽에서 우주 엄마가 나왔다.

　"유정이구나. 웬 음식이니?"

　"오늘, 우리 논 추수가 끝나서 친목회를 우리 집에서 하거든요. 또 저희 작은아빠 생신이라서요. 그래서 할머니가 묵 쑤고, 추어탕 했다고 신부님 갖다 드리라고."

　"어휴. 신부님이 너희 할머니 추어탕이랑 묵이라면 사족을 못 쓰긴 하지. 고맙다. 음식 준비하려면 바쁠 텐데 여기까지 왔구나."

　"아니에요. 저는 별로 할 일도 없어요."

　나는 우주 엄마에게 음식을 전해 주었지만 점퍼 주머니에 넣은 삶은 밤은 따로 건네지 못했다. 우주 엄마에게 내밀기에는 너무 조출한 것 같고, 그 앞에서 우주한테만 주기도 민망했다. 서둘러 인사를 하고 현관 밖으로 나오는데 우주가 급히 쫓아 나왔다.

"문자 하지. 그럼 내가 갔을 텐데. 집에 손님 오시면 시험공부도 제대로 못 하겠네."

"너 불렀다가 우리 할머니한테 혼나게?"

우주는 안쓰러운 눈빛으로 물었다.

"공부는 하고 있어?"

"응."

"내가 메일로 보내 준 영어 문제는 풀어 봤어?"

"응? 아니, 아직."

"그거 기말고사 보기 전에 풀어 봐."

"알았어."

나는 우주와 이야기를 하는 동안 주머니에 있는 밤을 만지작거리며 망설였다. 우주는 이렇게 공부 걱정을 하는데 나는 한나절을 밤이나 줍고 다녔다고 말하면 얼마나 한심스러워할까 걱정이 되었다. 그렇다고 밤을 도로 가져가기는 싫었다. 나는 눈을 뚝 감고 용기를 내어 밤을 우주에게 내밀었다.

"이게 뭐야?"

"삶은 밤. 내가 오늘 용민이랑 주워 온 거야. 토종 밤이라 엄청 달아."

어리둥절해 있는 우주의 손에 밤을 쥐여 주고는 내리막길을 한

달음에 내려왔다.

저녁이 되자 광수 아버지, 이장 아저씨, 진강산 밑에서 양계장을 하는 최씨 아저씨, 이 년 전까지 버섯 농사를 짓다가 친환경 농업으로 바꾼 노씨 아저씨가 한꺼번에 들렀다. 이장 아저씨는 밥상 앞에 앉자마자 추수를 끝내고 오히려 어깨가 축 처진 작은아빠를 위로했다.

"그래도 우리 논보다는 자네 논이 훨씬 낫더만. 너무 기운 빠져 하지 말게. 지난여름에 태풍 볼라벤이 지나가고 나서 건평리랑 인산리 들판에 병이 싹 돌았는데 자네 논만 말짱했잖아. 나도 내년부터는 자네 따라 친환경적으로다가 우렁이 농법으로 농사를 지을까 봐."

그러자 양계장 최씨 아저씨가 말했다.

"이장님, 그런 말씀 마시겨. 친환경은 용민 애비처럼 젊은 사람이나 하는 거지. 용민 애비 고생하는 거 안 보이시꺄? 여름 내내 그 땡볕에 피사리하고, 툭하면 땅강아지랑 드렁허리가 논둑에 구멍을 내서 물 빠지지. 포도는 또 어떻고? 농약 치면 벌레가 싹 죽을 텐데 그거 안 치겠다고 맨날 비싼 친환경 제재 주문해서 뿌리고, 또 공부는 얼마나 하는지. 고생이 말이 아니더라고. 솔직히 이장님이 하는 농사는 일도 아니지."

이장님이 허허 웃으며 말했다.

"하긴, 친환경 농사는 젊어야 해."

작은아빠는 아저씨들의 위로에 억지웃음을 지으며 말했다.

"네, 저는 젊잖습니까. 너무 걱정 마세요. 저 끄떡없습니다. 그냥 피곤해서 그래요."

아저씨들이 추수에 대해 이런저런 이야기를 하는 동안에도 광수 아버지는 내내 말이 없었다. 그저 술만 마셨다. 할머니가 작은 아빠를 주방으로 따로 불러 광수 아버지가 술을 많이 마시지 않도록 신경을 쓰라고 당부할 정도였다. 이장 아저씨도 광수 아버지가 걱정되는지 지청구를 주었다.

"광수 아빠, 술 좀 천천히 마시게. 이 자리 끝나기도 전에 혼자 취하겠습니다."

광수 아버지는 이장 아저씨 말에도 대꾸가 없었다. 양계장 최씨 아저씨가 광수 아버지를 착잡한 표정으로 바라보다 작은아빠에게로 얼굴을 돌렸다.

"그나저나 이번에는 작년보다 농협 수매가가 좀 올랐다던데, 사실이지?"

"네, 관행농으로 지은 벼 수매가는 좀 올랐죠. 그런데 그 오른 값이 십 년 전 수매가랑 똑같아요. 작년에 쌀값이 워낙 안 좋았으니까 오른 것처럼 보이는 거예요. 거기다가 비료값은 또 다 올랐잖아요."

"친환경도 수매를 해 주긴 해 주지?"

"그렇긴 한데, 농협으로 넘기면 아무래도 싸죠. 그래서 저는 반은 직거래를 하고, 반만 농협으로 넘겨요. 그런데 친환경 비료값도 올라서…… 친환경이든 관행논이든 쌀농사는 힘들어요."

작은아빠 말이 끝나기도 전에 잠자코 있던 광수 아버지가 버럭 소리를 쳤다.

"농사는 다 끝이야. 논농사든, 축산이든 다 끝난 거야. 그 망할 놈의 에프티에이는 중국, 캐나다랑도 줄줄이 한다잖아. 다 죽으라는 거지. 중국 놈들이 얼마나 무서운지 알아? 그 넓은 땅덩어리에서 기르는 돼지가 이 지구 돼지의 반이란다, 반. 그걸 우리가 어떻게 당해? 심지어 지금도 건초를 중국에서 다 수입해 오는 판국이니. 경쟁이 안 된다고, 경쟁이."

양계장을 하는 최씨 아저씨가 맞장구를 쳤다.

"그건 자네 말이 맞네. 그타고 죽을 수도 없는 게 우리 신세 아닌가. 그게 안타까운 거지. 솔직히 내 생각에는 그 구제역인가 뭔가도 중국에서 수입해 오는 건초가 의심스러워. 이장님, 그 왜 선원면 살던 형님은 중국 여행 갔다 와서 구제역 옮겼다는 누명을 뒤집어쓰는 바람에 목까지 매지 않았습니꺄? 그런데 나는 사람 신발이나 옷으로 구제역 균이 옮는다는 건 말이 안 된다는 생각이 들어요. 중국에서 수입해 오는 농산물이며 사료가 얼마나 많은데."

"그나저나 양계장은 좀 낫쥬?"

이장 아저씨 말에 최씨 아저씨가 손사래를 쳤다.

"이장님, 모르는 말 마시겨. 난 올겨울에 또 조류 독감인지 뭔지 올까 봐 걱정이요. 게다가 올해 사료값이 또 올랐시다. 나도 성질 같으믄 양계 다 때려치우고 싶지. 이거 대기업에 닭고기 대는 것도 쉬운 일이 아니라구. 조건도 점점 까다로워지고 사료도 자기 회사 걸로만 쓰라 하고, 닭고기 대는 날을 자기들 멋대로 딱 맞추라고 한다니까. 나랑 마누라가 십 년 동안 어디 사람답게 살았시꺄? 양계장 현대식으로 하라 해서 다 해 놓고 나니 이건 물 주는 거, 밥 주는 거, 온도 맞추는 거 다 자동이라 정전이라도 될까 봐 어디 움직일 수가 있었냐고. 그러고도 무게가 일정하지 않다고 타박이나 받고. 아주 비위 맞추는 게 힘들어요. 그렇다고 중소기업이랑 거래를 하면 자칫 닭 다 키워 놨는데 안 가져가는 일이 생긴단 말이지. 이 닭은 아주 시장에 민감해서 값이 오르락내리락해. 아들놈이 공무원 시험에 합격만 하면 아예 그만둘 생각인데, 벌써 노량진에서 사 년째인데 소식이 없어요."

최씨 아저씨 말을 홍천 사는 노씨 아저씨가 받았다.

"그놈의 시설 투자가 사람 죽이는 거야. 나 봐. 버섯 하라 해서 빚 내서 시설 투자 해 놓으면 뭐해? 기름값을 감당 못해서 그만뒀는데. 우리 마을에서 지금 버섯 계속하는 데는 종개리 남궁 씨밖에 없어."

이장 아저씨가 노씨 아저씨의 말을 받았다.

"그 집은 체험 마을 뭐 그런 거까지 같이 하니까 수익이 좋지. 내 생각에는 이 농업도 머리를 써야 해. 종개리 남궁 씨는 사업적으로 다가 농업을 하니까 이게 먹히는 거라고. 그래서 정부도 시설에 투자해라, 돈 되는 농업을 해라, 이러는 거지. 이제는 이 농업도 공부하고 머리를 써야 한다고. 내 생각에는 이제 쌀농사나 주먹구구식으로 하는 그런 농사는 발전이 없어요. 솔직히 쌀 수입량은 해마다 늘 거고, 이제 미국이랑 중국에서도 쌀 들여오므는 경쟁력이 없다니까. 용민 아빠는 젊고 머리도 좋으니 그런 걸 좀 찾아봐."

이장 아저씨 말에 작은아빠의 얼굴이 굳어졌다. 이장 아저씨 말에 화가 난 것은 작은아빠만이 아니었나 보다. 노씨 아저씨가 갑자기 버럭 화를 냈다.

"아, 이장님은 거 면이나 농협에서 돈이라도 받았시꺄? 꼭 저쪽 편에 서서 얘기를 하십디다. 솔직한 말루다가 남궁 씨가 머리를 썼나? 돈을 썼지. 용민 아빠가 머리를 안 써서 언태 고생을 했시꺄? 이 사람만큼 농촌 살리려고 애쓰고 공부하는 사람 어디 있습디꺄? 아무리 논농사가 힘들다 힘들다 해도 우리 농민의 70프로가 논농사를 짓는답디다. 쌀농사 포기하믄 농사 다 접는 거지. 무슨 사업적으로 머리를 씁니까? 돈 있는 이장님이나 그렇게 하시겨."

노씨 아저씨 말에 이장 아저씨 얼굴이 노여움으로 가득 차 언성을 높였다.

"자네는 왜 나한테 화를 내나? 나는 그냥 원칙적으로다가 우리 농업이 발전하려면 그래야 한다 이렇게 말한 거지."

주방에 있던 할머니와 나는 혹시라도 싸움이 날까 가슴이 조마조마했다. 다행히 작은아빠가 나섰다.

"에이, 왜들 그러세요. 오늘은 제 생일입니다. 생일."

이장 아저씨가 노씨 아저씨를 못마땅한 듯 노려보며 헛기침을 했다. 노씨 아저씨 역시 고까운 눈빛으로 이장 아저씨를 쏘아보았다. 이번에는 최씨 아저씨가 말을 했다.

"농민들이 목소리를 내야 해, 목소리를. 자동차 살리겠다고 논농사도, 낙농도, 축산도 다 포기하라는데 우리 면 사람들은 다들 입 꾹 다물고 있잖아. 이러면 우리가 호구인 줄 안다고. 한미 에프티에이 이건 아무것도 아니야. 광수 아빠 말대로 중국이랑 에프티에이 협상하고, 통과되고, 발효되면 우리나라 농업은 정말 다 죽는다구. 이렇게 개방이 되믄, 수입 농산물에 그 지엠오인가 뭔가 하는 게 수두룩 들어올 거고. 그럼 국민이 암에 더 걸린다 이거야. 그러니 이게 사실은 농민 문제가 아니라 온 국민 문제라구. 농민들이 다 같이 청와대로 가야 한다구."

최씨 아저씨 말에 이장 아저씨가 정색을 했다.

"아, 자네들 같은 생각이 문제라니까. 그렇다고 뭐가 달라져? 어차피 나라에서 한다고 하면 못 막아. 내가 정부 편이라서가 아니라 언태 보면 나라에서는 어차피 소농은 다 죽일 생각이라고. 근데 정부에 있는 사람들 다 공부 많이 하고 유학 다녀온 사람들 아닌가? 내 생각에는 그 사람들이 이제 농업은 희망이 없다 생각하고 에프티에이 그런 걸 하는 거라고. 우리 아들도 그러더라고. 이제 강화는 관광 농업 그쪽으로 개발하는 게 그나마 살길이라고."

"아니, 이장님 큰아들이 농사에 대해 뭘 안다고 그런 말을 한답디까? 관광 농업? 그것도 다 돈이라니까요. 체험 학습장 만들고 펜션 만들고 그거 다 돈이라구요. 농업에 대해 모르는 큰아드님은 그냥 열심히 자동차나 만들라고 하시겨. 아니, 이장님이 나서서 농업은 희망이 없다 하면서 우리더러는 머리를 쓰라니, 원. 앞뒤가 맞아야지."

이장 아저씨 큰아들은 부평에 있는 큰 자동차 회사에 다닌다. 자칫하면 아저씨들과 이장 아저씨 사이에서 싸움이라도 날 것 같아 조바심을 내고 있는데 할머니가 거실로 나갔다.

"자, 자 이제 그만하시겨. 벌써 11시요. 내일 벌판에 추수하는 집도 많다는데 가서 쉬시겨."

마을 어른들이 하나둘 일어나 현관을 나서는데도 광수 아버지는 앉아서 계속 술을 마셨다. 가장 먼저 밖으로 나갔던 노씨 아저씨가 다시 들어와 광수 아버지를 부축해 나갈 때는 이미 몸을 제대로 가누지도 못했다.

19. 화재

아침이면 따뜻한 이불 속에서 나오기 힘든 계절이 되었다. 며칠 전부터 화목 보일러를 틀기 시작해 온 집이 은은히 퍼지는 참나무 타는 냄새로 아늑하다. 세 번째 알람이 울리고도 몇 번을 더 뒤척이다가 일어나 씻었다. 교복을 입고 용민이와 식탁 앞에 앉아 밥을 먹으려는데 새벽 기도를 갔던 할머니가 뛰어 들어오며 소리를 쳤다.

"용민 애비야, 용민 애비야, 큰일 났다. 마을에 불이 난 거 같어. 광수네 집 쪽 같어."

그리고 곧이어 작은아빠의 휴대 전화가 울렸다. 작은아빠가 황급히 뛰쳐나간 뒤, 용민이와 나도 책가방을 메고 허둥지둥 집을 나섰다.

마당으로 나가 마을을 내려다보니 광수네 집 쪽에서 검은 연기가 치솟고 있었다. 살문리 삼거리까지 내려가 교회 쪽을 올려다보니 교회 뒤로 검은 연기 아래에 붉은 불길이 언뜻언뜻 보였다. 광수네 집은 오래된 한옥인 데다 집 뒤로 헛간과 우사가 나란히 맞붙어 있어 불이 나면 집이며 목장이 다 타 버릴지도 몰랐다. 교회로 가는 오르막길에는 소방차 세 대가 줄을 서 있었다.

"사람은 안 다쳤시꺄?"

"모르겠시다. 이장님 말로는 광수 아빠가 요즘 축사 옆방에서 잔다던데 저 검은 연기 나오는 데가 축사 옆이지?"

"아니야. 축사보다 뒤야. 소 운동 시킨다고 톱밥 깔아 놓은 데, 그쪽 같은데?"

마음 같아서는 당장 광수네로 뛰어 올라가고 싶었지만 소방차와 어른들로 길이 막혀 꼼짝도 할 수 없었다. 그런데 사람들 사이로 머리를 감고 채 말리지도 못한 지희가 보였다.

"지희야, 광수는?"

"몰라. 우주가 봤을 때는 자기 할머니 업어서 나오더니 다시 아빠 모시러 간다고 들어갔대."

"뭐라구? 불난 데로?"

"응. 그런데 바로 119 아저씨들이 따라 들어갔다니까 괜찮을 거야."

검은 연기가 점점 마을을 덮어 가고 있었다.

"구급차다."

누군가가 외치는 소리에 뒤를 돌아보니 119 구급차가 내려오고 있었다. 삼거리 오르막길은 소방차가 가로막고 있어 목장 오른편 비포장 농로를 따라 구급차가 내려온 모양이었다. 그 뒤로 작은아빠의 트럭도 따라 내려왔다. 마을 사람들이 트럭을 세우고 물었다.

"어떻게 된 거야? 119에 누가 탄 거야? 광수 애비야, 광수 할머이야?"

"어머이는 괜찮으시고요, 형님이 정신을 잃었어요. 질식을 한 건지 기절한 건지 잘 모르겠어요. 화상도 좀 입었고. 일단 저는 구급차 따라가 볼게요. 불길은 잡혔다니까 여긴 이장님이랑 농민회 형님들이 뒤처리할 거예요."

어른들은 광수 이야기는 하지도 않았다. 입이 바싹바싹 말랐다.

"광수도 구급차 탄 건가?"

"그렇겠지. 윤유정, 너 왜 이렇게 안달이야. 괜찮을 거라니까."

"저렇게 불이 많이 났는데……."

목이 콱 메었다. 구급차와 작은아빠의 트럭이 마을을 벗어날 즈음에 우주가 내려왔다. 지희가 달려가 물었다.

"이우주, 김광수는?"

"걱정 마. 안 다쳤어. 걔네 아버지랑 구급차에 타고 갔어. 광수 걔 대단하더라. 할머니 업고 우리 집까지 내려왔어. 광수 할머니는 지금 우리 집에 계셔."

광수가 무사하다는 말을 듣고서야 눈물이 핑 돌았다. 지희가 어리둥절해서 나를 쳐다보았다. 나도 왜 눈물이 나왔는지 모르겠다.

불에 탄 곳은 광수 아버지가 주로 머물던 8평짜리 컨테이너와 사료 창고로 쓰던 빈 헛간이었다. 우사에도 불길이 닿았지만 크게 훼손되지는 않았다. 다행히 집유기 쪽은 멀쩡하고 살림집도 타지 않았지만 소방수가 들어와 온 집 안이 엉망이 되었다. 광수 아버지는 읍내 병원에서 응급 치료를 받은 뒤 김포에 있는 큰 병원으로 갔다. 술에 취해 자다가 깨서 비몽사몽인 상태로 불을 끄느라 왼쪽 팔과 어깨에 화상을 입었다고 한다. 한 달 정도 입원 치료를 해야 했다. 화재 원인은 담뱃불로 결론이 났다. 광수 아버지가 술에 취해 기억조차 못하는 상태라 방화죄 같은 것은 성립되지 않았다.

광수네 식구가 병원에 있는 동안 마을 사람들은 물난리가 나다시피 한 광수네 집을 치웠다. 작은아빠와 아저씨들은 불탄 컨테이너와 창고의 잔재들을 치우고, 반쯤 타 버린 우사와 창고를 정리했다. 병원에 입원한 광수 아버지는 목장을 부동산에 내놓겠다고 했지만 광수 할머니가 펄쩍 뛰었다. 그 땅은 광수 할아버지가 삼 대째 농사짓던 땅을 인천공항 자리로 내주고 받은 보상금으로 산 것이었기 때문이다. 다행히 화재 보험을 들어 둔 덕에 병원비와 우사 복구비는 나왔지만 다시 소를 들이려면 들어가야 할 돈이 만만치 않았다. 그래서인지 병원에 면회 가서 본 광수 아버지의 얼굴은 평소보다 더 어두웠다.

마을 어귀에 버스가 도착하자마자 나는 서둘러 내렸다. 지희는 내 팔목을 잡아끌며 같이 읍에 나가자고 했지만 끝내 뿌리쳤다.

"윤유정, 넌 왜 읍에 안 나가?"

"나 원래 노래방 싫어해."

오늘은 학교 버스가 정기 점검을 받는 날이라 운행을 하지 않았다. 그러자 반 아이들 몇몇이 읍으로 놀러 가자고 바람을 넣어 대부분이 몰려 나갔다.

학교 버스가 운행을 하지 않으면 마을회관까지 1킬로미터를 더 걸어야 하지만 향긋한 들국화 향기를 맡으니 기분은 그리 나쁘지 않았다. 가을에 들국화마저 없었다면 나는 허전한 마음을 감당하기 힘들었을 것 같다. 책이나 방송에서는 가을을 풍요로운 결실의 계절이라느니, 독서의 계절이라느니 하며 미화하지만 나는 가을이 가장 쓸쓸하고 허전하다. 물봉선화와 고마리 꽃이 피고 해가 짧아지기 시작하면 이상하게 마음 한구석이 외로워진다. 그러다 가을이 계절의 문턱을 막 넘어서서 보랏빛 개미취와 쑥부쟁이 꽃이 만발할 때쯤이면 내 가슴속 어딘가에서 서늘한 바람이 불어온다. 나도 가을의 풍요를 느낄 때가 없는 것은 아니다. 이렇게 노란 들국화가 만개하고 추수한 쌀이 농협 마당에 그득히 쌓인 것을 볼 때는 벅차오르는 느낌이 들기도 한다. 그러나 용내천 위로 호를 그리며 날던 노랑할미새마저 보이지 않을 때쯤, 놀이터 그네에 앉아 텅 빈 들판을 내려다보면 논둑과 길가에 핀 은빛 억새와 벌판 너머 고등어빛 바다가 쓸쓸하게 느껴진다. 더욱이 그 빈 들판으로 까치와 까마귀 떼가 날아들기 시작하면 가슴이 뻥 뚫리는 것처럼 허우룩해진다. 그렇게 가을을 보내는 동안 나는 딱히 누군지도 모를 어떤 이를 그리워하고, 노래를 듣다가, 파란 하늘을 올려다보다가 눈물을 찔끔찔끔 찍어 낸다.

"날씨 진짜 좋다. 나는 가을이 제일 좋아. 윤유정, 너는 어느 계절이 좋아?"

내 뒤를 조용히 따라오던 우주가 물었다. 우주는 언제나 뜬금없다.

"나는 봄이 좋아. 여름도 좋고. 가을은 뭔가 허전해."

"그래? 난 가을이 좋은데. 날씨도 좋고, 뭔가 풍요로운 느낌도 들고."

"다들 그렇게 말하는데 나는 가을이 되면 오히려 불안해지고 외로워지고 그래. 그러니까, 내 주변에 가깝게 있던 것들이 하나둘씩 떠나가는 느낌이라고 해야 하나? 새들도 다 떠나고, 초록빛도 사라지고. 선생님들도 가을에 책을 읽으면 집중이 잘된다고 하는데, 나는 오히려 집중이 안 돼."

"와, 윤유정 너 시인 같다. 근데 쓸쓸한 건 겨울이 더 그렇지 않아?"

"시인은 무슨. 어쨌든 나는 가을이 더 쓸쓸해. 겨울은 좀 심심하긴 해도 쓸쓸하지는 않아."

우주는 자못 진지한 표정으로 고개를 끄덕였다. 우주는 내가 하는 말은 무조건 진지하게 듣는다. 내가 하는 말에 어떻게든 꼬투리를 잡으려는 광수와는 다르다. 가끔 그런 우주의 모습이 귀엽게 느껴질 때가 있다. 우주가 다시 말없이 걷다가 뭔가 생각난 듯 개울쪽으로 갔다. 그러더니 들국화를 가리키며 물었다.

"참, 나 너한테 물어볼 거 있었어. 이 꽃이 감국이야, 산국이야?"

나는 개울가로 간 우주를 따라가 들국화 꽃잎을 하나 뜯어 앞니로 살짝 씹어 보았다. 달큰한 맛이 배어 나왔다.

"감국이네."

"그걸 맛으로 알아?"

"응. 우리 할머니가 가르쳐 준 건데, 나도 언뜻 봐서는 감국이랑 산국은 잘 구별이 안 가거든. 그럴 땐 이렇게 살짝 씹어 보면 돼. 감국은 약간 달큰하고 산국은 써. 전 신부님은 감국이 피면 꽃송이를 따서 말렸다가 차로 드셨어."

"아, 그렇구나. 나도 이제 감국이랑 산국은 구별할 수 있게 됐네."

"그래서 좋아?"

"응. 참, 윤유정, 너 중간고사 평균 90점 넘었더라. 광수도 평균이 15점이나 올랐대."

"시험이 쉬웠잖아."

"뭐, 평소랑 비슷하던데. 그리고 다른 애들은 여전히 못 봤잖아. 광수 놀라워. 고등학교 정하고 나서 정말 열심히 했어."

광수는 인천에 있는 공고로 진학하겠다던 결심을 접고 경기도 어디쯤에 있다는 농업 특성화 고등학교에 원서를 넣었다. 그리고 중간고사 내내 정말 공부를 열심히 했다.

"광수가 시험 기간에 우리 집에 와서 수학이랑 영어를 다 물어 봤다니까."

"그랬구나."

대답은 시큰둥하게 했지만 솔직히 나도 광수의 성적이 오른 것을 보고 적잖이 놀랐다. 시험이 쉬웠다며 애써 광수의 노력을 깎아 내리긴 하지만 다른 아이들 성적은 고만고만했다. 우리 학교 아이들이 성적에 아등바등하지 않는 것은 강화가 비평준화 지역인 까닭도 있다. 이미 중학교 성적에 따라 갈 학교가 정해져 있고, 그 학교에 따라 자기 미래도 결정된다고 생각하는 아이들이 많다.

"참, 윤유정. 지난번 너 숲 해설가 그런 거 하고 싶다고 했었잖아. 그래서 내가 좀 찾아봤더니 생태나 환경 쪽 학과가 있더라. 서울에 있는 대학 중에도 에코 과학부, 생태 공학부 같은 게 있고 지방 국립대에도 있어."

"그건 나도 알아. 근데 다 높은 데야."

"고등학교 가서 더 열심히 하면 되지."

"숲 해설가 이런 건 그냥 취미로 해도 된대. 나는 돈 벌어야 해."

"돈? 그럼 수의사는 어때?"

"수의사?"

"넌 동물도 좋아하잖아. 수의사 하면 돈 잘 벌지 않을까?"

"있잖아, 이우주."

"응?"

"네가 관심 가져 주는 건 고마운데, 솔직히 나는 그만한 능력도 없고, 그리고 더 솔직히 말하면 아직 대학 같은 거 별로 생각 안 해 봤어. 있잖아, 내가 정말 궁금해서 그러는데, 원래 이렇게 벌써부터 대학 걱정하고 준비하고 그래야 하는 거야? 내가 시골 애라서 잘 몰라서 그런가?"

내 말에 우주는 몹시 겸연쩍어하며 변명하듯 말했다.

"아, 미, 미안해. 나는 그냥……. 나도 모르게 울 엄마 안달이 몸에 뱄나 봐. 나도 그런 거 싫어하면서."

"그렇다고 그렇게 미안해할 건 없어. 민주 같은 애들 봐도 학원 다니고 수학 과외도 한다니까 너처럼 미리 준비하는 게 맞는지도 모르지. 내가 뭘 잘 모르잖아."

우주는 무안한 얼굴을 한 채 주위를 두리번거리다가 뜬금없이 마을 정자나무를 가리키며 말했다.

"윤유정. 우리 저기 앉았다 갈래?"

"왜?"

"더우니까. 그동안 저기 한번 앉아 보고 싶었는데 혼자서는 쑥스러워서 못 앉았거든."

10월 중순이 넘었는데도 아직 오후 햇볕은 따갑다. 그래서 마을 어귀에서 마을회관까지 걸어오는 동안 땀까지 났다.

"좋아. 땀 식히고 가자."

다행히 느티나무 아래에는 아무도 없었다. 마을 사람들의 쉼터이자 정자나무인 이 느티나무는 바로 뒤로 큰 밤나무가 있어 동북쪽으로는 나뭇가지가 뻗지 못하고 서남쪽을 향해 더 많이 뻗어 있다. 그래서 여름이 되면 평상 위로 그늘이 더 많이 진다. 내가 어렸을 때부터 있던 이 느티나무 아래 평상은 마을 아이들의 소꿉놀이터였다. 또 무더운 여름에는 마을 어른들이 이 나무 그늘에 줄 서듯 앉아 바람을 쐬고 막걸리를 마시며 이야기꽃을 피웠고, 더러는 평상에 누워 낮잠을 자기도 했다. 그러나 이제는 한여름이 되어도 정자나무 아래가 썰렁하다.

나는 평상 대신 느티나무 아래 시멘트 턱으로 갔다. 울긋불긋 빛이 바래 떨어진 느티나무 잎을 손으로 쓸어 내자 우주가 가방에서 물휴지를 꺼내 내게 내밀었다. 속으로 뜨끔했지만 태연하게 물휴지를 받아 손을 닦았다. 우주가 나무를 올려다보며 물었다.

"이 느티나무는 백 년쯤 됐나?"

"아니, 아직 육십 년 좀 넘었을걸? 노인회장 하는 할아버지의 아버님이 육이오 전쟁 끝나고 심은 거라고 했어. 나무가 생각보다 빨리 자라는 거 같아. 마을 어른들이 그러는데 육이오 때는 저 진강 산이 완전 민둥산이었대."

"아, 육십 년 만에도 숲이 저렇게 변할 수 있구나."

"신기하지? 진강산에 고로쇠 나무도 있다. 원래 아주 깊은 산에 만 있다는데 여기도 용케 몇 그루가 있어서 할아버지들이 이른 봄 에는 고로쇠 물도 받아."

"그래? 가만 보면 살문리는 정말 좋은 게 많아."

"넌 우리 마을에서 뭐가 좋은데?"

"냇가도 좋고, 계곡도 산도 좋고, 집들도 예쁘고, 또 너도 살고."

"나? 뭐야, 이우주. 너 농담도 할 줄 알아? 그런 말 하니까 꼭 김 광수 같다."

"그래? 그럼 성공이다. 난 광수처럼 털털하고 재미있는 애가 되 고 싶거든."

"야, 그런 말 마. 걔처럼 되고 싶다니."

"왜? 광수가 어때서?"

"난 그런 애들은 질색이야."

"그래? 난 떠나기 전에 광수랑 절친 되는 게 목표인데."

"떠난다고? 너 이사 가? 신부님 다른 곳으로 발령 나셨어?"

"아니, 아직은. 그런데 삼 년이나 있었으니까 당연히 다른 데로 가겠지. 나도 너희처럼 태어난 데서 오래오래 살면 좋겠다. 적응할 만하면 떠나야 하는 게 너무 힘들어."

"힘들어?"

"그럼, 힘들지."

"그렇구나. 힘들구나."

"뭐야? 윤유정."

"난 너도 힘든 게 있을 거라는 생각을 한 번도 안 해 본 거 같아."

"진짜? 왜?"

"그냥. 넌 별로 걱정거리가 있을 것 같지 않으니까. 넌 부모님도 다 계시고, 가족들이랑 화목하고, 또 공부도 잘하고, 키도 크고, 성격도 좋고, 아는 것도 많고, 취미도 고상하고. 부족한 게 없잖아."

우주는 내 말을 잠자코 듣더니 씁쓸하게 웃었다.

"네 말대로라면 나 완전 엄친아네?"

"그렇지. 우리들한테는 엄친아지."

"그래서 나를 멀리하는 건가?"

"누가 너를 멀리해? 내가?"

"너뿐 아니라 광수, 지희도."

"어? 난 3학년 돼서는 너랑 친해졌다고 생각했는데. 가끔 문자도 하고, 이렇게 얘기도 하고."

"난 더 친해지고 싶거든."

"더?"

"응. 너나 광수, 지희랑 같이 영화도 보러 가고, 얘기도 많이 하고, 서로 집에 놀러 다니고."

"네가 그런 생각을 했어?"

"윤유정, 나는 뭐 이런 생각 하면 안 돼?"

"아니, 나는 3학년 와서는 너랑 친해졌다고 느꼈거든."

"그래, 쪼끔, 아주 쪼끔 친해졌지. 그런데 나도 광수랑 지희랑 너랑 그러는 것처럼 장난도 치고 편하게 지내고 싶거든."

"근데 그건 좀 어렵지."

"왜?"

"그냥, 넌 우리랑 다른 거 같거든. 어쩌면 열등감 같은 건지도 모르겠지만. 광수랑 지희랑은 툭하면 싸우고 서로 삐치고 말도 함부로 막 해도 금세 풀려. 그런데 너한테는 왠지 그러면 안 될 것처럼 느껴져. 그러니까 그게, 넌 아무래도 전학을 왔고, 또 신부님 아들이니까."

우주의 얼굴이 시무룩해졌다.

"그래, 어디서든 그랬어. 나는 전학을 많이 다닌 데다 신부님 아들이라는 것 때문에 친구들이랑 쉽게 친해지지 못했어. 그래서 가끔은 내가 신부님 아들이라는 게 싫었어. 언제나 예의 바르고 착한 아이로 사는 건 힘들어. 맨날 솔선수범해서 어른들을 공경해야 하고, 뭐든 양보해야 하고, 내 욕심 같은 건 드러내서는 안 되고, 교인들 앞에서 좋고 싫은 내색도 하면 안 되고. 성공회 교회는 작으니까 내 행동 하나하나가 다 드러나잖아. 그러니까 신부님 아들답게 항상 모범이 되어야 한다는 게 우리 엄마 아빠 생각이거든."

"부담스러웠겠다."

"그럼, 엄청 부담스러웠지. 근데 내가 나 자신한테 짜증 나는 게 그거야. 우리 누나는 엄마 아빠가 뭐라고 하든 상관없이 자기가 하고 싶은 거 맘대로 하고 주위 신경 안 쓰고 그랬거든. 근데 난 그게 안 돼. 누가 보지 않아도 나는 착하게 행동해야 하고, 아빠 마음에 드는 예의 바르고 겸손한 사람이 되려고 노력하고, 엄마 마음에 드는 공부 잘하는 아들이 되려고 노력했어. 우리 누나가 나더러 이런 성격 안 고치면 친구 사귀기 힘들다고 하더라. 그래서 살문리로 올 때는 친구도 많이 사귀겠다고 결심했었는데……."

나는 곁눈질로 우주의 얼굴을 살폈다. 내게는 우주의 말이 무척 슬프게 들리는데 정작 우주의 표정은 평소처럼 차분하고 담담하다. 그런데 곰곰이 생각해 보니 우주의 표정에서는 언제나 감정이 잘 읽히지 않았다. 무엇을 감추든 마음에 비밀을 숨겨 두고 사는 것은 슬프고 힘든 일이다. 나는 그걸 안다. 우주도 나처럼 드러낼 수 없는 고민이 있었다고 생각하자 우주와 나 사이를 막고 있던 보이지 않는 막 하나가 걷힌 느낌이 들었다.

"너, 많이 힘들었겠다."

우주가 고개를 돌려 나를 내려다보았다.

"응."

"혼자 외로웠겠다."

아주 짧은 순간, 우주의 눈에 눈물이 맺혔다 사라졌다.

"윤유정, 이상하다. 네가 그렇게 말해 주니까 마음이 편해져."

"그래? 그럼 다행이야."

"고마워."

고맙다는 우주 말에 갑자기 가슴이 콩닥거렸다. 나는 내 감정을 들키지 않으려고 얼른 말머리를 돌렸다.

"참, 축하해."

"뭘?"

"과학고 1차 합격."

"아직 더 남았는데, 뭐."

"넌 붙을 게 확실하잖아."

"붙는 게 반드시 좋은 건지는 모르겠어."

"왜?"

"걱정되는 게 많아서."

"좋은 학교 붙으면 좋지 뭐가 걱정돼?"

"가서 공부할 것도 걱정되고, 친구들 새로 사귀는 것도 걱정되고. 또 돈 걱정도 되고."

"돈 걱정? 과학고 가면 돈 많이 들어?"

"아무래도 일반 고등학교보다는 많이 들겠지. 외고보다는 훨씬 싸다지만 기숙사비랑 하루 세 끼 식대, 간식비, 보충 학습비에 등록금까지. 부담이 크지."

성공회 신부님 월급이 많지 않다는 것은 작은아빠나 할머니한테 들어서 알고 있지만 그래도 우주가 돈 걱정을 하니 뜻밖이었다.

"너희 엄마 선생님이시잖아. 선생님이면 돈 많이 받지 않나?"

"울 엄만 기간제 교사라서. 다른 교사들하고 월급은 비슷하지만 언제 그만둘지 모르잖아. 아빠가 다른 데로 발령받아서 강화 떠나게 되면 다른 데서는 기간제 자리 얻기가 힘들대. 도시에서는 기간제 교사도 경쟁률이 세대. 우리 식구는 여기서가 가장 좋았어. 여기 오기 전에는 엄마가 주로 학원 강사 하셨거든. 아빠 월급은 적은데 누나한테 돈이 많이 들어갔으니까. 예고도 음대도 다 돈 엄청 들잖아. 여기 오기 전에는 돈 문제랑 교회 일 때문에 아빠랑 엄마가 자주 다퉜어. 원래 남편이 사제면 아내가 할 일이 많거든. 안 그러면 신자들이 별로 안 좋아하기도 하고. 근데 학원 강사는 거의 밤에야 일이 끝나니까 힘든 게 많았지. 근데 여기서는 엄마가 퇴근 시간도 빠르고, 토요일 일요일 다 쉬니까 교회 일도 하실 수 있어서 좋아. 신도들도 다 좋으시고."

"그런데 신부님하고 사모님도 부부싸움 해?"

"그럼, 부부싸움 안 하는 집이 어디 있어? 그리고 솔직히 말하면 우리 엄마가 좀 욕심이 많아. 우리 누나 예고 보낸 것도 엄마 고집 때문이거든. 내가 과학고 지원하게 된 것도 엄마 때문이고. 그러니까 늘 경제적으로 쪼들리고. 그래서 아빠랑 의견 충돌이 많은 편이야."

그동안 내가 알던 우주는 겉모습뿐이었다. 생각해 보면 우주와 길게 말해 본 적이 별로 없다. 1학년 때 두 달 동안 짝이었을 때나 3학년 때 짝을 했을 때도 필요한 말 외에는 나눈 적이 없다.

"너랑 한마을에 살고, 같은 교회 다니고, 게다가 학교에서도 날마다 만나는데 나는 너에 대해서 아는 게 별로 없다."

"거봐. 네가 나한테 얼마나 관심이 없었는지 알겠지? 앞으로는 관심 가져 주기다."

"알았어. 이제 가자. 우리 할머니, 왜 이 기지바이 안 오나 하고 계실 거야. 가서 아기 봐줘야 작은엄마가 저녁 하시거든."

우주와 내가 일어나 엉덩이를 털고 있을 때 갑자기 광수가 우리 앞에 나타났다. 마치 순간 이동이라도 해 온 듯이 말이다.

"어? 이게 무슨 일이지? 이우주, 윤유정. 너희 뭐냐?"

빈정거리는 광수의 말에 대답을 하는 대신 시계를 내려다보니 어느새 5시 20분이었다. 읍에서 5시에 출발한 마을버스가 어느새 마을회관까지 왔다 나간 모양이었다.

"너희 커플이냐?"

광수가 우주와 내 앞으로 바싹 다가와 느물거리며 물었다. 그러자 우주가 담담하게 대답했다.

"커플? 그럼 좋겠다. 그냥 집에 가다 얘기한 거야."

"학교 끝난 지가 언젠데? 둘이 뭔 할 얘기가 그렇게 많으셔? 언제부터 친했다고."

나는 자꾸 빈정대는 광수의 태도를 더는 참고 볼 수가 없어 광수를 밀치며 쏘아붙였다.

"나 빨리 가야 하니까 비켜. 내가 이우주랑 친하든 말든 관심 꺼
서."

광수가 내 뒤에다 대고 소리를 쳤다.

"뭐 죄지었냐? 도망가게!"

사실 광수한테 그렇게까지 화를 낼 일은 아니었다. 그렇지만 우
주와 내가 같이 있는 모습을 광수한테 들킨 것이 쑥스럽고 민망
했다.

집에 와서 가방과 휴대 전화를 책상 위에 던져 놓고 샤워를 하
고 나와 보니 우주한테서 문자가 와 있었다.

—오늘 대화 즐거웠는데……
괜히 나 때문에 광수랑 다투는 거 아냐?

—아냐. 우린 원래 그래. 신경 쓰지 마

—알았어. 낼 봐~

광수만 나타나지 않았다면, 살문리 삼거리까지 걸어와 자연스
럽게 헤어졌다면 나도 우주처럼 즐거웠다는 문자를 보냈을지 모
른다. 침대에 누워 아까 정자나무 아래서 우주와 나눴던 이야기를

곱씹어 보았다. 그런데 불현듯 광수가 커플이냐고 한 말에 우주가
그랬으면 좋겠다고 한 말이 떠올랐다. 그게 무슨 뜻이었을까? 또
다시 심장이 동당이질을 친다.

20. 살문리 사총사

 말똥가리가 먹잇감을 찾는지 파란 하늘 위를 유유히 날고 있다. 말똥가리가 눈에 띄는 걸 보니 겨울이 코앞으로 다가왔나 보다. 작은아빠는 추수를 마치자마자 쌀 판매처를 알아보느라 김포로, 일산으로, 인천으로 정신없이 다니며 바쁜 나날을 보냈다. 다행히 무농약 쌀을 쓴다는 어린이집 두 곳과 계약을 맺고, 성공회 교회를 통해서도 몇 가마를 팔았다. 작은아빠는 도시에 있는 소비자들과 계약을 맺고 일 년치 쌀을 주문받아 필요할 때마다 20킬로그램씩 그때그때 택배로 보내 준다. 현미, 백미, 5분 도미 등 원하는 대로 도정해서 보내 주는 덕분에 단골 고객이 꽤 된다.

 쌀 예약 판매까지 얼추 마무리하고 나자 작은아빠는 김포 어딘가에 짓는다는 대형 마트 공사장에서 날일을 시작했다. 작은아빠는 농한기 때면 가끔 새시 일을 하는 친구를 따라다니며 일을 했는데 올해는 농사일을 마치는 시기와 새시 일을 하는 시기가 딱 맞았다. 할머니는 혹시 농한기 때 하는 공공근로라도 있을까 해서 면사무소까지 다녀왔다는데 공공근로도 거의 봄이 되어야 시작한단다. 할머니와 작은아빠가 돈 걱정을 할 때면 나는 몸 둘 바를 모르겠다. 작은아빠나 작은엄마나 나를 귀찮아하거나 부담스러워하는 내색을 비친 적이 단 한 번도 없다. 무뚝뚝하고 잔정이 없는 할머니조차 자라는 나무순은 꺾지 않는 법이라며 내가 어디 가서 기가 죽을까 봐 매를 댄 적도 없었다. 그런데도 돈 얘기가 나오면 나는 남의 집 울타리에 든 손님처럼 조심스럽다.

12월부터 고등학교 원서를 쓰기 시작했다. 우리 마을에서는 고등학교 진학을 앞두고 "여고 간대?" 혹은 "강고 간대?"라고 묻는 것이 자식 농사가 평년작인지 흉작인지 풍작인지 판가름하는 잣대가 된다. 아직도 비평준화 지역인 우리 군에서는 역사가 가장 오래된 공립학교에 진학하는지 못 하는지가 서울에 있는 대학에 가고 못 가고보다 더 중요하기 때문이다. 요즘은 덜하다지만 여전히 어느 고등학교를 나왔느냐가 강화에서 주류가 되느냐 못 되느냐 하는 첫 번째 통과 의례처럼 여겨진다. 작은아빠와 우리 아버지는 그 주류에 들지 못했다. 그래서 할머니는 내가 여고를 가게 된 것을 은근히 자랑하고 다녔다. 할머니가 대견스러워하니 기분이 나쁘지는 않지만 교회에서까지 여고 간다고 자랑을 하면 쑥스럽고 창피해서 숨어 버리고 싶다. 우주는 과학고에 최종 합격했다. 우주의 과학고 합격이 확정되자마자 면사무소 앞과 학교 교문에 플래카드가 나붙었다.

진강중학교 이우주 과학고 합격

우주는 자기 이름이 걸린 플래카드를 보며 민망해 어쩔 줄 몰라 했지만 강화에서는 흔한 일이다. 강화는 유난히 플래카드가 많다. "김개똥의 차녀 김예쁜 국제 외국어 고등학교 합격" 같은 하찮은 것부터 "강화의 아들 남궁천재 전국 체전 태권도 2관왕", "불은면, 최장수의 장남 서울대 법학 대학원 합격", "양도면 김길동 님의 차남 ○○물산 합격" 따위까지 다양하다. 주로 동창회나 마을회, 학교에서 자랑하기 위해 거는 것인데 내가 보기에는 전부 허세 같다.

합격 축하 플래카드까지 걸렸지만 정작 반 아이들 사이에서 우주가 과학고에 붙은 것은 화젯거리가 못 되었다. 우주는 어차피 합격할 아이였기 때문이다. 반 아이들의 화젯거리는 단연 광수였다. 광수가 합격 통지서를 받은 날, 반 아이들이 물었다.

"김광수, 너 정말 농고 갈 거야?"

광수가 가기로 한 농업 고등학교는 경기도에 있는데 학비와 기숙사비가 면제라고 했다. 광수는 그 학교 '자영 축산과'에 가게 되었다. 담임 선생님은 과학고에 간 우주보다 농업 고등학교에 간 광수를 더 칭찬했다.

"나는 광수가 자랑스럽다. 너희도 알다시피 우리 광수 1, 2학년 내신 성적이 썩 좋지 않았잖니? 그런데 3학년 2학기 때 성적을 상위 40프로로 올렸어. 가장 놀란 게, 광수가 자기소개서를 써 왔는데 내가 감동을 다 받았지 뭐냐. 자기가 왜 축산과에 가야 하는지를 절절하게 썼더라고. 그래서 내가 추천서에다가 지원 학과에 대한 적성 소질, 가업 승계 의지에 최고점을 줬어. 이렇게 자기가 하고 싶은 일이 생기고 의지가 생기면 공부에도 흥미가 솟는 법이다. 제발 너희도 고등학교에 진학해서는 꿈을 찾기 바란다."

농업 고등학교 합격이 뭐 그리 대단한 일인가 하고 시큰둥했는데 담임 선생님의 이야기를 듣고 보니 광수가 달라 보였다.

광수까지 농고에 합격하자 우주 엄마가 살문리 교회 중등부를 다 모아 저녁을 차려 주었다. 살문리 교회 중등부라고 해 봤자 광수, 우주, 지희와 내가 전부였지만 교회 중등부라고 묶여 있으니 또 다른 느낌이 들었다. 저녁을 먹은 뒤에는 우주 방에 모여 아이스크림을 먹으며 두런두런 이야기를 나누었다. 평소에는 넷이 모여도 금세 화젯거리가 동이 나 서먹하게 헤어지기 일쑤였는데 고등학교 진학을 앞둔 탓인지 이야기가 끊이지 않고 이어졌다.

"참, 김광수 너는 도대체 무슨 비전을 보고 농고를 간 거냐?"

지희의 뜬금없는 질문에 광수가 떨떠름하게 대답했다.

"농고를 누가 비전을 보고 가냐? 비전을 말하려면 우주처럼 과학고를 가거나 암튼 특목고에 가야지."

그러자 우주가 손사래를 치며 말했다.

"그렇지 않아. 농고를 선택하는 게 진짜 비전이지. 과학고는 그냥 좋은 대학 가기 위한 발판?"

지희는 우주 말에 콧방귀를 뀌었다.

"이우주, 가식 떨지 마. 너 속으로는 그런 게 비전이라고 생각하잖아?"

"아닌데?"

"아니긴. 요즘 특성화 고등학교가 인기라지만 누가 농고를 비전이라고 하냐? 나는 담임이 김광수 칭찬하고 추어주는 것도 가식이라고 생각해. 솔직히 우리 마을 사람들 중에 누가 자식한테 농사 물려주냐? 우리 아빠도 자식들한테는 절대 '농' 자 들어가는 직업 안 갖게 한다고 있던 땅 다 팔아서 공부시켰다던데."

나도 지희 말에 반쯤은 동의하지만 지희의 말투는 귀에 거슬렸다. 지희는 나나 광수처럼 친하고 만만한 사이일수록 말을 함부로 한다. 나는 지희가 더는 광수의 마음을 불편하게 하지 않기를 바랐지만 이번에는 아예 빈정거리는 투로 말을 시작했다.

"김광수, 솔직히 너도 농부 될 생각 없었잖아. 나는 네가 여름방학 전까지도 공고 자동차과 나와서 정비 센터에서 일할 거라고 하던 말 똑똑히 기억하거든. 자동차는 지구가 멸망할 때까지 탈 거니까 자동차 정비 일은 절대 안 망한다고 그랬잖아."

결국 광수가 체념한 듯 말했다.

"좋아, 솔직히 말할게. 사실 나 그냥 돈 때문에 가는 거야. 우리 빚쟁이잖아. 구제역 두 번 걸리고, 불까지 나서 돈 한 푼 없어. 내 교육 보험 들었던 거, 아빠 생명 보험 들었던 거 해지해서 다 썼대. 내가 그동안 알바 해서 벌어 놓았던 돈도 생활비로 다 썼어. 아빠가 아무 일도 못 하셨으니까. 나 사실 우리 아빠한테 소 다시 사 드리고 싶었어. 암소 한 마리 값이라도 드리고 싶어서 악착같이 알바 하며 모은 건데…… 근데 그 돈 하나도 안 남았어. 그런데 내가 공고 가려면 인천으로 나가서 자취해야 하고 학비도 내야 되잖아. 그렇다고 인문계 가서 적성에도 안 맞고 알아듣지도 못하는 공부를 할 수도 없고. 인문계 가면 나는 수업 시간 내내 잠만 잘 거야. 그런데 이 학교는 배우는 게 다르잖아. 난 소 돌보고, 흙 만지는 거 좋거든. 거기다가 등록금 무료에 기숙사까지 있으니까 목숨 걸고 붙어야겠다고 생각했어. 여기 아니면 갈 학교가 없더라고. 우리 아빠가 늘 그랬어. 굼벵이도 구르는 재주는 있다는데 도대체 넌 잘하는 게 뭐냐고. 그때마다 내가 속으로 생각했어. 나는 일 하나는 진짜 잘하는데 우리 아빠는 왜 그건 안 알아주나. 우리 아빠는 내가 공부를 잘하길 바랐대. 웃기지? 근데 내가 농고 붙으니까 좋아하시더라. 뭐, 학비 안 든다니까 그러는 거겠지만. 아무튼 나는 이 악물고 배울 거야. 유정이네 삼촌이 그러셨어. 굼벵이도 제 일을 하려면 한 길을 판대. 나는 이제부터 그렇게 할 거야."

광수의 진지한 모습에 지희도 더는 토를 달지 못했다. 나는 그런 광수의 낯선 모습이 하뭇하게 다가왔다. 그러면서도 속마음과 달리 겉으로 나오는 말은 여전히 삐딱했다.

"김광수, 너 삼 년 뒤에 꼭 농사지어야 한다. 괜히 도시 나가서 알바 한다느니 뭐니 하지 말고. 우리 작은할아버지네 손자는 농고 나와서 마트 정육 코너에서 알바 하더라."

"걱정 마. 윤유정, 난 우리 아빠랑 같이 목장 멋지게 되살려 놓을 거야. 두고 봐."

우주가 그런 광수를 추어주었다.

"맞아. 광수 너는 꼭 해낼 거 같아. 너 저번에 학교 가 봤다며? 학교는 마음에 들어?"

"응. 겁나 좋아. 학교에 양돈 실습장도 있고 낙농 실습장도 있고 계사도 있어. 나랑 딱 어울리지 않냐? 그리고 우리 담임 선생님이 그러시더라. 농수산 대학이라는 게 있는데 국립대라고. 거기도 학비 전액 무료래. 나더러 열심히 해서 거기 가래. 나 대학 못 갈 거 뻔히 알면서도 그런 말 해 주셔서 고맙더라."

"왜 네가 대학을 못 가?"

우주가 정색을 하며 되묻자 광수가 민망해하며 말했다.

"나 원래 대학 관심 없어. 대학 갈 거면 그냥 강화에 있는 인문계 갔지. 그럼 농어촌으로 전문대는 가겠지? 그런데 2년제나 지방대 가면 뭐하냐? 우리 학교 선배들, 마을 형 누나들, 다 그렇게 대학 가지만 끝까지 학교 다니는 사람 별로 없어. 작년에 대학 간 형들 중에도 벌써 세 명이나 자퇴했대. 어쩌다 졸업해도 공무원 된다고 고시촌에 가고, 아직도 알바나 하고 있고 그렇잖아. 윤지희네 형, 누나들처럼 공부 잘해서 좋은 대학 나오면 모를까. 난 대학은 공부 잘하는 사람들만 가야 한다고 생각해."

광수 말에 지희 표정이 시무룩해졌다.

"김광수, 네 말, 반은 맞고 반은 틀려. 공부 잘해서 대학 가도 똑같아. 우리 언니 오빠들? 공부 잘하면 뭐하냐? 큰오빠는 취업 준비 일 년쯤 하다 안 되니까 대학원 가고, 우리 작은오빠는 스펙 쌓는다면서 땅 팔아서 교환 학생 가고. 우리 작은언니는 알바 하느라 정신없어. 김광수, 지금 생각해 보니까 너 정말 잘한 거 같아. 정말 대학 소용없어. 그래서 나도 3학년 되면 위탁 할 거야."

우주가 고개를 갸우뚱 거리며 물었다.

"위탁? 그게 뭐야?"

"3학년 때 직업 기술 배우는 거. 3학년 때 학교는 월요일 하루만 가고 나머지는 학원으로 가서 기술 배우는 거야. 제빵이나 조리, 미용 같은 거 배우고 남자애들은 기술도 배운대. 나도 공부랑은 안 맞잖아. 강화에는 영상고등학교 말고는 특성화나 전문계 고등학교도 없고. 그래서 그냥 여고 가서 3학년 때 위탁으로 미용 배울 거야. 그때 대학 가고 싶은 마음 생기면 2년제 가도 돼. 헤어나 피부나 그런 걸로."

"그런 것도 있구나. 너희는 하고 싶은 거 할 수 있어서 좋겠다."

우주 말에 지희가 눈이 동그래지며 물었다.

"너는 의사 되고 싶어서 과학고 가면서 왜 그런 말을 해?"

"그건 울 엄마 생각이지. 나는 의사 별로 관심 없어. 수의사는 몰라도. 나는 대체 에너지나 환경에 관한 공부 해 보고 싶거든."

우주 말에 광수가 반가워하며 나를 보며 말했다.

"대체 에너지? 유정아, 재작년인가? 울 아빠랑 너희 삼촌이랑 같이 소똥으로 연료 만드는 거 고민해 보자고 했었잖아. 이우주, 그런 거 말하는 거야?"

"응, 그런 거랑 비슷해. 일본 후쿠시마 지진 때 원전 사고 보면서 원전이 진짜 위험하다는 걸 알았어. 우리 고모가 일본에 사시는데 고모는 그 일로 다른 나라로 다시 이민 가는 거 고민 중이래. 그런 걸 알게 되니까 환경이나 생태, 대체 에너지 그런 거에 관심이 가더라고. 그런데 우리 엄마는 내가 이런 말 꺼내면 아주 질색해. 내가 의대 갈 자신이 없으니까 다른 생각만 하는 거라고. 진짜 그게 아닌데……."

우주 말을 듣던 광수가 떨떠름한 표정으로 말했다.

"공부를 잘해도 하고 싶은 걸 마음대로 할 수 있는 건 아니네. 차라리 내가 낫다."

"맞아. 그래서 나는 광수 네가 부러워."

우주 말에 광수의 까만 얼굴이 붉어졌다. 지희가 그 모습을 놓치지 않고 빈정거렸다.

"와, 김광수 너도 얼굴이 다 빨개지네. 이우주 말이 뭐 칭찬이라도 되냐?"

우주가 지희를 보며 말했다.

"칭찬 맞는데? 나 광수가 진짜 부럽고 멋있어."

순간 광수와 지희가 어리둥절해 마주 보았다. 그런 모습이 우스워 나도 모르게 크게 웃었다.

"김광수, 윤지희, 이우주 말은 진심이야. 우주는 광수랑 진짜 친하고 싶대."

내 말에 광수가 금세 얼굴빛을 바꾸며 너스레를 떨었다.

"그래? 그랬던 거야? 그럼 진작 말하지. 솔직히 나도 너랑 친하고 싶었어. 그런데 네가 나처럼 무식한 놈이랑 친구 해 줄 거 같지 않아서 가만있었던 거지."

"내가 그렇게 싸가지 없는 이상한 놈으로 보였냐?"

"아니, 그런 건 아니고. 네가 너무 잘났으니까. 어쨌든 이우주, 우리 당장 베프 맺자."

"어떻게?"

"뭘 어떻게야? 그냥 우린 베프다, 그럼 되는 거지."

그렇게 우주와 광수는 친구가 되었다. 우리의 수다는 우주 엄마가 와서 집에 가야 할 시간이라고 말할 때까지 이어졌다. 우주는 교회 어귀까지 우리를 배웅하고 서둘러 교회로 들어갔다. 지희 역시 교회를 나서자마자 춥다면서 제 집 쪽으로 뛰어 올라갔는데 광수는 제자리에서 뭉그적거렸다. 나는 광수가 뭔가 꿍꿍이를 부리는 것 같아 시치미를 떼고 먼저 손을 흔들었다.

"나 간다."

그러고는 내리막길을 뛰기 시작했다. 광수가 뒤에다 대고 데려다주겠다고 소리를 쳤지만 한달음에 삼거리까지 내려왔다. 삼거리에서 숨을 고르고 집 쪽으로 가려는데 갑자기 향나무 옆에서 우주가 나타났다. 가로등 아래라 밝기 망정이지 어둠 속에서 나타났으면 너무 놀라서 엉덩방아라도 찧을 뻔했다.

"뭐야? 놀랐잖아. 어떻게 된 거야? 너 순간 이동 하냐?"

"나? 밭으로 돌아 내려왔지."

"거긴 광수가 주로 다니는 길인데? 너도 알아?"

"그럼. 나도 여기서 삼 년 살았다."

"그런데 왜 왔어?"

"너 데려다주려고."

"괜찮아. 나는 밤길 같은 건 하나도 안 무서워."

"알아. 그냥 바래다주려고 내려 온 거야."

"우리 작은아빠한테 다리 아래까지 와 달라고 했어. 지금 내려오는 중일 거야."

"그럼 내가 은행나무 아래까지 가 줄게."

나는 우주를 올려다보았다. 우주는 점퍼도 제대로 입지 않고 집에서 입던 스웨터만 걸치고 있었다. 우주랑 단둘이 밤길을 걷는 게 어색할 것 같아 마음이 내키지 않았다. 이런저런 핑계를 대며 우주를 돌려보내려 했지만 우주는 고집을 꺾지 않았다.

"딱 은행나무 아래까지만."

"알았어."

길이 얼어붙어서 그런지 우주와 내 발소리가 유난히 크게 들렸다. 우주가 무슨 할 말이 있어서 데려다주겠다고 나선 것은 아닌지, 혹시 머릿속으로 상상만 하던 그런 일이 내게도 일어나려는 것인지 몰라 가슴이 뛰고 손바닥이 간질간질해졌다. 잠에서 깬 개들이 요란하게 짖어 대지 않았다면 아마 쿵쿵거리는 내 심장 소리가 우주한테까지 들렸을 것이다.

"있잖아, 윤유정."

설레는 마음을 들킬까 봐 담담하게 대답했다.

"왜?"

"있잖아…… 저기."

그렇게 뜸을 들인 뒤 우주의 입에서 나온 말은 뜬금없기 짝이 없었다.

"있잖아. 내가 대학 더 찾아봤다."

"대학?"

"숲 해설가나 생태 환경 연구 뭐 이런 거에 관련된 대학 말이야. 경북대랑 강원대에 알맞은 과가 있더라. 거기 다 국립대야. 기숙사 비도 싸고. 아마 등록금도 쌀 거야."

우주의 말에 들썽하던 마음이 풀어지면서 실망과 짜증이 확 밀려왔다. 나는 심호흡을 하고 나서 실망스러운 내색을 하지 않으려고 애쓰며 말했다.

"고마워. 근데 자꾸 나한테 대학 얘기 하지 말라니까. 나는 그런 거 나중에 생각하고 싶어."

"아, 알아. 너 기분 나쁘게 한 거면 미안해. 나는 그냥, 너도 나랑 비슷한 공부를 하면 좋을 거 같아서. 그러면 대학 가서도 같이 얘기할 거리도 많고 그럴 것 같아서. 내가 나중에 엄마 잘 설득해서 대체 에너지나 환경에 관한 연구원 같은 거 하게 되면 너랑 나랑 비슷한 일 하게 되잖아."

"그래서?"

"그럼 좋잖아."

"뭐가 좋은데?"

"통하잖아. 서로. 그리고 혹시라도 나중에 같이 유학도 가고."

"유학? 난 그런 건 꿈도 안 꿔."

"꿈은 크게 가지면 좋지."

"그 말 하려고 내려온 거야?"

"아니, 그냥 너 바래다주려고 온 거야. 유정아, 나는 있잖아. 너랑 서로 통하는 게 많으면 좋겠어. 지금보다 더."

우주의 말 속에 숨은 뜻이 무엇인지 정확히 알 수가 없었다. 마음 같아서는 아예 솔직하게 우주에게 그게 왜 중요한지 물어보고 싶었지만 용기가 나질 않았다. 그런데 이어진 질문 역시 뜬금없었다.

"윤유정. 너 고등학교 가기 전에 스마트폰 할 거지?"

"스마트폰?"

"응, 스마트폰이 있어야 고등학교 가서도 카톡도 하고 그러지. 지금도 광수랑 지희랑은 단톡방에서 만나는데 너는 못 들어오잖아. 내가 우리 살문리 단톡방도 만들었어."

"살문리 단톡방?"

"응, 고등학교 가서도 힘든 거 서로 이야기하고 그러면 좋잖아."

"입학하기 전에는 생기겠지."

"그렇지? 빨리 만들면 좋겠다."

그때 멀리서 작은아빠가 비추는 손전등 불빛이 보였다.

"너희 작은아빠가 보다."

"응."

"그럼 잘 가."

"잘 가."

나는 그렇게 인사만 남기고 작은아빠의 손전등을 향해 냅다 뛰었다.

21. 졸업식

퇴원한 뒤 집에서 쉬던 광수 아버지가 다시 소를 키우기로 했다. 소를 새로 사는 일부터 이 년 동안 묵혀 둔 착유기와 냉각기를 손보고, 우사를 청소하고 사료를 들이는 일까지 모두 돈이 없으면 불가능한 일이었다. 더욱이 빚은 이자마저 연체되고 있었다. 그런데도 광수 아버지는 또다시 소를 키우기로 결심했다. 빚더미 속에서도 광수 할머니는 아들의 선택을 반겼고, 광수 역시 아버지의 선택을 기뻐했다.

"우리 집 우유 1등급이었어. 우리 아빠한테는 소 키우는 게 인생의 전부야. 내가 알아. 우리 아빠는 내가 아무리 심한 감기를 앓아도 병원에 데려가 준 적 없지만 소가 아프면 한밤중에도 수의사 선생님 부르러 간 사람이거든. 우리 아버지 젖소 안 키우면서도 착유기랑 냉각기를 얼마나 깨끗이 관리한 줄 알아? 어제 가축 위생 사업소에서 나와서 이것저것 검사하고 갔는데 별로 수리할 것도 없대. 끝내주지?"

　우주가 우리 마을에 온 지 삼 년이 되는 동안 우리가 친구로 지낸 것은 마지막 넉 달 남짓이 전부였다. 우리는 방학 내내 우주와 같이 어울렸다. 교회 교리실에 모여 수다를 떨고, 우주네 집 거실에서 영화를 보고 음악을 들었다. 드디어 브래드 피트와 안젤리나 졸리가 나오는 영화도 보았다. 또 우주를 따라 강화 터미널에서 3000번 버스를 타고 홍대 입구라는 데까지 가서 영화를 보고 신촌에 가서 대학교 구경도 했다. 우주는 미니홈피나 카페보다 더 유행이라는 페이스북이라는 소셜 네트워크로 우리를 끌어들였다. 우주는 하루에 한 번꼴로 페이스북에 글을 쓰고, 사진이나 영화, 유튜브에 올라온 음악을 옮겨 놓았다. 나는 하루에도 몇 번씩 우주의 담벼락에 들어가 우주의 상태를 엿보았다. 우주는 어느 날은 누군가에게 보내는 연애편지 같은 글을 올리고, 책에서 읽은 좋은 글귀들을 올려놓기도 했다. 가끔은 자기가 좋아하는 가수나 밴드의 동영상을 올렸다. 내가 우주의 담벼락을 엿볼 때마다 페이스북은 엄지를 추켜올리고 어서 '좋아요'를 누르라고 재촉했지만 나는 댓글은커녕 '좋아요'조차 누르지 못한 채 빠져나왔다.

"유정아, 너 요즘 이우주 페이스북 봤니? 걔 여친 있거나 좋아하는 애 있는 거 같지?"

지희의 말에 나는 일부러 시큰둥하게 대답했다.

"그런가?"

"하여튼 너는 그런 쪽으로 너무 둔해. 내가 걔 페이스북에 좋아요 누르거나 댓글 다는 애들이 누군가 싶어서 하나씩 들어가 봤는데 통 모르겠어. 내가 추리해 보건대 분명히 가까이 있는 애 같은데……. 우리 반 애들 중에는 걔가 좋아할 애가 없잖아. 그래서 1, 2학년까지 쫙 살펴봤거든. 그런데도 감이 안 와. 너도 한번 생각해 봐. 짚이는 데 없어?"

"아니, 몰라. 근데 넌 왜 그런 걸 궁금해해? 너도 우주한테 관심 있어?"

"야, 솔직히 우리 반에서 이우주한테 관심 없는 애 있냐? 근데 걔가 뭐 우리를 여친감으로 생각하겠어?"

"왜?"

"뭐가 왜야? 너도 알잖아. 걘 공부도 잘하고 더 예쁜 애들 좋아하겠지. 안 그러냐?"

"몰라. 정 궁금하면 직접 물어봐."

"미쳤냐?"

나는 지희와 이야기를 하는 내내 뒤가 켕기는 느낌이 들었다. 우주의 그 누군가가 나일지 모른다고 생각하고 있었기 때문이다.

그러나 어디까지나 추측일 뿐이다. 우주는 은행나무 아래까지 바래다주던 그날 밤처럼, 자기 마음을 더 보여 주지 않은 채 애만 태웠다.

우주네는 졸업식을 앞두고 인천 서구 쪽으로 이사를 갔다. 졸업식까지 마을에 있으면 좋겠다던 우주의 바람은 이루어지지 않았다. 그래도 안산이나 대전 같은 먼 곳으로 간 게 아니라 다행이었다. 교회가 강화랑도 가까워 우주 엄마도 기간제 교사를 계속 할 수 있다고 했다.

우주네가 이사 가던 날은 마을이 조용했다. 신부님과 우주 엄마가 그 전 주일 예배 시간에 미리 송별회를 하고 인사를 드렸다며 조용히 떠나길 원했기 때문이다. 나도 교회로 내려가지 않았다. 어차피 졸업식 날이면 볼 터였다. 그 대신 이삿짐센터에서 트럭이 온다고 한 9시에 마당에 나가서 마을을 내려다보았다. 어차피 이삿짐을 실은 트럭은 삼거리로 나와야 보일 테지만 혹시라도 마을을 빠져나가는 차를 못 볼까 봐 시간 맞춰 기다렸다. 십여 분이 지나서야 교회 앞마당에서 이삿짐센터 트럭이 나가고 우주네 승용차가 뒤를 따라가는 게 보였다.

—윤유정 나 간다. 졸업식 날 봐

우주한테서 문자가 온 것은 우주네 승용차가 마을 어귀를 돌아 나갈 때였다. 그제야 눈물이 쏟아져 내렸다.

졸업식은 강당에서 치러졌다. 내빈은 우리 학교 이사장님, 우리 면에 있는 초등학교 두 곳의 교장 선생님들과 농협, 소방서에서 온 분들이 전부였다. 우리 학교 행사는 마을 친목 행사 같다. 젊은 선생님들 두어 분을 빼고는 우리 학교에서만 십수 년, 많게는 수십 년을 근무한 분들이라 선생님들이나 학부모들이나 다 스스럼이 없다. 특히 교장 선생님과 영어 선생님은 우리 작은아빠 때부터 가르쳤고, 국어 담당인 교무부장 선생님은 작은아빠 고등학교 선배다. 우리 반 아이들의 절반이 우리 면에서 태어나 자랐으니 학부모들끼리도 서로 형 아우 하는 사이이거나 불알친구, 소꿉친구다. 그런데 올해 졸업생 스물셋이 나가면 전교생이 서른 명이 채 안 된다. 3월에 신입생이 들어와야 겨우 마흔 명을 넘길 것 같다.

졸업식이 끝나고 나서는 학교 식당에서 다 같이 밥을 먹었다. 우리 학교에서는 졸업식 날 짜장면을 먹는 일 같은 것은 없다. 그 대신 학교 식당에서 영양사와 조리사 선생님들이 준비한 음식으로 졸업식 만찬을 한다. 학교 식당은 마을 친목회나 동창회 자리가 되고, 동생들 졸업식에 참석한 졸업생 형 누나들에게는 사은회가 된다. 새로 귀농한 가족은 이런 풍경에 낯설어하면서도 감동한다. 그런데도 자꾸 학생 수가 줄어드니 선생님들이나 어른들이나 걱정이 많다.

점심을 먹고 나서는 교실로 가서 담임 선생님과 일일이 포옹을 하고 졸업장을 받았다. 담임 선생님은 광수를 안으며 눈물을 글썽였고, 광수가 갑자기 콧물 눈물을 쏟아 내며 엉엉 우는 바람에 교실 전체가 울음바다가 되어 버렸다. 우주도 마지막 차렷 경례를 외치다 목이 메었다.

졸업식이 끝나고 나는 친구들 앞에 처음 산 스마트폰을 내놓았다. 그리고 나도 살문리 단체 채팅방에 초대되었다.

"우리 하루에 한 번은 서로 연락하기다."

"그게 되겠냐? 서로 기숙사 생활 하다 보면."

"참, 윤지희 너 기숙사 들어갈 거야?"

"모르겠어. 엄마 아빠는 집에서 다니라는데 사실 난 아빠랑 떨어져 살고 싶어. 그런데 학교 밥 먹기 싫어서 고민이야. 어쨌든 학교에서는 읍에 사는 애들 빼고는 무조건 기숙사에 들어가라고 해. 유정이 너는 어떻게 할 거야?"

"난 절대 안 들어가."

"그럼 일단, 광수랑 내 시간에 맞춰서 아침 7시에 모닝 인사 하기."

"모닝 인사?"

"응. 우리는 6시 반 기상이라 세수하고 밥 먹고 그러면 학교 가기 전에 스마트폰 할 수 있을 거 같아서."

"이우주, 너희 6시 반 기상이야?"

"응."

"와, 쩐다. 그래도 우리는 7시던데. 확실히 공부하는 학교는 다르구나."

"강제니까. 어쨌든 7시면 우리 다 톡 할 수 있지?"

"좋아."

우주의 첫 메시지는 개인 창으로 왔다.

—잠깐 도서실 앞에서 봐

나는 화장실에 간다며 지희를 따돌리고 도서관 앞으로 갔다. 우주가 내 손에 뭔가를 쥐여 주며 슥 지나갔다. 슈퍼맨 모양의 유에스비 메모리기였다. 집에 와서 유에스비를 컴퓨터에 연결했다. 한글 파일에는 편지가 있었고, 내게 들려주고 싶은 노래 100곡이 엠피스리 파일로 들어 있었다.

진강중학교에서의 추억은 내일로 끝이라는 생각을 하니 기분이 이상해.

친구들, 학교, 선생님들 모두 그리울 거야.

나 내일부터 페이스북, 카카오스토리 다 탈퇴할 거야.

카카오톡은 남길 거야.

그래야 살문리 단톡방이 살아 있을 테니까.

엄마도 살문리 단톡방만은 허락하셨어^^

이제부터 정말 대학만을 위해 살아야 하는 건가 생각하니 끔찍해.

그래도 참아 보려고.

엄마가 딱 이 년만 버티라고 했어.

그다음엔 내 마음대로 해도 된다고.

그때까지는 엄마 말에 따라야 해.

내가 이 년 만에 대학을 갈 수 있다면 좀 더 빨리 자유로워지는 거니까, 그땐 너한테 자주 연락하고 대학 가는 것도 도와줄 수 있을 거야.

윤유정,

너를 알게 돼서 좋았어.

너를 알게 돼서 살문리가, 내가 살던 교회와 살문리의 돌담길이 의미 있는 곳이 되었어.

나는 네가 사는 살문리 마을, 그 길과 용내천, 덕정산 중턱의 너희 집을 생각하며 버틸 거야.

널 좋아해.

엠피스리 파일에 있는 노래 들을 때마다 날 생각해 줘.

나도 같은 노래를 들으며 널 생각할게.

물론 공부하려면 노래 들을 시간도 많지 않겠지만.

내 스마트폰에도 이 노래들 다 저장했어.

기숙사 생활 하다 힘들면 이 노래 들으면서 너를 생각할 거야.

살문리에 자주 가지 못하겠지만 엄마가 첫 중간고사 10프로 안에 들면 보내 준대.

꼭 10프로 안에 들어서 강화 갈게.

광수가 살문리 오면 언제든 재워 준대.

널 위해 기도할게.

너도 나를 위해 기도해 줘.

꼭 건강해야 해.

우리 공부 열심히 해서 대학생이 된 뒤에는 자유롭게 만나자.

편지를 읽고 나니 가슴이 동당이질을 치고 목구멍에서 자꾸 뜨거운 뭔가가 올라왔다. 이 년이나 삼 년 뒤 대학에 가서 만나자는 말, 역시 우주다웠다. 그런데 우주 같은 애가 날 좋아한다는데 왜 이렇게 찌무룩하고 갑갑한지 모르겠다. 그날 밤 둘이 살문리 골목을 걸으며 기대했던 고백을 드디어 들었는데 왜 이렇게 슬픈지 모르겠다.

내게 우주는 지구보다 먼 별에 사는 외계인과도 같은 존재였다. 그러던 우주와 이야기를 나누며 우주와 나도 공유할 수 있는 게 있다는 걸 알게 됐다. 우주가 내가 좋아하는 꽃에 관심을 보이고, 새소리에 귀 기울여 주는 게 좋았다. 우주와 동물 이야기를 할 수 있어서 좋았다. 찔레꽃이든 아카시아 꽃이든 입에 털어 넣고 맛부터 보는 광수 같은 우악스러운 아이가 아니라 내가 좋아하는 걸 조용히 같이 즐겨 주는 우주가 좋았다. 나한테 특별하다고 말해 주는 것도 마냥 좋았다. 그런데 왠지 이제 우주가 원래 있던 곳, 내 손과 내 눈이 닿지 않는 먼 곳으로 돌아간 것 같은 느낌이 들었다.

22. 너는 내 운명?

"유정, 알아? 오늘 광수 와서 저녁 먹어."

내가 주방에 들어가자 작은엄마가 옆으로 다가와 나지막하게 말했다.

"왜?"

"오빠가 광수 기숙사 가기 전에 맛있는 거 해 준다고."

"어휴, 작은아빠는 광수를 왜 그렇게 챙긴대?"

"광수가 오빠 일 많이 도와줘서 고마우니까. 유정 괜찮아?"

"응. 괜찮아. 그걸 왜 나한테 물어?"

"유정, 광수 안 좋아해잖아."

"광수가 뭐 나 보러 오나? 작은아빠가 오라고 했다는데 내가 뭐라고 해. 근데 오늘 메뉴 뭐야?"

"반짱, 광수가 먹어 봤을까?"

"에이. 그 촌놈이 뭘 먹어 봤겠어."

작은엄마가 어처구니없다는 표정으로 나를 바라보다 피식 웃었다. 반짱은 월남 쌈이다. 월남 쌈은 주로 여름에 해 먹는데 오늘은 광수가 온다고 특별히 준비한 모양이다. 작년부터 우리는 일주일에 한두 번은 베트남식 밥을 해 먹는다. 작은아빠의 일방적인 결정이었는데도 할머니가 흔쾌히 허락한 까닭은 작은엄마가 해 주는 베트남 음식은 그다지 낯설지 않기 때문이다. 베트남 음식도 대부분 쌀이 주재료고 양념에 파, 마늘, 고추가 들어가 특별히 입맛에 안 맞는 음식은 없었다. 게다가 작은엄마는 우리 비위에 안 맞는 향채는 쓰지 않았다. 작은엄마가 주로 하는 음식은 베트남에서 흔히 먹는다는 덮밥 같은 거였다. 돼지고기 덮밥은 껌스엉, 닭고기 덮밥은 껌갸라고 했다. 작은엄마는 고기를 안 먹는 나를 위해 야채만 볶아서 얹어 준다. 작은엄마가 가끔 반찬 트럭에서 사는 베트남 쌀라면도 꽤 맛있다. 그러나 수입해 오는 거라 값이 비싸 아주 가끔 먹는다. 반짱은 읍내 큰 슈퍼에 가도 팔아서 쉽게 해 먹을 수 있다. 특히 여름에는 비닐하우스에다 심은 쌈 채소를 뜯어다 씻고 썰어서 라이스 페이퍼에 싸 먹으면 되니 편해서 자주 먹는다. 오늘은 광수가 온다고 특별히 닭 가슴살까지 삶아 찢었다.

광수는 저녁 시간에 맞춰 작은아빠와 함께 집으로 왔다. 평소와 달리 쭈뼛거리며 주방으로 들어섰다. 못 보던 옷이다. 브랜드 마크가 가슴에 선명한 패딩 점퍼에 체크무늬 셔츠, 그리고 스키니 청바지까지. 우주가 주로 입는 옷차림이다. 다행히 아주 촌스럽지는 않았다.

"우와, 광수 옷 샀냐? 고등학생 된다고 돈 썼어?"

"아니에요, 삼촌. 엄마가 선물로 보내셨어요."

"잘 어울린다야. 역시 옷은 여자들이 골라야 해."

작은아빠가 추어주자 광수의 얼굴에서 긴장이 사라졌다.

"광수 형아, 밥 먹고 우리 파워레인저 놀이 하자."

광수가 저녁을 먹으러 온다는 말을 들은 순간부터 들떠 있던 용민이가 하는 말에 광수가 맞장구를 쳤다.

"좋지. 용민, 그 대신 캡틴 포스는 내가 한다."

"알았어. 그럼 나는 엔진 포스. 용우는 미라클 포스."

용민이와 용우가 신이 나 있는 모습을 보며 밝게 웃던 작은엄마가 광수에게 물었다.

"광수, 쌀국수랑 월남 쌈 좋아해?"

"그게, 먹어 본 적이 없어서……."

광수가 쑥스러워하는 모습에 할머니가 나섰다.

"나도 며느리 덕에 먹어 봤지. 누가 월남 쌈을 흔히 먹나?"

"근데 저희 엄마 계신 구리만 해도 베트남 음식점이 있어요. 거기서 월남 쌈이랑 쌀국수를 판다는데 비싸다고 해서 못 먹어 봤어요. 그래도 저는 사람들 먹는 거는 뭐든지 잘 먹어요. 걱정 마세요."

광수는 용민이를 따라서 라이스 페이퍼를 뜨거운 물에 담갔다가 접시에 놓고 그 위에 채 썬 야채와 닭고기를 올려 싸서 겨자 소스에 찍어 먹었다.

"와, 맛있네요. 근데 순서가 되게 복잡하네요."

"상추쌈 먹듯이 먹으면 되는데 뭐가 복잡해?"

내 말에 광수가 중얼거렸다.

"야채도 종류가 많고, 소스도 두 가지나 되잖아."

"소스는 취향대로 먹으면 돼. 겨자 소스는 할머니 때문에 작은엄마가 따로 준비한 거야."

"그래? 어쨌든 이거 좀 번거로워."

"넌 먹는 것도 복잡해지니까 힘드냐?"

"그래, 난 단순한 게 좋아. 뭐든."

"그래, 단순해서 좋겠다. 너는."

작은아빠는 밥을 먹고도 티격태격하는 광수와 나를 번갈아 보면서 재미있다고 웃었다. 광수는 닭 육수로 만든 쌀국수는 입맛에 맞는지 두 그릇을 후딱 해치웠다. 어느새 쌀국수를 제 엄마보다 좋아하는 용민이랑 용우도 마찬가지다. 광수는 숟가락을 밥상에 내려놓으며 슬쩍 내 그릇에 담긴 국물을 보더니 이맛살을 찌푸리며 말했다.

"그 국물은 뭘로 만든 거야?"

"다시마랑 멸치."

"다시마? 맛있냐?"

"그럼, 우리 작은엄마가 날 위해 특별히 만들어 주신 건데. 얼마나 맛있다고."

내가 고기를 먹지 않고부터 작은엄마는 미역국이나 쌀국수 국물을 낼 때는 내 것을 따로 만든다. 다행히 할머니도 고기를 별로 좋아하지 않고 생일날이 아니면 고깃국을 끓일 일이 많지 않으니 작은엄마가 번거로울 때가 그다지 많지는 않지만 나 때문에 할 일이 더 많이 생기는 것 같아 미안하다. 광수는 한참 동안 내 국수 그릇을 내려다보다 걱정스럽게 말했다.

"너 고등학교 가서도 고기 안 먹으면 힘들걸. 급식 때마다 어떻게 하려고."

광수 말에 작은엄마도 걱정이 되는지 조심스레 물었다.

"유정, 지금도 달걀이랑 생선은 먹으니까 괜찮을 거 같은데? 안 그런가?"

"학교 급식은 거의 고기가 빠지는 날이 없어요. 그래도 중학교 때는 학생 수가 적으니까 영양사 선생님이 윤유정 많이 봐주셨거든요. 돈가스, 제육덮밥 이런 거 나올 때는 장아찌나 김치 같은 걸 더 주시거나. 스파게티 나올 때는 재 소스에만 돼지고기 안 들어가게 해 주시고 그랬어요. 근데 고등학교 가면 안 그럴걸요? 고기 빼면 정말 먹을 게 없을 거예요."

광수 말에 지금껏 생각하지 않았던 새 고민이 생겼다. 소가 살처분되는 것을 본 뒤, 앞으로 모든 육식을 거부하겠다고 하자 영양사 선생님은 나를 따로 불렀다. 영양사 선생님은 중학교 시절에 영양소를 골고루 섭취하지 않을 경우 키가 크지 않고 뇌 발달에도 문제가 생길 수 있다며 생선과 달걀은 먹어야 한다고 강하게 설득했다. 그래서 결국 나는 고기만 먹지 않는 반쪽짜리 채식주의자가 되었다. 그런데 고등학교에 가면 채식을 한다고 배려해 줄 리도 없는데 하루 두 끼를 학교에서 먹어야 하니 결코 사소한 일이 아니다. 그런데 나는 미처 그 생각을 못 하고 있었다.

광수는 밥을 다 먹고 나서 설거지는 자기가 하겠다며 일어났다. 광수는 행동이 우악스럽고 거칠면서도 살가운 데가 있다. 곰곰이 생각하면 광수가 나쁜 애는 아니다. 가끔씩 엉뚱한 말을 툭툭 내뱉을 때는 귀여운 구석도 있고, 옹골차고 인정도 많다. 그러나 나는 광수의 천연덕스러운 넉살과 아저씨 같은 능청이 영 끌리지 않는다. 그렇다고 예전처럼 정나미가 뚝뚝 떨어질 정도로 싫은 건 아니다. 아무튼 나조차도 미처 생각지 못했던 급식 문제를 광수가 먼저 걱정하고 있었다니 기분이 좀 묘했다.

광수는 저녁을 먹고도 갈 생각을 안 하고 작은아빠랑 거실에 앉아 두런두런 이야기를 했다. 아마 자기보다 나이 많은 아저씨들이랑 저렇게 스스럼없이 말하는 애는 김광수밖에 없을 거다. 그런데 광수 입에서 한미 FTA니 한중 FTA니 하는 말이 튀어나왔다. 나도 모르게 피식 웃음이 나왔다.

"야, 윤유정. 너 왜 웃냐?"

"네가 에프티에이도 알아?"

내 말에 광수가 정색을 하며 작은아빠에게 이르듯 말했다.

"삼촌. 얘가 이렇다니까요. 절 겁나 무식한 애로 취급한다니까요. 야, 윤유정. 나는 낙농업자의 아들이야. 에프티에이 같은 데 관심 있는 게 당연하다고."

광수 말이 채 끝나기도 전에 작은아빠가 정색을 하며 나를 꾸짖었다.

"맞아, 유정이 가끔 광수한테 너무 말을 막 하더라. 아무리 허물없는 친구 사이라도 그러면 안 돼."

"알았어. 난 장난이었는데……."

내가 당황하며 말끝을 흐리자 광수가 얼른 말머리를 돌렸다.

"삼촌, 제가요, 고등학교 들어가면 책이라는 것도 좀 읽고 그러려고요. 제가 좀 무식하긴 해요."

광수 말에 작은아빠가 나를 보며 말했다.

"우리 유정이도 책을 많이 읽는 건 아니지? 유정이도 고등학교 가면 책 좀 읽으려나?"

"작은아빠, 솔직히 나는 시간이 없어서 못 읽는 거다. 내가 집안일이 오죽 많아?"

"하긴, 그건 맞네."

작은아빠가 멋쩍어하며 고개를 끄덕였다. 광수는 다시 작은아빠와 실없는 농담을 주고받다 생각이 난 듯 물었다.

"윤유정, 넌 기숙사 안 들어가? 윤지희는 기숙사 들어간다며?"

"응. 기숙사가 필수가 아닌데 선생님들이 기숙사 안 들어오면 성적 떨어지고 대학 못 갈 것처럼 난리야. 기숙사비 공짜라고. 특히 나처럼 면에 사는 애들은 거의 강제로 들어오래."

"그런데 왜 안 들어가? 공짠데?"

"난 기숙사 들어가기 싫어. 하루 종일 학교에 있다가 또 기숙사로 가서 면학실에서 11시까지 야자를 한대. 숨이 막힐 거 같아. 우리 집 아니면 잠도 잘 안 올 거 같고. 대학 가면 어차피 기숙사 생활해야 할 텐데 지금은 하고 싶지 않아. 게다가 기숙사 들어가면 하루 세 끼를 학교에서 먹어야 하잖아. 그럼 나는 더 큰일이지."

작은아빠도 내 말에 맞장구를 치며 덧붙였다.

"맞아. 뭐하러 1학년 때부터 기숙사에 들어가? 나는 농어촌 공립 기숙 학교니 뭐니 하는 게 마음에 안 든다. 뭐? 학생이 돌아오는 농어촌 공립 기숙 학교? 기숙 학교 만든다고 학생이 돌아오고 주민이 늘어나나? 공립 학교 하나를 기숙 학교로 만든다고 돈 처들이고. 그러면 강화 애들이 죄다 성적이 오르고 대학도 다들 잘 들어가나? 거참."

작은아빠의 말에 거실 한쪽에서 유경이 기저귀를 갈던 할머니가 간섭을 했다.

"또 애들 앉혀 놓고 그런 말 한다. 학교가 발전하믄 좋지. 넌 매사에 불만이 그렇게 많냐?"

"그럼 어머이는 유정이 기숙사 보내는 게 좋아요?"

"아니, 우리 유정이야 밥 먹는 것도 그렇고 집에서 다니는 게 낫지만 자꾸 애들한테 부정적으로만 말하지 마라."

"어머이는 참. 이거는 현실을 있는 그대로 말하는 거지. 부정적인 얘기가 아니지."

나는 자칫하다가 또 작은아빠와 할머니 사이에 말싸움이 날까 얼른 끼어들었다.

"어쨌든 나는 통학하는 게 좋아. 버스 타고 나가는 것도 좋고, 수협에서 학교까지 걷는 것도 좋고. 기숙사에 있으면 봄이 오는지 가는지도 모른대. 난 그런 거 싫어."

작은아빠도 내가 말머리를 돌리는 까닭을 눈치챘는지 기지개를 켜며 말했다.

"너희도 입학할 때가 다 됐고, 나도 이제 몸을 움직일 때가 됐나 보다. 며칠 전부터 몸이 찌뿌드드한 게 이제 나가서 일하라고 몸이 말을 해 주는구나."

"몸이 말을 해요?"

"그럼, 농부는 봄이 오는 걸 몸으로 먼저 아는 거야. 눈이 오고, 얼음이 얼어도 입춘 때쯤 되면 몸이 근질근질해진다고. 농부는 몸이 시계야. 포도밭에 나가 둘러보면서 껍질을 벗겨 줘야겠구나 하는 생각이 들어 달력을 보면 딱 경칩이란 말이야. 자, 그러니까 우리 모두 부지런해지자."

광수가 작은아빠와 작은엄마에게 인사를 하고 집을 나서다가 갑자기 나를 돌아보며 말했다.

"윤유정, 잠깐만 얘기 좀 하자."

"왜?"

"그냥."

나는 작은아빠 눈치를 보며 마지못해 따라 나갔다. 광수는 이미 어둠이 내린 마당을 두리번거리다가 매화나무 아래로 나를 데려갔다. 나는 어색함을 벗어나려고 시선을 멀리 두었다. 마을의 불빛은 가로등과 집집마다 창틈으로 새어 나오는 전등 빛이 전부지만 멀리 보이는 외포리는 제법 불빛이 화려하다.

"뭐야, 뭔 얘긴데 날 이리로 끌고 와? 추워. 빨랑 말해."

"우주가 졸업식 전날 우리 집에서 자면서 고백했어."

"뭘?"

"너 좋아한다고."

정신이 어찔해지고 말문이 막혔다. 나는 광수만 뺑히 쳐다보았다.

"뭘 그렇게 놀래? 우주 고백에 나도 좀 놀라긴 했지만 난 상관없다. 니가 우주 좋아하는 거 알아. 둘이 사귀어도 돼. 그래도 난 상관없어. 어차피 나는 평생 니 머슴으로 살겠다고 다짐했거든. 그래서 나는 계속 니 옆에 있을 거야. 내가 이우주한테도 그렇게 말했어. 나 신경 쓰지 말고 사귀라고. 그래도 나는 윤유정 안 좋아할 수 없다고. 우리가 어른이 되면 이우주 너보다 내가 더 멋있는 사람 될 거라고."

처음에는 어처구니가 없다가 점점 기분이 나빠졌다. 나 없는 데서 우주와 광수가 내 얘길 했다니 화가 났다.

"야, 김광수! 너희 드라마 찍냐? 이우주랑 너랑 둘 다 되게 웃긴다. 왜 나 없는 데서 내 얘길 하고 그래? 나는 너든, 이우주든 다 그냥 친구 이상은 아니니까 오버하지 마. 난 연애 같은 거 관심 없거든."

"그래? 이우주는 너도 자기를 좋아하는 줄 알던데? 어쨌든 이게 내 진심이니까 말하는 거야. 이우주도 자기 진심을 말했다니까 나도 하고 싶은 말은 해야지. 그리고 너 없는 데서 네 얘기 하는 거, 그건 안 할게. 잘못한 거 같으니까 사과할게."

광수는 자기가 하고 싶은 말만 하고 언덕을 뛰어 내려갔다. 그 소리에 놀란 꿩이 계곡 옆 풀숲에서 푸드덕거리며 날아오른다. 김광수는 참 변함이 없다. 내가 그렇게 아니라고 해도 알아듣지 못한다. 그런데 이상하게 물불 안 가리는 저 독불장군이 가끔은 싫지가 않다. 누군가 내 속마음을 안다면 변덕쟁이에다 여우 같다고 손가락질할지도 모르겠다.

유치원 입학식 날, 할머니 손을 잡고 유치원에 온 광수는 나를 가리키며 다짜고짜 말했다고 한다.

"할머니, 나 쟤랑 결혼할래."

초등학교 2학년 방과 후 교실 발표회 때는 내가 흰색 레이스 원피스를 차려 입고 피아노에 앉자마자 광수가 자기 순서도 아닌데 불쑥 무대로 올라왔다. 그러자 당황한 피아노 선생님이 물었다.

"광수야, 아직 네 차례도 아닌데 왜 올라와?"

"저, 윤유정 옆에 서 있을라구요."

"왜?"

"윤유정이 너무 예뻐서요."

그런 광수를 보고 우리 할머니는 남자아이가 음충스럽다며 썩 달가워하지 않았지만 작은아빠는 광수가 머리는 나빠도 여자 보는 눈은 있다며 놀려 댔다.

광수가 나더러 예쁘다고 했을 때 아직 내 윗입술은 눈에 띄게 비뚤어져 있었고, 콧구멍도 짝짝이였다. 게다가 부정 교합으로 입은 합죽한 데다 턱도 앞으로 튀어나와 있었다. 물론 그때는 내 얼굴이 남들과 다르다는 것을 깊이 자각하지는 않았지만 광수가 자꾸 예쁘다고 해 주는 덕분에 다른 아이들과 어울려 노는 데 자신감이 생겼던 것 같다.

일곱 살 때 기억 중 잊히지 않는 장면이 있다. 가을 운동회 때였

다. 이인삼각 달리기를 하기 위해 할머니랑 발목에 끈을 묶고 출발
선에 서 있던 광수가 주위를 두리번거리더니 갑자기 끈을 풀면서
소리쳤다.

"나도 엄마랑 뛰고 싶어."

당황한 광수 할머니가 말했다.

"할머이가 싫으면 아빠랑 뛸래?"

"싫어. 나 엄마랑 뛸래."

"이눔아, 엄마가 어디 있어? 넌 엄마 없어."

"그럼 장에 가서 사 와."

그렇게 시작된 광수의 떼는 점심시간까지 이어졌고 결국 전교
생 오십 명이 다 보는 앞에서 광수 아버지한테 혼쭐이 나고서야
멈췄다. 누가 봐도 억지 생떼였다. 나는 그때 이미 엄마는 시장에
서 사고팔 수 있는 것이 아니라는 것쯤은 알고 있었다. 그런데도
나는 광수가 부러웠다. 나도 그렇게 막무가내로 떼를 부리며 엄마
를 찾는 광수를 따라 해 보고 싶었다. 그러나 나는 한 번도 내 속을
할머니한테 드러낸 적이 없었다. 광수는 그 뒤로도 몇 번 그렇게
생떼를 부렸지만 시간이 지나면서 차츰 사그라지고 더는 엄마 이
야기를 입에 올리지 않았다. 그래도 내 눈에는 광수 안에 꼭꼭 숨
겨진 그리움이 보였다.

나는 어렸을 때부터 흉터 때문에 얕보일까 봐, 엄마 없는 아이라
고 놀림받을까 봐 악바리처럼 자랐다. 외롭거나 두려운 감정을 표

현하지 않고 감추는 법도 일찌감치 배웠다. 무엇보다 나를 친부모처럼 보살펴 준 작은아빠와 할머니를 힘들게 할 일은 만들지 않으려 애썼다. 그런데 광수는 내가 무엇을 감추는지 귀신같이 알고 꼭 아픈 데를 골라 툭툭 건드렸다. 나는 광수 때문에 화를 내고, 광수를 핑계 삼아 목청 높여 울었다. 그렇게 나만 괴롭히는 광수가 미웠지만 한편으로는 그런 광수 덕분에 한 번씩 울음을 터뜨리고 화를 폭발시킬 수 있었다. 그러고 나면 가슴 한구석에 딱딱하게 뭉쳐 있던 뭔가가 느슨해지는 것 같은 느낌이 들었다.

마을 쪽에서 개 짖는 소리가 들린다. 광수가 벌써 골짜기를 지나 마을로 접어들었나 보다.

23. 상처가 아물다

    침대에 누워 벽에 걸린 고등학교 교복을 바라보았다. 갈색 웃옷과 체크무늬 주름치마, 넥타이와 흰 블라우스까지 퍽 마음에 든다. 내가 열일곱 살이 되었다. 고등학생이 되었다. 나를 두고 간 엄마는 내가 열일곱이 된 걸 알고 있을까? 내가 열일곱인 걸 알든 모르든 달라질 게 없는데도 문득 그런 물음이 떠올랐다.

    저녁을 먹고 나서 할머니가 내 방으로 슬그머니 들어와서는 내 교복을 이리저리 살피며 말했다.

    "아이고, 내 강아지가 언제 이렇게 컸는지. 너 할아부지가 살아 있으만 이 교복 입는 거 감격해서 봤을 텐데."

    "감격까지야. 할머니, 그건 진짜 오버다. 고등학교 가는 게 그렇게 감격할 일이야?"

"그러만 안 그러냐. 첨 태어났을 땐 어이구, 이거이 사람 노릇을 할라나 했는데. 공부도 잘허고. 이렇게 이쁘게 컸으니."

"할머니, 내가 그렇게 이뻐?"

"또 메라 지껄이냐. 어서 자라. 내일 학교 가려면."

나는 방을 나서는 할머니 허리춤을 잡았다.

"할머이, 고마워."

"이년이 뭔 소리여, 또?"

"아, 좀. 가만있어. 맨날 뚝뚝하다고 뭐라 하면서. 할머이, 고마워. 나 안 버리고 키워 줘서. 그러니까 할머이 오래오래 살아."

"이 기지바이야. 더 오래 살아서 여기저기 똥칠하만 니가 치워 줄 거야? 나는 어서 하느님이 데려가시면 좋겠다."

"응. 내가 다 치울게. 하느님이 할머니 데려간다고 하면 하느님 하고 싸울 거야. 나 대학생 될 때까지, 아니 내가 결혼해서 엄마 될 때까지 살게 해 달라고."

"이 기지바이야. 그게 싸워서 되냐? 기도를 해야지."

"아, 그래? 그럼 기도하지 뭐."

"실없는 소리 말고 일찍 자라."

"할머니도."

어렸을 때는 할머니가 툭툭 내뱉는 말 속에 들어 있는 뜻을 헤아릴 깜냥이 없었다. 그래서 할머니 말이 서운해 몰래 울음을 삼킨

적도 많았다. 언제부턴가 나는 손에 보이지 않는 방패를 들고 서 있다가 누군가가 내게 다가오려면 밀쳐 냈다. 누군가가 나를 공격이라도 할까 봐 주먹을 움켜쥐고 있었다. 그래야 내 마음이 다치지 않고, 외롭지도 않을 거라 생각했다. 그런데 어느 날 보니 그 사람들은 나처럼 주먹을 쥐고 있지도 않았고 방패를 들고 있지도 않았다. 작은엄마도, 광수도, 용민이와 용우도 빈손이었다. 섭섭하다면 섭섭하다고 말하고, 화가 나면 화가 난다고, 슬프면 슬프다고 말했다. 나만 혼자 주먹에 잔뜩 힘을 주고, 감당하지 못할 만큼 무거운 방패를 든 채 힘겨워하고 있었다는 걸 깨달았다. 그러자 온몸에 힘이 쭉 빠지면서 멋쩍어졌다. 나는 아무도 모르게 방패를 치우고 주먹도 슬쩍 폈다. 그렇게 할머니한테 대들어 보기도 하고, 작은엄마에게 다가가 말도 걸었다. 그러자 작은엄마가, 용민이와 용우가 다르게 보였다. 할머니의 무뚝뚝한 말투에 숨은 마음도 보였다. 나는 그렇게 열일곱이 되었다.

"유정아, 들어가도 돼?"

작은아빠가 슬그머니 방문을 열더니 쑥스러워하며 들어왔다.

"작은아빠, 요새 내 방에 들어올 때마다 왜 그래? 불편해?"

"아니."

"그런데 왜 그래? 꼭 노크하고 들어오고, 들어왔다가도 잽싸게 나가고."

"이 녀석아, 당연히 그래야지. 숙녀 방인데."

내가 말뜻을 이해하지 못하고 고개를 갸웃거리자 작은아빠가 말했다.

"너 초경 시작하고 나서 작은엄마가 그러더라. 이제 넌 아가씨 니까 유정이 방에 함부로 들어가지 말고 꼭 노크하고 들어가라고."

"정말? 그래서 내 방에 안 들어온 거야?"

"그럼."

"작은아빠, 난 그것도 모르고 오해했어. 작은아빠 마음이 변해 서 그런 줄 알고."

"나도 우리 유정이가 그런 생각을 하는지는 몰랐네?"

"그런데 지금은 왜 왔어?"

"내일 너 고등학교 입학식이니까."

"참 나, 남들이 보면 내가 뭐 서울대라도 들어간 줄 알겠네. 온 식구들이 난리야."

"그런가? 그냥 한번 들여다보고 싶었어. 그리고 내가 너한테 부 탁이 좀 있다."

"뭔 부탁?"

"작은엄마랑 용민이랑 3월 중순에 베트남 다녀오게 하려고. 마 침 저가 항공에서 베트남 가는 비행 편을 이벤트 중이래. 엄청 싸 더라고. 원래 작은엄마랑 유경이만 가려고 했는데 용민이한테 엄 마 나라를 보여 주고 싶어서. 그게 더 나을 거 같은 생각이 들었어.

그러니까 네가 용우 좀 봐 달라고."

"작은엄마 혼자 유경이랑 용민이 데리고 간다고? 작은아빠도 가지. 작은엄마랑 어떻게 떨어져 지내려고 그래? 날마다 보고 싶다고 울려고?"

"이 녀석이 작은아빠를 뭘로 보는 거야?"

"뭘로 보기는. 아마 이틀도 안 지나 빨리 오라고 베트남으로 전화하고 그럴걸? 작은아빠 돈 때문에 안 가는 거지? 나 고등학교 가는 것 때문에 돈 많이 들어서 못 가는 거지?"

"아니야. 교복은 교회에서 해 주셨고, 등록금은 거의 70프로는 되돌려받을 거야."

"되돌려받아?"

"농어촌 혜택 받잖아. 내가 농사지으니까. 서류 해서 면사무소에 다 냈어."

"농민한테 나오는 장학 혜택, 그거 직계만 되는 거라던데? 그래서 우리 반 영수는 큰아버지가 농사짓는데 직계 아니라서 혜택 못 받는대."

"아, 영수가 큰아버지 댁에 있나?"

"응. 영수 유치원 때 엄마 아빠 다 집 나가셨대."

"그랬구나. 어쨌든 너는 내 직계잖아."

"내가?"

"너 재작년에 작은아빠랑 작은엄마가 물어봤던 거 기억 안 나?

우리 친딸 하는 거 어떻게 생각하느냐고 했던 거?"

"당근 기억나지. 좋다고 했잖아. 엄마 아빠라고 부르는 건 좀 어색하지만."

"그래, 그때 내가 그랬잖아. 법적으로도 친딸로 할 거라고. 너 주민 등록 등본 뗐을 때 못 봤어?"

"주민 등록 등본? 글쎄, 잘 기억이 안 나."

주민 등록 등본은 무심코 봐서 잘 모르겠지만 재작년에 작은아빠가 내게 딸이 되어 달라고 했던 말은 기억이 났다. 작은아빠는 나를 위해서나 작은아빠를 위해서나 내가 작은아빠 밑으로 들어가는 게 좋다고 했다. 그런데 나는 그것이 무엇을 의미하는지 잘 몰랐다. 어차피 내 곁에서 엄마 아빠가 되어 준 사람은 할머니와 작은아빠, 작은엄마였다. 그래서 별로 고민할 까닭이 없었다. 그때 작은아빠는 내가 친양자가 되려면 몇 가지 법적 절차를 밟아야 한다는 말도 했던 것 같다.

"그러니까 너는 용민이의 친누나고, 나랑 작은엄마 사이에서 난 첫딸인 거야. 법적으로. 그러니 고등학교 삼 년 내내 학비 감면받을 수 있어."

내가 작은아빠의 친양자이든 아니든 달라질 것은 없다. 그래서 별 감흥이 없었나 보다. 그저 작은아빠의 등록금 부담이 줄었다니 그걸로 안심이 되었다.

"그렇구나. 난 고등학교 가면 장학금 못 받는다고 걱정하고 있었는데 엄청 잘됐네."

"그러니 돈 걱정 하지 말라고. 네가 중학교 때 받은 장학금은 잘 모아 뒀다가 대학 갈 때 쓰면 돼."

"근데 지희가 그러는데, 등록금 말고도 고등학교 가면 돈 많이 든대. 점심, 저녁 급식비랑, 보충 학습비랑, 문제집 사는 거랑."

"걱정 말라니까. 그리고 유정아. 내가 너한테 할 말이 또 있어."

"무슨 말? 표정이 왜 그렇게 심각해? 괜히 긴장된다."

"긴장까지 할 건 없고. 사실 작은엄마랑 한참 고민했어. 대학 가서 말해 주는 게 좋을까, 지금 말해 주는 게 좋을까. 그런데 네 작은엄마가 빨리 해 주는 게 좋을 거 같다고 해서."

"뭘?"

작은아빠가 헛기침을 크게 몇 번 하고 눈을 깜박거리더니 내 눈을 똑바로 바라보았다.

"아, 작은아빠. 뜸 들이지 마. 긴장돼."

"알았어. 있잖아. 유정아, 재작년에 널 친양자로 올리려고 서류 준비하다가 엄마랑 연락이 닿았어."

"엄마? 누구 엄마? 내 엄마?"

"응."

갑자기 머릿속이 맥맥해졌다.

"너한테 진작 말하고 싶었지만 네가 감당할 수 있을지 잘 몰라서……."

"왜 만났는데?"

"아버지는 돌아가셨지만 너한테는 친모가 있으니 내가 널 친양자로 입양하려면 엄마의 동의를 받아야 했거든. 네가 좀 더 큰 다음에 네 선택에 의해서 입양을 한다면 더 좋을 테지만 열다섯이 넘으면 친양자로 삼을 수가 없어. 법적으로 널 내 친딸로 하든 안 하든 나한테는 넌 용민이 용우만큼, 아니 그보다 더 귀한 자식이지만, 그래도 법적으로도 네가 내 자식인 게 나을 것 같았어. 그런데 서류를 준비하다 보니 친엄마 동의가 필요하더라고. 나나 할머니도 네 엄마 연락처를 몰라서 면사무소 통해서 알아보고 내용 증명이라는 걸 보냈거든. 그랬더니 한참 뒤에 면사무소에서 연락이 왔어. 네 엄마가 재혼해서 가정이 있다고. 내가 널 친양자로 입양해도 된다고 허락했다고."

허락이라는 말에 갑자기 불뚝성이 났다. 배 속에 있을 때 말고는 단 한 번도 엄마였던 적이 없는 사람이 나에 대한 결정권을 갖고 있다는 것에 화가 났다.

"자기가 뭔데 허락을 해?"

"유정아!"

"한 번도 엄마 노릇 한 적 없는데 무슨 권리로 허락을 하고 말고 해? 작은아빠랑 할머니가 결정하면 되지."

내 말에 작은아빠의 눈시울이 붉어졌다.

"유정아, 그렇게 말하는 거 아냐. 그래도 널 낳아 주신 엄마잖아."

나는 목구멍으로 올라오려는 뜨거운 기운을 있는 힘껏 삼켰다. 작은아빠가 내 손을 잡았다. 엄마 소식을 이렇게 전해 들을 거라고는 상상도 하지 못했다. 광수도 처음 엄마 이야기를 들었을 때 이런 기분이었을까? 엄마가 재혼했다는 소식을 몰랐던 것도 아닌데, 엄마라는 존재는 내게 있으나 마나 한 존재였던 게 틀림없는데, 마음이 왜 이렇게 허전한지 모르겠다. 나도 모르게 눈시울이 뜨거워졌다. 그러나 안간힘을 다해 눈물을 참았다.

　"그런데 그냥 서류로 허락받고 마는 게 내내 마음에 걸리더라고. 나중에 너한테 해 줄 말도 필요할 것 같고. 그래서 내가 면사무소에 사정해서 네 엄마 연락처를 받고 서울에서 만났어."

　"서울 살아?"

　"아니 지방에. 서로 편한 데서 보기로 한 거지. 잘 살고 계시더라. 우리 유정이가 누구 닮아 그렇게 예쁜가 했더니 엄마 많이 닮았더라. 나는 너희 엄마 결혼식장에서 보고 그해 추석 때 본 게 다였어. 너희 엄마가 너 임신한 지 오 개월 되었을 때 결혼식을 올렸거든. 그리고 다음 해에 설 쇠러 갔더니 네가 할머니 품에 있었지. 그래서 형수라고는 하지만 얼굴이 가물가물했어. 유정아, 너희 엄마 많이 미워하지 마. 너희 아버지가 철이 없어서 엄마가 많이 힘들었을 거야. 너 낳고서 어떻게든 널 잘 키우고 싶었지만 너희 아빠가 의심을 하니 견딜 수가 없었대. 재혼한 남편이 사람이 괜찮은가 봐. 행복해 보이더라. 너 밑으로 남매가 있대."

"행복해 보인다구?"

"응."

"나에 대해서 궁금해하기는 해?"

"그럼, 너 잘 컸느냐고 물어보셨지. 우리 유정이 잘 컸다고, 흉터도 거의 없어졌고, 똑똑하고 착하고 씩씩하다고 했어. 나랑 작은엄마랑 너 잘 키우겠다고, 걱정 말라고 했어. 잘했지?"

"응."

"엄마도 너 때문에 항상 마음에 걸렸을 거고, 그리웠을 거야."

"그랬을까? 그랬다고 해도 달라지는 건 없잖아."

"유정아, 있잖아, 나도 어렸을 땐 몰랐는데 말이지, 살다 보면 뜻대로 안 되는 일이 참 많아. 너나 네 엄마에게는 참 힘든 시간이었을 테지만 나는 네가 있어서 이만큼 살았다. 군산에서 공장 다닐 때 노조에 가입해서 파업하다가 해고당하고, 사귀던 여자한테 차이고 많이 힘들었거든. 그때 네가 있어서 이 악물고 살 수 있었어. 네가 있어서 농사일을 할 마음도 먹게 된 거고. 결혼을 하겠다고 결심한 것도 너 때문이었어. 너 아니었으면 내가 용민 엄마 같은 여자 만나지도 못했을 거야. 그러니까 너는 내 은인이야. 네가 잘 커 줘서 그것만으로도 고마워. 너는 내 딸이야."

"알아."

"그러니까 눈치 보지 말고, 다 참지 말고. 화내고 싶으면 화내고, 갖고 싶은 거 있으면 갖고 싶다고 떼도 쓰고 그래. 그래도 돼."

"알았어."

작은아빠한테 내 마음이 아플까 봐 걱정하지 않아도 된다고, 작은아빠 마음을 내게 표현하려 애쓰지 않아도 다 안다고 말해 주고 싶었지만 참았다. 나는 언제나 작은아빠와 작은엄마 곁에 있을 거고, 작은아빠와 작은엄마가 내 곁을 떠나지 않을 거라는 사실도 의심하지 않는다. 그러니 앞으로 천천히 내가 괜찮다는 걸 보여 주면 된다. 정말로 나는 괜찮다. 엄마가 행복해 보인다고 했던가? 하긴 나도 엄마가 없어서 불행했던 것은 아니다. 작은아빠 말대로 엄마도 내가 항상 마음에 걸렸을지 모른다. 결혼할 때, 남매를 낳았을 때 나 때문에 불편하고 아팠을 거다. 그랬을 거라고 믿고 싶다. 시간이 지나면서 조금씩 그 상처가 아물었겠지. 내게 엄마가 흉터로 남은 것처럼 엄마에게도 내가 흉터로 남았을 거다.

24. 겨울은 봄을 이기지 못한다

교복을 입고 거울 앞에 섰다. 머리를 묶을까 풀까 망설이다가 그냥 풀기로 했다. 무릎을 반쯤 가린 치마 길이나 허리 아래까지 내려온 웃옷이나 딱 마음에 들었다. 거울 앞에 서서 살짝 웃었다가, 크게 웃었다가 해 보았다. 인상을 찡그려 보기도 했다. 어떤 표정을 짓든 오른쪽 입술의 상처와 인중 옆의 흉터는 희미하게나마 티가 난다. 교정으로 부정 교합은 거의 고쳐져 합죽하던 입과 턱도 많이 좋아졌다. 그런데도 작은아빠는 내가 대학생이 되기 전에 악관절 수술까지 꼭 해 주겠다고 약속했다. 솔직히 거울을 보다가 성형 수술을 한 번만 더 받으면 지금보다 더 나아질 거라는 욕심이 생길 때도 있다. 그러나 그럴 때마다 속으로 이만하면 됐다고, 이

만하면 충분하다고 스스로 세뇌를 하고 있다. 우주는 살문리에 온 처음 일 년 동안 내 흉터를 눈치채지 못했다고 했다. 우주를 처음 봤을 때는 교정기까지 끼고 있었는데도 말이다. 지희도 내 입술 위 흉터보다 앞짱구가 더 눈에 거슬린다고 놀렸다. 친구들 말이 반쯤은 빈말이라는 걸 알지만 그래도 그 빈말 덕분에 용기가 생긴다. 친구들이 괜찮다고 하니까 다른 사람들한테도 괜찮을 것처럼 느껴진다. 더욱이 광수는 아직도 내가 양도면, 아니 강화군에서 가장 예쁘다고 한다.

마을에서 읍으로 나가는 첫차를 타기 위해 6시 50분에 집을 나섰다. 교복을 입은 내 모습을 보자마자 복동이가 겅중겅중 뛰면서 컹컹 짖었다. 교복을 입은 내 모습이 낯선가 보다. 복동이 집 뒤 상수리나무에서는 머리에 빨간 모자를 쓴 것 같은 오색딱따구리가 딱다그르르 딱다그르르 소리를 내며 나무를 쪼고 있다. 복동이의 콧등과 목덜미를 만져 주고 언덕을 내려가려는데 작은엄마가 뛰어나와 점퍼를 내밀었다.

"아직 추워. 뉴스에서 꽃샘추위 온대. 어? 바람 불어서 유정 머리 헝클어졌네?"

작은엄마는 바람에 헝클어진 내 머리를 쓰다듬어 주었다. 작은엄마는 며칠 전부터 마치 자신이 첫 등교를 하는 것처럼 긴장했다. 오늘도 아침밥을 먹는 동안 내 교복을 몇 번씩 이리저리 살피고 먼지를 털고 또 털었다. 할머니 역시 내가 집을 나설 때까지 버스 카드는 잘 챙겼는지, 빼놓은 것은 없는지, 환승하는 법은 잘 알아 두었는지 묻고 또 물었다. 결국 나는 식구들한테 버럭 소리를 지르고 말았다.

"아, 그만 좀 해. 내가 읍으로 가는 거지, 뭐 외국 유학이라도 가?"

3월이 된 지 이틀이 지났지만 아직 봄은 보이지 않는다. 다리 아래 계곡에는 아직도 두꺼운 얼음이 녹지 않은 채 그대로 있고, 겨우내 무리 지어 다니던 박새와 곤줄박이, 쇠딱따구리는 아직도 같이 몰려다니고 있다. 작은아빠가 그랬다. 힘이 약한 존재들은 그렇게 함께 어울려 살아가는 거라고. 짝을 찾지 못한 한 살배기 까치들도 가을이 되면 자기들끼리 무리를 지어 매서운 추위와 배고픔을 견디며 겨울을 난다고. 언제나 혼자보다 여럿이 나은 법이라고. 작은아빠는 어디로 가야 할지 길이 안 보일 때, 희망이 보이지 않을 때면 땅과 하늘의 다른 생명들로 눈을 돌린다고 했다. 땅바닥에 바짝 붙어 햇볕을 온몸으로 받으며 추운 겨울을 견뎌 내는 달맞이꽃, 추운 겨울 동안 단단한 껍질 속에 봄에 피울 이파리와 꽃잎을 꽁꽁 숨기고 있는 겨울눈. 그리고 겨울이 지나면 어김없이 고향을 찾는 제비와 후투티와 백로들에게서 해답을 얻는다고 했다.

"내가 사십 년 넘게 살면서 보니까 말이지, 아무리 춥고 눈이 많은 겨울도 봄을 이기지 못해. 봄이 오면 푸르고 활기찬 여름이 오고 가을이 오지. 인간들이 아무리 발버둥을 쳐도 자연을 거스르면서 살 수는 없는 거야."

나는 아직 작은아빠가 말하는 자연의 순리 따위는 잘 모르겠다. 그 대신 나는 작은아빠를 통해, 그리고 그 작은아빠 곁에 서 있는 작은엄마와 용민이, 용우, 유경이를 통해 아직은 보이지 않는 내 길을 찾는 중이다. 겨울눈이 싹을 틔우려면 껍질을 깨고 새순을 내밀어야 하는 것처럼 나는 막 솜털을 벗고 껍질을 뚫고 나오는 중이다. 내 안에는 새로운 내가 싹트고 꿈틀대고 있다.

땡똥.
메시지 알림음이 울렸다. 살문리 단체창에 우주가 글을 올렸다.

　—나 지금 기숙사에서 학교로 감. 긴장+초조+설렘

광수가 기다렸다는 듯이 답장을 했다.

　—나도. 지금 교실 도착! 모두 파이팅!

　—난 지금 삼거리 바로 앞…

　—나도 기숙사에서 학교 식당으로 가는 중. 지각ㅜㅜ

나를 빼고는 모두 기숙사에서 하루를 시작했다. 지희 없이 학교를 오가는 일이 심심하기는 하겠지만 아침 일찍 이렇게 산길을 걸어 내려가고, 담장 너머로 할아버지 할머니들의 분주한 아침을 보는 것도 기분 좋은 일이다.

삼거리를 지나는데 광수 아버지의 트럭이 섰다. 트럭 뒤에는 각목과 판자, 쇠파이프, 비닐 두루마리 같은 자재들이 실려 있었다. 광수 아버지가 우사를 늘리기 시작한 모양이었다. 광수 아버지는 차창을 내리고 반갑게 물었다.

"유정이 학교 가니? 그렇게 입으니 진짜 여고생 같네. 광수도 지금 기숙사에서 학교로 간다고 문자 왔는데."

광수 아버지의 밝은 표정을 정말 오랜만에 본다.

"네, 저도 받았어요."

"그래, 열심히 공부해라. 너희 작은아빠는 너한테 기대가 많다."

"네."

나는 차창을 올리는 광수 아버지를 보며 망설이다 용기를 냈다.

"아저씨."

광수 아버지가 다시 차창을 내렸다.

"왜? 뭐 할 말 있어?"

나는 침을 꿀꺽 삼키고 말했다.

"아저씨, 힘내세요."

겨우 두 마디를 했는데 얼굴이 화끈거렸다. 광수 아버지가 빙긋 웃으시더니 손을 들어 주며 말했다.

"너도 공부 열심히 해라."

마을회관에 다다르자 출근을 하는 읍으로 나가는 할아버지 할머니들이 한마디씩 하셨다.

"아이고, 우리 유정이가 처녀가 다 됐네. 교복도 예쁘고."

할머니들의 칭찬에 기분이 좋아졌다. 버스가 용내천 다리를 건널 때 버스 차창 너머로 올려다보이는 산 밑 포도밭에서 포도나무 껍질을 벗기고 있는 작은아빠 모습이 보였다. 농약을 치지 않는 포도나무는 나무 껍질을 벗겨 줘야 수피 안에 있던 벌레 알이 부화되는 걸 막을 수 있다. 작은아빠의 부지런한 손놀림이 멀리서도 보였다.

버스에 타 의자에 앉자 문자가 왔다. 작은엄마다.

—차 안 노쳤지? 고등학생 유정 열공! 사랑해!

나도 작은엄마에게 답장을 했다.

—작은엄마, 깜언. 사랑해♡

그리고 친구들에게도 메시지를 보냈다.

─모두 깜언!

결핍의 힘

2001년 봄, 강화 양도면으로 이사 오기 전까지 내가 알던 새는 고작 10종을 넘지 않았다. 이른 봄 골짜기에 녹지 않은 눈을 포클레인으로 밀고 이삿짐을 옮긴 다음 날 아침, 새소리에 눈을 떴다. 나이 마흔이 되어 새소리에 잠이 깨는 경험을 처음 해 본 것이다. 그 뒤로 아침마다 마당에 서른 마리가 넘는 새 떼가 몰려왔다. 그런데 며칠 동안 지켜보니 무리에 있는 새들이 언뜻 봐도 서너 종은 되어 보였다. 어떻게 다른 종의 새들이 함께 모여 있는지 호기심이 들어 당장 조류 도감을 비롯해 책을 몇 권 샀다. 그리고 그 새들이 쇠딱따구리, 노랑턱멧새, 박새, 진박새라는 걸 알았다. 그 작은 새들이 무리 지어 다니는 까닭은 약하고 작은 텃새들이 겨울을

나기 위함이었던 것이다. 나는 그 작은 새들에게서 공동체의 참 의
미를 깨달았다.

　산등성이에서 일 년을 살고 나니 이른 봄부터 서리가 내리는 늦
가을까지 산과 들에 얼마나 많은 꽃이 피고 지는지, 그 꽃에 따라
어떤 나비가 모이는지, 그 꽃이 필 무렵에 밭에는 무엇을 심고 무
엇을 거두는지 어렴풋이 알게 되었다. 봄에 피는 제비꽃도 종류가
열 가지가 넘는다는 것도, 제비꽃이 보라색뿐 아니라 하얀색, 노란
색까지 있다는 것도 그제야 알았다. 그해 봄, 여름, 가을, 다시 겨울
을 맞이하는 동안 내가 만난 새들은 40여 종이 넘었다.

　그렇다고 시골의 삶이 늘 낭만적인 것은 아니었다. 봄은 왜 그렇
게 더디 오던지, 골짜기의 잔설이 다 녹은 건 4월이 다 되어 갈 무
렵이었다. 그리고 이어진 가뭄은 손바닥만 한 밭을 얻어 심었던 고
추와 들깨를 다 말려 버렸다. 6월 말부터 시작된 장마로 가뭄을 겨
우 넘기나 보다 했더니 이번에는 집중 호우가 쏟아졌다. 그 비로
길이 쓸려 내려가 며칠 동안 돌무더기만 남은 길을 등산하듯 오가
야 했다. 겨울에는 눈이 조금만 내려도 차를 골짜기 아래에 두고
걸어 다녀야 하니 불편하기 짝이 없었다. 일주일에 두세 번은 공부
방이 있는 인천 만석동으로 나가야 하는데 교통편이 참 험했다. 승
용차 없이 혼자 인천에 나갈 땐 왕복 여섯 시간은 각오해야 했다.
그 불편함은 자발적인 가난을 선택하고 만석동으로 들어가던 첫
마음과 각오를 되살렸고, 자연과 농부의 삶에 더 겸손해질 수 있

게 했다. 그렇게 한 해, 두 해를 살아가면서 새로운 이웃과 새로운 아이들을 만났다. 그리고 그 아이들은 우리 공동체를 더 단단하고, 더 가난하게 해 주었다.

강화는 역사적으로 많은 부침을 겪은 곳이다. 청동기 시대와 고려 시대의 유적뿐 아니라 근현대사의 질곡이 곳곳에 남아 있고 그곳마다 이야기들이 숨어 있다. 농촌과 어촌의 삶이 공존하고, 수도권에 자리한 탓에 도시 문화가 유입되면서 사람들이 잇속에 밝고 도시에 대한 상대적 박탈감과 열등감 또한 높다. 그런 강화가 내 삶의 자리로 들어오는 데 십 년이 넘게 걸렸다. 그리고 13년이 되어서야 농촌 이야기를 해도 되겠다는 생각이 들었다.『괭이부리말 아이들』을 쓰는 데 만석동에서 13년이 필요했듯이 말이다.

『모두 깜언』에 나오는 사람들은 누구나 크고 작은 결핍을 갖고 있다. 결핍은 사람과 사람을 맺어 주는 매개가 되고, 서로 사랑하게 하는 힘이 된다. 내게 그 결핍의 힘을 알려 준 것은 항상 마을과 학교, 그리고 공부방에서 만나는 청소년들이었다. 자신의 상처를 스스로 치유해 가는 청소년들과 그들이 살고 있는 '지금 여기'의 현실. 나는『모두 깜언』의 주인공들을 통해 이것을 이야기하고 싶었다.

작가의 말을 쓰자니 작품을 쓰는 동안 함께한 유정이와 광수, 우주, 지희가 마치 살아 있는 인물처럼 내게 말을 건넨다.

"깜언."

나도 그 아이들에게 고맙다고 인사를 한다.

"모두 깜언."

2015년 강화에서

김중미

창비청소년문학 64

모두 깜언

초판 1쇄 발행 • 2015년 2월 6일
초판 30쇄 발행 • 2024년 6월 18일

지은이 • 김중미
펴낸이 • 염종선
책임편집 • 정소영
펴낸곳 • (주)창비
등록 • 1986년 8월 5일 제85호
주소 • 10881 경기도 파주시 회동길 184
전화 • 031-955-3333
팩시밀리 • 영업 031-955-3399 편집 031-955-3400
홈페이지 • www.changbi.com
전자우편 • ya@changbi.com

ⓒ 김중미 2015
ISBN 978-89-364-5664-1 43810